© Editora Mundaréu, 2024 (esta edição e tradução)
© Matthes & Seitz Berlin Verlag, Berlin 2022
Todos os direitos desta edição reservados à
Matthes & Seitz Berlin Verlagsgesellschaft mbH

TÍTULO ORIGINAL *Surazo. Monika und Hans Ertl: Eine deutsche Geschichte in Bolivien*

COORDENAÇÃO EDITORIAL Michel Sapir Landa
PROJETO GRÁFICO DA COLEÇÃO Bloco Gráfico
ASSISTENTE DE DESIGN Lívia Takemura
PREPARAÇÃO Fábio Fujita
REVISÃO DA TRADUÇÃO Mariana Quadrada
REVISÃO Vinicius Barbosa

IMAGEM DA CAPA Matthew Williams-Ellis Travel Photography/Alamy/Fotoarena

Edição conforme o Acordo Ortográfico da Língua Portuguesa (1990)

Dados Internacionais de Catalogação na Publicação [CIP]
Angelica Ilacqua CRB-8/7057

Harrasser, Karin
  Surazo: Monika e Hans Ertl : uma história alemã na Bolívia/ Karin Harrasser; tradução de Daniel Martineschen, Luis Reyes Gil. São Paulo: Mundaréu, Manjuba, 2024. 288 pp. Bibliografia.

ISBN 978-65-87955-22-3
Título original: Surazo: Monika und Hans Ertl: Eine deutsche Geschichte in Bolivien

1. Bolívia – História 2. Ertl, Monika, 1937–1973 – Biografia 3. Bolívia – Alemanha – História 4. Nazistas – História
I. Título II. Martineschen, Daniel

24-1275   CDD 984.0520922

Índices para catálogo sistemático:
1. Bolívia – História

2024
Todos os direitos desta edição reservados à
EDITORA MUNDARÉU LTDA.
São Paulo – SP

A tradução desta obra contou com apoio concedido pelo Goethe-Institut.

Karin Harrasser

Surazo

Monika e Hans Ertl: uma história alemã na Bolívia

tradução de
Daniel Martineschen

APRESENTAÇÃO
9 Fast-forward
13 Uma história sobre o vento

CLOSES
17 Concepción, Chiquitanía, Bolívia (2018)
20 De onde o vento sopra
21 *Um Robinson*
   Direção: Arnold Fanck; câmera: Hans Ertl, 1940
24 O "estrangeiro"
30 Bodes, caranguejos-de-fogo, pólipos
32 Imagem de família
34 *La Dolorida*, em filme
38 *Avanço a Paititi*
   Direção: Hans Ertl, 1956
44 Um roubo de obras de arte em frente às câmeras e um recall
46 Stimmersee (2019)
52 La Estrella
56 Heróis e heroínas
58 *Hito-Hito*
   Documentário de Hans Ertl, 1958
63 *De trem pela floresta* (2019)
65 *Surazo*, material de filme perdido
66 Superiluminação e lacunas
68 Retratos de uma revolucionária

75	Uma biografia política
80	Feltrinelli ou: O armamento
83	Apartamento de Monika Ertl, Sopocachi, La Paz, julho de 1967
88	Santa Ana de Chiquitos/San Miguel (2018)
91	Falar alemão, ficar de mãos dadas
92	Intermezzo imunosófico
94	Glen
95	*La Dolorida*, de mototáxi (2020)
98	Santa Cruz, sob árvores (2020)
101	A Bolívia saúda o mundo
103	Embate com consequências de longo prazo

FLASHBACKS

106	Os Ertl e a "colônia alemã" na Bolívia
109	Os missionários
111	O marechal de Simón Bolívar: Otto Philipp Braun
115	Mineiros
119	*More military men*
121	O secretário da missão diplomática
122	Bolívia e o nacional-socialismo: um labirinto
126	A experiência judaica no exílio
131	Club Alemán/Club Republicano Alemán

ZOOM-IN

134	Nos Yungas

137	Klaus-Barbie/Don Klaus Altmann
141	Sequestrando Klaus Barbie
143	O vizinho, "meu general"
147	A Arriflex
152	O Alasca nos Yungas
157	O ás da aviação
158	*Kufstein connection*: as redes de Hans-Ulrich Rudel
167	*Montanhas sagradas — Inferno verde*: Milli Bau e Hans Ertl
170	As pessoas da mídia e a etnologia
174	Paixão pelo frio
184	De trapaceiro *cool* a eremita
185	Inversão dos polos
193	Do alpinismo ao andinismo político
199	Os anos de Monika no Chile: a mina de El Teniente
212	Revolução próxima e distante
214	Ler, escrever, atirar

GUINADAS

224	Derretimento das geleiras no Chacaltaya
230	No ônibus de San José a San Ignacio
231	Promessas de salvação
237	Importando o *apartheid*

240 Antes do pós-guerra
243 O Comité de Amas de Casa

IMAGENS FINAIS
246 Fotografia *post-mortem*
248 Um coro de Sewell
251 Kufstein: até o portão do jardim
253 Não uma árvore genealógica, um móbile
254 Silhuetas
256 O ar da altitude é vermelho

259 AGRADECIMENTOS

260 AS PERSONAGENS MAIS IMPORTANTES
264 BIBLIOGRAFIA

APRESENTAÇÃO

Fast-forward

Em 12 de maio de 1973, Monika Ertl foi assassinada na rua, em La Paz, em decorrência de uma troca de tiros com forças de segurança. Monika tinha então 35 anos e era integrante da guerrilha boliviana Ejército de Liberación Nacional (ELN). Apesar de nunca ter havido uma investigação, era quase certo que ela matara a tiros, em 1971, em Hamburgo, o funcionário consular boliviano Roberto Quintanilla Pereira. A urna com as cinzas do funcionário morto foi levada a La Paz. Seis anos antes, na Bolívia, enquanto comandante de polícia do Ministério do Interior boliviano ele havia sido responsável por dar a ordem para amputar as mãos de Ernesto Che Guevara após sua morte. Monika Ertl, a autora do atentado, deixara em Hamburgo um bilhete com o lema do ELN: "¡*Victoria o muerte!*".

O pai de Monika Ertl, Hans Ertl, ainda viveria por 26 anos após a morte da filha. Morreu em 2000, em Chiquitanía, na planície oriental boliviana. Trabalhou como cinegrafista para Leni Riefenstahl e foi o fotógrafo do front preferido do General-marechal de campo Rommel. O talentoso montanhista e aventureiro recolhera-se na década de 1960 para os recônditos da floresta tropical, para ali tocar uma *hazienda* de criação de gado. Mesmo em seu isolamento, participava da colônia alemã na Bolívia, juntamente com alguns fiéis nazistas. O mais ilustre deles era um homem conhecido como "*don* Klaus", famoso internacionalmente pelo seu verdadeiro nome, Klaus Barbie. Sua segunda carreira entre ditadura, paramilitarismo e tráfico de drogas estava em ascensão no início dos anos 1970. Até a década seguinte, ele trabalhou para ditadores e golpistas bolivianos como especialista na luta contra "insurgentes comunistas". Como conselheiro do serviço secreto do ditador boliviano Hugo Banzer, Klaus Barbie — chamado na Bolívia de Altmann — esteve profundamente envolvido na execução de Monika Ertl em La Paz. Por sua vez, o filho do homem procurado por crimes de guerra nazistas, Klaus Georg, assumiu a guarda de honra no funeral de Roberto Quintanilla.

Um palco importante dos episódios apresentados a seguir é essa região isolada na qual se cruzam várias linhas transatlânticas: a província de Chiquitos no departamento de Santa Cruz, Bolívia. Apesar de ter sido um local de difícil acesso por muito tempo, no século XVII essa era uma das principais áreas de missões jesuíticas, em especial daquelas vindas da região do Danúbio. Mais tarde, no século XIX, foram sobretudo franciscanos que fizeram o trabalho de catequização em Chiquitanía, além da vinda de etnólogos (novamente em sua maioria alemães) com o anseio de registrar a cultura e a vida dos grupos indígenas ameaçados — antes que desaparecessem.

No boom da borracha no século XIX, responsável por desapropriações e opressão ao povo indígena, também participaram diversos atores de origem alemã. Até hoje, não é raro que latifúndios se encontrem nas mãos de emigrantes alemães, como exemplo a família Banzer, da qual descende o ditador Hugo Banzer, que, nos anos 1970, governou de forma autoritária e a quem Klaus Barbie-Altmann servia fielmente. Entre 2017 e 2020 foi instaurada uma comissão da verdade que documentou, em seu último relatório preliminar, 130 casos comprovados de assassinatos políticos, torturas e desaparecimentos. A maioria desses casos é atribuída ao primeiro governo de Banzer (1971-1978). Entre as vítimas da ditadura não se encontram apenas insurgentes armados e membros da guerrilha boliviana, mas também oposicionistas, estudantes, professores e religiosos de esquerda. Hugo Banzer, mandante da ordem de execução de Monika Ertl em 1973, era vizinho de Hans Ertl em Chiquitanía — uma ironia do destino.

Assim, ao longo do tempo, muitos alemães procuraram sua salvação em Chiquitanía. Como tantos antes dele, Hans Ertl almejava um "recomeço" na sua *hazienda*. Aquele era seu paraíso particular, um local onde podia viver sem ser importunado por seu próprio passado. Talvez isso pudesse ter dado certo se o passado não tivesse retornado a Chiquitanía na forma das paixões revolucionárias de Monika Ertl, que a fizeram louvar Inti Peredo, o líder do ELN, como Cristo.

Um segundo palco é Kufstein no Tirol: também periferia. Cresci nessa pequena cidade austríaca situada entre a imponente montanha Wilder Kaiser e o solitário monte Pendling, na fronteira entre a Baviera e o Tirol.

Foi uma infância imersa na natureza: saíamos para fazer trilhas, escalar, esquiar, brincávamos na floresta e nadávamos nos lagos que ficavam ao redor de Kufstein. Um deles é o Stimmersee, um pequeno lago artificial de barragem um pouco afastado e em cujas margens há uma estalagem, um pequeno hotel e banhos públicos. Imediatamente ao lado desse charmoso local de férias, também utilizado por nós, "nativos", morou Hans-Ulrich Rudel até 1982. O mais condecorado piloto de caça da Segunda Guerra Mundial era uma figura-chave na rede internacional dos antigos e novos nazistas do pós-guerra. Ele viajou muito, não apenas para auxiliar na fuga de pessoas como Josef Mengele, mas também na qualidade de representante de empresas austríacas e alemãs. Desde sua época na Argentina de Juan Domingo Perón nos anos 1950, quando ali assessorou a Luftwaffe, ele representava empresas como Siemens ou Steyr-Daimler-Puch, e assegurava-se que armas fossem entregues de maneira confiável aos ditadores Augusto Pinochet (Chile), Alfredo Stroessner (Paraguai) e Hugo Banzer (Bolívia). O Partido Verde austríaco, no começo da década de 1980, fez uma consulta parlamentar questionando como era possível que tanques Kürassier da Steyr tenham sido usados no golpe da cocaína de Luis García Meza na Bolívia. A resposta? Porque Rudel os providenciou.

E há ainda Ute Messner (nascida Barbie), filha de Klaus Barbie-Altmann, que era vizinha da segunda esposa do meu pai em Kufstein-Eichelwang e que havia chegado a Kufstein por intermédio de Hans-Ulrich Rudel. Por que Kufstein, *of all places*? Talvez seja por acaso que, justamente aqui, na floresta atrás do Stimmersee, as linhas transatlânticas se reencontrem. Talvez também fosse a localização de Kufstein como cidade de fronteira e cruzamento de vias de transporte que a tornava um ponto estratégico para quem ajudasse a fuga de nazistas; ou, então, pelo fato de a alfândega, a polícia de fronteira e um quartel constituírem um bom ambiente para partidos nacionais e conservadores. Certo é que Kufstein tinha orientação significativamente mais à direita do que a maioria das localidades ao redor não apenas durante o período nazista, mas também no pós-guerra.

É possível que, por concentrar-se em poucas pessoas e lugares, a história que irei narrar, por meio de seus desequilíbrios, cause certa perturbação na História oficial. Mas assim é a História, em especial quando inclui relações coloniais e o nacional-socialismo. Ela não se fecha em si mesma, e nem deve se fechar. Às vezes a pesquisa abre caminhos estranhos. Na verdade, eu queria pesquisar a colonização cultural feita pelas missões jesuíticas na Bolívia. O outro caminho veio de maneira inesperada.

Uma história sobre o vento

Une histoire de vent [Uma história sobre o vento], o último filme de Joris Ivens, foi lançado em 1988. No ano seguinte morreria esse cineasta nascido ainda no século XIX e que na década de 1920 passara dois anos inteiros fazendo um filme de doze minutos sobre a chuva. Joris Ivens era parte do projeto socialista do século xx: desde *Borinage* (1934), o filme sobre as duras condições de vida e os protestos em um assentamento de mineiros belgas, passando pela participação na Guerra Civil Espanhola, até o projeto cinematográfico conjunto com Chris Marker, Agnès Varda e outros vanguardistas (*Loin du Vietnam* [*Longe do Vietnã*], 1967), as convicções políticas de Ivens estão incrustadas em seu trabalho no cinema.

Une histoire de vent se dedica a uma busca que dura quase um século. O filme narra o desejo por imagens do impalpável, do mutável, do princípio da história, da possibilidade de mudança socialista: imagens do vento. As imagens iniciais já apresentam o princípio do *side-by-side* que Siegfried Kracauer chamaria de posição específica para compreensão do filme e da escrita histórica: uma justaposição de elementos pessoais e coletivos, subjetivos e objetivos, conscientes e inconscientes, racionais e irracionais, fato e ficção, o pequeno e o grande. Vemos — ou melhor, ouvimos — primeiro o bater de pás de um motor eólico. As pás cortam na imagem, fazem ruído, o ruído de grandes eventos históricos. E então um varal no qual esvoaçam roupas recém lavadas, cotidiano, uma brisa imperceptível. Depois: um menino num avião de brinquedo feito por ele mesmo. Ainda vai decolar, mesmo que o avião não possa voar. No restante do filme, Joris Ivens — um homem muito velho — perpassa (ora em cadeira de rodas, ora carregado) as paisagens políticas do século xx.

O filme se torna uma revista. A forma é acentuada pela reconstrução do cenário preto e branco da animação *Le voyage dans la lune* (*A viagem à Lua*, 1902) de Méliès, mas no estilo da ópera chinesa. Ao final, há uma poltrona vazia no deserto. Ivens foi embora, o vento continua a soprar. *Une histoire de vent* é a história do caráter transfronteiriço da ideia de socialismo, da ideia fantástica de um mundo com mais igualdade, justiça e solidariedade, de uma ideia que, enfim, no seu afã por um mundo sem violência, acabou se tornando ela mesma violenta. A abordagem de Joris Ivens consiste em manter-se fiel a essa ideia transfronteiriça e mutante em memória dos mortos. Um ano após sua morte, em 1990, uma canção sobre o vento se tornou o hino para a queda do muro de Berlim. "Wind of Change", da banda Scorpions, podia ser ouvida em todas as rádios. Era uma mudança para novas liberdades para quem vivia no bloco oriental. Esse vento da mudança trouxe também o triunfo temporário daquela ordem econômica e política contra a qual pessoas como Monika Ertl haviam lutado. *Surazo*, um vento frio do sul, deveria ter sido o nome do último filme de Hans Ertl, o filme perdido. E *Südwind* [Vento sul] é o nome da revista progressista a que meus pais, antigos progressistas, recorriam para se manterem em contato com as coisas antigas da Áustria. Preciso escrever uma outra história sobre o vento.

CLOSES

Concepción, Chiquitanía, Bolívia (2018)

A chuva nos deixa num estado semelhante ao êxtase. Chuva tropical, que divide a parte coberta do pátio como uma densa cortina. Aman balança na rede, estou sentada numa poltrona grande demais, e tento contatar Christian. Temos um compromisso amanhã. Quero saber sobre o filho do arquiteto que reconstruiu as missões jesuíticas em Chiquitanía a partir da década de 1970, entender mais sobre os motivos e contextos para a revitalização da herança jesuítica aqui. Aqui, ou seja, Concepción de Chiquitos, durante um festival de música antiga que ocorre a cada dois anos nas antigas igrejas das missões e que atrai, principalmente, um público *branco*[1]. Aqui, ou seja, o pátio interno do pequeno hotel. Aqui, ou seja, o grupo de viagem no qual me infiltrei quase que despercebida. Ninguém sabe dos meus interesses de pesquisa, ninguém sabe que meu empreendimento consiste em documentar o caráter neocolonial do festival. Ambos os companheiros de viagem de Salta, Argentina — um jovem arquiteto e sua mãe certamente octogenária, sempre vestida e penteada com perfeição —, não sabem dos meus interesses.

---

1 A autora destaca em letras itálicas todas as menções a pessoas brancas. [N.T.]

Nem mesmo a médica aposentada de Londres, que já esteve aqui antes e busca os mais sutis contrastes estéticos. Nossa simpática e muito engajada guia turística de Santa Cruz, que nos conta como entrou num grupo de mulheres contra a mudança da lei eleitoral que teria permitido uma reeleição de Evo Morales, também sabe tão pouco quanto Aman, que na verdade veio para o festival com seu tio indiano e agora parece meio perdido sem ele. Aman, com quem discuto sobre ficção científica, ecofeminismo e colonialismo, e com quem começo a fantasiar sobre um livro infantil. Deve ser um livro com as cores de Chiquitanía — vermelho-terra, verde, azul — e com o título: "O que o tucano não pode comer". A disfuncionalidade do bico do tucano sempre nos leva a novas ideias: nozes, carne, insetos, nada disso serve. Encontramo-nos muito rapidamente, sentamos lado a lado nos concertos, cochichamos e gracejamos como adolescentes numa excursão de colégio. Aman estudou física e é programador. Não quer mais trabalhar para empresas do Vale do Silício, mas, sim, desenvolver estratégias digitais de sustentabilidade para ONGS. Sua origem — seus pais emigraram da Índia para os Estados Unidos — é um tema que o absorve, sobretudo também em contraste com o que vivenciamos na Bolívia. E assim, no jantar comunitário, o grupo de viajantes aprende os nomes dos ingredientes não apenas em espanhol, inglês e alemão, mas também em hindi.

    Então chove. Aman, na rede, sonha com tartarugas. Espero pela mensagem de Christian. Aqui também é o lugar no qual dois etnólogos alemães trabalharam nos anos 1970: Jürgen Riester e Bernd Fischermann. Após defenderem suas teses, ambos saíram da etnologia puramente acadêmica e embarcaram na luta pelos direitos à terra dos indígenas. Examino os arquivos de vídeos da organização APCOB (Apoyo para el Campesino-Indígena del Oriente Boliviano) no YouTube. Jürgen Riester gravou vários vídeos em Chiquitanía nas décadas de 1980 e 1990. Tratava-se da documentação dos modos de vida dos grupos indígenas das planícies bolivianas e da sua luta por autodeterminação política e cultural. Um pouco distraída, passo pelas miniaturas no canal da APCOB, e meu olhar se detém numa cabeça branca, num rosto com barbas brancas. Um Tio dos Alpes[2] me olha. O título do vídeo é *Hans Ertel parte 3*. Faço alguma vaga associação com o nome e clico no vídeo. A conexão à internet é muito fraca. A chuva também enfraqueceu. Aman acordou e está se balançando. A guia turística distribui tíquetes para o concerto de hoje, um coral polonês que se apresentará na igreja jesuítica de Concepción. Christian mandou mensagem perguntando se eu poderia encontrá-lo amanhã cedo às sete horas na *plaza*. Claro que posso. Afinal, o encontro não conflita com o organizadíssimo programa do grupo de viagem. Estou curiosa sobre o que ele, na condição de testemunha ocular enquanto criança, pode me contar a respeito da aventurosa redescoberta da he-

---

2 No original, Alm-Öhi (também Alpöhi) é o nome do recluso avô da protagonista do livro homônimo *Heidi*, de Johanna Spyri. Ele tem longos cabelos e barbas brancas, e lembra um eremita. [N. T.]

rança jesuítica nos anos 1970. As investigações ocultas me divertem, só que aos poucos as coisas estão ficando complicadas com Aman. Nós nos entendemos bem demais, e tenho dificuldade de não o inteirar do assunto, de falar com ele sobre aquilo com que me ocupo, especialmente porque sempre retomamos a discussão sobre a colonização cultural da Índia em comparação com a da América do Sul. Seria apenas um pequeno passo até a *longue durée* da colonização cultural pela missão jesuítica em cujo espaço de ressonância mergulhamos a cada concerto realizado em uma das igrejas.

De onde o vento sopra

— Que vento você seria se você fosse um vento?
— Não o Siroco, ele arruína as videiras. Você é mesmo um vento do Saara: seco, quente e soprando constantemente.
— E você? Um *foehn*?[3]
— Talvez, né, o *foehn* não tem dor de cabeça por si. Prefiro o Zéfiro, um suave vento oeste que vem da montanha.
— Só porque você é do Tirol?
— Pelo menos não exijo ser um sistema completo de ventos, não sou alísio. Só um pequeno vento oeste.

---

3 *Foehn* ou *föhn* é um tipo de vento que desce a encosta de uma montanha após ter sido aquecido e seco na subida dessa montanha. [N.T.]

Um Robinson
DIREÇÃO: ARNOLD FANCK; CÂMERA: HANS ERTL, 1940

Com financiamento do ministério de Goebbels, Hans Ertl viajou pela primeira vez à América do Sul no fim da década de 1930 para as filmagens do longa-metragem *Ein Robinson* [Um Robinson] como parte da equipe de filmagem de Arnold Fanck. Na costa do Chile, no Pacífico, deveria ser gravado o filme encomendado pelo Ministério do Reich, cujo tema era o destino do marinheiro alemão Hugo Weber (no filme, marinheiro-chefe Carl Ohlsen) que se perde, nos anos que se seguiram à Primeira Guerra Mundial, nas ilhas de Juan Fernández no Chile — o mesmo arquipélago no qual havia naufragado o verdadeiro Robinson Crusoé, Alexander Selkirk.

Os eventos que formavam a base para o projeto do filme se encontravam num passado não muito distante: a ilha fora o refúgio involuntário de marinheiros alemães depois que a esquadra alemã do leste asiático fora esmagada e derrotada pelos britânicos próximo às ilhas Falkland no Atlântico sul. Um navio, o *Dresden*, conseguiu se salvar nas águas seguras (porque neutras) do Chile, e exatamente na frente da ilha de Robinson Crusoé se desenrolou o show: os britânicos desprezaram a neutralidade do Chile e atacaram, e então o capitão do *Dresden* ordenou que seu navio fosse afundado. A tripulação foi isolada na ilha de Juan Fernandéz pelo lado chileno. Fanck tomou alguns momentos desses acontecimentos históricos e desenhou uma "robinsonada alemã do destino".

São de Ertl os espetaculares closes de geleiras partindo, de gelo recortado e afiado e de altos picos de montanhas, assim como as imagens idílicas da ilha de Robinson — Juan Fernández. Os motivos reapareceriam posteriormente na polarização de acima e abaixo, frio e quente, no livro de fotos de Ertl intitulado *Arriba abajo* (1958). A fazenda de Ertl em Chiquitanía também pode ser vista pela primeira vez nesse filme. O "Robinson alemão", interpretado por Herbert A. E. Böhme, cria no filme o seu paraíso artificial por meio de trabalho duro e força de vontade. Assim como Ertl faria mais tarde, ele abre uma clareira na qual constrói sua casa.

O marinheiro que está apavorado com as ambições antipatriotas e revolucionárias dos seus colegas de profissão após a Primeira Guerra Mundial exilou-se na ilha de Robinson — segundo o enredo do filme. Ele cria animais e cultiva plantas, esbanja energia, mas está um pouco solitário. Hugo Weber, o modelo histórico para Ohlsen, havia divulgado um anúncio em jornais alemães procurando uma esposa que, de fato, chegaria em Juan Fernández com dachshunds e pastores, e, com isso, lançaria as bases para a mais bem-sucedida criação de dachshund chilenos daquela época. De toda forma, é isso que Ertl narra na sua autobiografia, *Meine wilden dreißiger Jahre* [Meus loucos trinta anos], de 1982. O Ohlsen do filme, por outro lado, fica solitário apesar da companhia dos bichos. Em algum momento, a sua carinhosa lhama e o seu papagaio tagarela já não bastam. Através do rádio, ele descobre que seus antigos camaradas o procuram. Mas ele perde o navio *Neue*

Dresden quando aporta na ilha, e por isso é obrigado a perseguir o imponente navio de guerra com uma pequena jangada e transpor a pé a geleira na Terra do Fogo para alcançá-lo. O filme termina com Ohlsen reintegrado à tripulação do *Neue Dresden*, naturalmente navegando sob a bandeira nacional-socialista — não sem antes renegar seu percurso de solitário sonhador e sua existência egoísta de autossuficiente em favor do coletivo nacional.

Uma cópia em papel-carbono para a existência tardia de Hans Ertl na floresta: sua fazenda *La Dolorida* não lembra apenas visualmente a fazenda de Robinson Crusoé. Em entrevistas, Ertl age como um exilado político conectado com sua pátria através do rádio, como se decepcionado com a República de Bonn; como alguém que, dadas as circunstâncias, não pode fazer outra coisa a não ser recolher-se. O subtexto? Sou um patriota honesto, mas a Alemanha recusou meus serviços. Provavelmente seu maior desejo teria sido que um *Neue Dresden* tivesse aportado em *La Dolorida* e o levado para casa. Ou talvez não, talvez suas ambições fossem menos parecidas com as do Carl Ohlsen do filme do que com as da sua versão real. Se, na qualidade de ancião, ele não deseja nada mais fervorosamente do que uma "mocinha" alemã, a criação de dachshunds não está distante.

O "estrangeiro"

Desde o início da expansão europeia, a América do Sul encerra em si a promessa de liberdade e riqueza. No século XVI, foram lansquenês como Ulrich Schmidel de Regensburg que incursionaram no além-mar pelo seu *Kaiser*. Schmidel chegou até o Chaco, no leste da Bolívia. Os comerciantes de origem alemã da região de Santa Cruz invocam a sua memória até hoje. Se procurarmos por modelos para a paixão de Hans Ertl pela América do Sul, encontraremos relatos de aventureiros e descobridores como os de Percy Harrison Fawcett, que esteve a serviço da Royal Society e correspondia ao estereótipo do descobridor do século XIX. Além destes, havia pesquisadores, como Arthur Posnansky, oriundo de uma família de industriais vienenses, que, após sua carreira como engenheiro militar, se transformaria num dos pioneiros da arqueologia da América do Sul e tornaria acessível à pesquisa o santuário inca de Tiauanaco. Depois, no século XX, vieram etnólogos e etnólogas de diferentes universidades, inclusive alemãs.

Os descobridores do século XX viajavam com câmera, e é aí que localizamos Hans Ertl próximo ao documentarista, jornalista, correspondente de guerra, cineasta e teórico de geopolítica nacional-socialista Colin Ross, que via a América do Sul como "um mundo em ascensão" no começo da década de 1920. Ross descreve a Bolívia de 1928 como um local prenhe de revolução, num típico modo de pensar de sua época, que misturava revolução cultural e críticos da civilização que desprezavam o modo burguês como obsoleto e que posteriormente — pelo menos em parte — puderam se casar com a ideologia nazista de um novo barbarismo. Os relatos de Hans Ertl têm orientação menos geopolítica e de crítica cultural, mas se assemelham, em sua tendência básica, aos relatos de viagem de Ross, publicados por ele, inclusive, durante a época do nacional-socialismo. Os relatos de Ertl, via de regra, mantêm um tom coloquial e, com isso, tornam menos palpável o pano de fundo político-cultural do seu surgimento.

Salta aos olhos que ambos, Hans Ertl e Colin Ross, devido à sua participação no regime nazista, apenas no final da década de 1930 tiveram a oportunidade de empreender viagens mais longas que eram financiadas por um órgão de escalão correspondente — no caso de Ertl, o Ministério do Reich para Esclarecimento do Povo e Propaganda. Quando, posteriormente, Hans Ertl se refere aos anos de 1937-38 — período em que foram escritas também as *Cartas de amor de Engadina* de Luis Trenkers, nas quais colaborou — como uma das épocas mais despreocupadas, belas e alegres de sua carreira, isso é informação suficiente sobre o quanto ele foi beneficiado pelo regime nazista.

Hans Ertl reencontraria o branco puro e inocente da diversão na neve de Engadina algum tempo depois no vapor *Virgilio*, no qual se viajava para a América do Sul, na qualidade de membro da equipe de filmagem de Arnold Fanck em 1938-39. Como foi que o paraíso de esqui de Engadina chegou a esse cenário? Na forma de um antigo aluno de esqui do cinegrafista de Ertl, Robert Dahlmeier, que reaparece em 1938 no *Virgilio*. Dahlmeier, que também auxilia Ertl nessa filmagem, ajuda a judia emigrante (que aparece num "deslumbrante vestidinho de verão") a contrabandear objetos de valor ao desembarcar em Valparaíso.

A comunidade nesse navio deve ter sido pavorosa. Ali se encontrava a equipe de filmagem de Arnold Fanck, equipada com um generoso financiamento do Ministério da Propaganda; o diretor viajou com a família inteira — em cabines confortavelmente equipadas, é claro. As fotografias que o filho de Fanck tirou da viagem mostram o diretor como um homem sério, meio dândi, sempre vestido de branco e que dá a impressão de ser mais um turista do que um diretor a trabalho. Contudo, a maioria das pessoas a bordo estava fugindo. A descrição que Hans Ertl faz do desembarque de exilados em Iquique, no meio do mar bravio, é um sonho lúcido no qual vem à tona aquilo que deveria permanecer oculto:

> Por isso, [devido às ondas altas no mar] foi içado a bordo um grande cesto de tela metálica, pendurado no compartimento de carga, cheio de homens, mulheres e crianças chorando, das quais algumas se agarravam firmemente a esse amontoado oscilante de gente. Ora esse pacote sacolejante batia no costado do navio, ou embaixo sobre as caixas boiando, ora algumas pessoas rolavam para trás e para o meio dos homens que remavam. Os gritos de socorro de pessoas desesperadas, os gritos de comando do capitão e do oficial de cargas, os apitos agudos do

contramestre e o estrondo das ondas contra o casco do navio, os gritos roucos de aves marinhas que voavam em torno, assustados pelo cone de luz dos holofotes, e o fedor repulsivo de guano, peixes apodrecendo e águas-vivas perdidas completavam o horripilante acontecimento dessa noite.

Em seus escritos autobiográficos, Ertl reforça que não era antissemita. São "gritos alemães de angústia" que, supostamente, o enchem de raiva contra os "verdadeiros criadores dessa barbárie". Contudo, devemos nos perguntar como todas essas coisas convergiram para ele — inclusive ao longo de sua vida: a atividade de propagandista para o nacional-socialismo, o deleite ostentativo do mundo elegante das elites culturais do "Terceiro Reich", a admiração por Rommel em oposição ao desprezo por certos funcionários nacional-socialistas. Além disso, há ainda sua aproximação a estilos de vida não europeus e seu pronunciado nomadismo, que transparece pouco nacionalismo ou veneração pela pátria. Como foi que ele chegou a se convencer de jamais ter sido um nazista e, ao mesmo tempo, ter sempre servido corretamente à causa?

Colin Ross, em quem se encontra uma mistura semelhante, ainda que ideologicamente mais consolidada, tirou uma outra conclusão ao fim da guerra: que "isso" não vale a pena, que não é possível conciliar tudo. Matou-se em abril de 1945 junto com sua esposa, Elisabeth. Ross devia saber muito bem que a geopolítica racista projetada por ele em seus livros não teria futuro sem a primazia alemã. Sua visão política se assemelhava ao "etnopluralismo" atual da Nova Direita mais ainda do que à impiedosa política de extermínio dos nacional-socialistas. Ross reconhecia-se como parte do nacional-socialismo, mas declarava abertamente ser contrário ao antissemitismo. Devido à sua amizade com a família do líder da juventude do Reich, Baldur von Schirach, permaneceu ileso e pôde continuar a exercer sua profissão de cineasta e autor. Na geopolítica de Ross, os "povos" e nações se organizavam hierarquicamente numa escala de valor cultural e funcionalidade geopolítica (pela força física e intelectual). As chamadas "raças primevas" e "povos naturais" desempenhavam um papel especial ambivalente. Na imagem ambígua contrarrevolucionária, elas podiam representar tanto o mais elevado quanto o mais desprezível. Podiam representar a origem crua e não corrompida da civilização burguesa, um ideal que era venerado tanto nas encenações de massa do Ministério da Propaganda quanto na compreensão de elite da ss. A imagem, contudo, pode também mudar de direção e, assim, ser utilizada para legitimar a dominância "natural" da "raça superior" sobre um povo supostamente preso na sua infância. Não é apenas a literatura etnológica da era nazista que comprova esse pérfido *double-bind* [duplo vínculo], mas também documentários da época, como o então popular filme sobre a expedição de Jary-Amazonas, *Rätsel der Urwaldhölle* [Mistério da caverna da floresta] (1938), de autoria de Otto Schulz-Kampfhenkel. Ou mesmo os livros e filmes de Colin Ross.

O ponto de vista de Hans Ertl não se baseava explicitamente em teorias culturais ou racistas. No entanto, é relevante na medida em que Ertl, na qualidade de contemporâneo lúcido e bem informado, resumiu em imagens a miscelânea habitual de concepções sobre "o estrangeiro" por meio do seu trabalho de cinegrafista e tratou dela posteriormente em seus textos autobiográficos. Com isso, fica claro que, como evidenciado na teoria orientalista de Edward Said, as imagens populares aglutinam todo tipo de coisa: autodescrições de arrogância masculina, anseios ardentes, desejos (semi) incógnitos e desconhecidos, fantasias de transgressão, medos. O capítulo sobre os trabalhos de filmagem para *Ein Robinson* do livro *Meine wilden dreißiger Jahre*, de onde tiramos a citação acima e no qual é narrado seu primeiro encontro com a América do Sul, apresenta uma mistureba tão assustadora quanto mal-acabada de fascinação e soberba. Ali se celebram a nobreza e a imprevisibilidade da natureza, são descritos indecentes aventureiros amorosos, e o profissionalismo e o glamour do mundo do cinema são festejados como uma profissão cosmopolita destruída pela guerra. Chama a atenção a ambivalente atração que emana do "judaico" ao longo do capítulo sobre Robinson. Por um lado, vemos a jovem, bela e inocente judia, a ex-aluna de esqui que é salva pelo galã. Por outro, no entanto, há também a fala de um homem de aparência perturbadoramente alemã (um "homem marcantemente loiro") cujo dialeto alemão se revela ser iídiche e a quem recai a suspeita de ter participado da prisão de Ertl e de seu assistente em Buenos Aires. É uma trama essencialmente antissemita: a ameaça judaica é culpada pelo fato de não ser possível diferenciar "eles" de "nós".

Ainda mais claro fica o enquadramento na descrição de "outros Outros", na descrição dos *natives* da Terra do Fogo. Ertl põe na boca do "velho caçador da Terra do Fogo", Willi Haedike, um longo monólogo no qual ele, meio Karl May, meio etnólogo cuidadoso, estigmatiza a civilização e a missionarização dos indígenas como o início de sua destruição. Todos os *topoi* da degeneração civilizatória são evocados: o abandono dos valores reais e originais através das práticas comerciais amorais dos brancos, ganância, alcoolismo, prostituição, perda da autonomia e das habilidades de caça, etc. Elementos desse uso dos "povos naturais" como "o Outro" da civilização a serviço da crítica do processo civilizatório voltarão a aparecer nos seus filmes bolivianos da década de 1940.

Bodes, caranguejos-de-fogo, pólipos

O complexo de culpa e o conhecimento dos emaranhamentos não encontram nenhum nível de consciência nos escritos autobiográficos de Ertl mas, sim, uma imagem que não poderia ser mais evidente na sua forma onírica. Ertl descreve a saída para a caça em Juan Fernández com Hugo Weber, justamente aquele Robinson alemão, o verdadeiro suboficial do antigo navio *Dresden* que fora destruído. As caças são bodes grandes e asselvajados. Em seus estertores finais, a caça de Ertl cai por cima da borda da pedra e fica deitada na água. Ertl desce até ela e visualiza um *tableau vivant* [pintura viva] infernal:

> Lá estava o bode — deitado sobre um enorme catafalco de pedra, lambido pelas coroas espumadas do Pacífico (sic!). A cabeça com os poderosos chifres e o corpo do animal morto pareciam intocados. Os olhos esbugalhados luziam em verde-esmeralda e emanavam fogo no reflexo do sol poente de um dia que se esvaía.
>
> Em volta do cadáver do animal moviam-se centenas desses poderosos caranguejos vermelhos-fogo que chegavam a pesar vários quilos quando adultos, com as garras erguidas numa arrepiante dança da morte, e de dentro de uma enorme caverna escura no fundo rugia a intervalos regulares o quebrar das ondas do grande oceano como uma retumbante reprimenda, ao mesmo tempo que incontáveis pássaros pretos esvoaçavam nessa cena macabra. Era como se eu tivesse cometido um assassinato desse animal líder de um feliz rebanho de pacíficos herbívoros.
>
> Eu tinha a impressão de que um monstro enorme, na forma de um pólipo de vários braços, poderia sair dessa caverna a qualquer momento para me imputar o delito a encargo de uma natureza profanada. Um sentimento de medo desconhecido subiu pela minha espinha e me bloqueou a garganta. Eu queria gritar e não conseguia. Eis que peguei o rifle de meu ombro e disparei três tiros em sequência no chão escuro à minha frente.

Não é necessário ser psicanalista para notar o trabalho psíquico de passar de bode expiatório para o inocente bode. Também não é muito difícil identificar os caranguejos com os funcionários nazistas desprezados e temidos por Ertl, e a imagem do pólipo de muitos braços a um complexo de culpa inominável. O laço psicanalítico de identificação e desidentificação com o nacional--socialismo parece ter agido sobre Ertl de tal forma que, até idade avançada, ele sempre aparecia no seu pano de fundo tropical vestindo uniforme de caçador montanhês e portando um rifle da Wehrmacht, na medida em que ficava cada vez mais paranoico. Muito mais tiros devem ter sido dados no chão negro, mas o sentimento subjetivo de ameaça não se esvaiu.

Imagem de família

A foto em preto e branco mostra a família Ertl no início dos anos 1950, provavelmente às margens do lago Titicaca. Picos andinos ao fundo emolduram o grupo, a família posicionada à frente. À direita, fora do *enquadramento*, parece haver uma tenda, notam-se cordas da tenda aparecendo na imagem. Em primeiro plano, uma atmosfera acolhedora: uma chaleira sobre um fogãozinho a gás, canecas de lata, uma frigideira. Hans sobressai ao lado da esposa, Aurelia. Excede o grupo em altura, parece estar contando uma história ou uma piada. Veste gorro de caçador, como sempre. Aurelia tem o cabelo despenteado, concentrada ou pensativa, não sabemos. As três meninas na foto são moleeas. As de cabelos longos os mantêm enfiados dentro dos gorros escuros com pompons. A mais nova, Beatrix, cotovelos apoiados sobre os joelhos, encara a câmera de maneira atrevida, calças largas, tênis chiques. A do meio, Heidi, de pulôver listrado, calças arregaçadas, tem os braços cruzados, um tanto na defensiva, mas também risonha. No lado direito está a mais velha, Monika; sentada com as pernas abertas, bem à vontade, a roupa funcional combinando com sua postura. Ela olha para algo que está fora da imagem, sorrindo, divertida e relaxada. Creio que a nossa família também tinha aparência semelhante quando estávamos de férias com nossas bicicletas ou depois com uma kombi modificada. Christian me descreveu a família Ertl como sendo hippie, no que não acreditei muito, em face de todo o militarismo de Hans. Mas, na foto, os Ertl de fato parecem um pouco viajantes, pessoas que vivem aventuras em família. Esses dias relaxados de convivência talvez tenham sido bastante raros, segundo o que a filha Heidi narrou pouco antes de a foto ser inserida no documentário de TV de Christian Baudissin, *Gesucht: Monika Ertl* [Procura-se Monika Ertl] (1988). Durante a guerra, Hans Ertl quase sempre esteve viajando. Em 1948, aproveitou a primeira oportunidade para partir para a Bolívia, onde viajou por três anos com uma expedição atravessando o país. Quando a família o seguiu em 1953 a La Paz, Hans se dirigia para a cordilheira de Caracórum para o projeto

Nanga-Parbat. As meninas e a esposa tiveram, elas mesmas, de dar um jeito de sobreviver na nova moradia — o que fizeram.

La Dolorida, em filme

Galinhas batem asas e cacarejam da forma como galinhas costumam bater asas e cacarejar. Gatos olham do modo como gatos costumam olhar. Cães latem da forma como cães costumam latir. E as vacas também fazem o que vacas costumam fazer. Uma velha indígena prepara comida para um homem velho de olhos azuis meio maltrapilho. Mulheres indígenas fazem isso até hoje no interior oriental da Bolívia: servir homens *brancos*. Hans Ertl colocou uma placa com os dizeres "Freistaat Bayern" [Estado livre da Baviera] na entrada da propriedade *La Dolorida*. E, desde o início da década de 1980, recebeu cada vez mais visitas de pessoas da imprensa. Em geral são alemães, como Jürgen Riester, autor das gravações feitas com câmera e gravador, fascinado com o curioso morador. Ertl adquiriu a propriedade por intermédio dos franciscanos bávaros que operavam o complexo histórico da missão de Concepción. Isso deve ter acontecido perto da transição entre as décadas de 1950 e 1960. Ertl já havia filmado um documentário sobre a flora, a fauna e o povo sirionó da Amazônia boliviana intitulado *Hito-Hito*. O filme foi exibido nos cinemas da RDA [República Democrática Alemã] e da Áustria, direcionado ao público de filmes de aventura e natureza seguindo o estilo de Jacques-Yves Cousteau e Hans Hass. Um caminhão inteiro de material para mais um filme foi perdido em um acidente. A esposa de Hans Ertl, Aurelia, morrera havia pouco tempo, e então Burgl Möller morava com ele. Ela já tinha tido um relacionamento com ele há algum tempo. As três filhas, Monika, Heidi e Beatrix, não estavam muito empolgadas com essa união, e muito a contragosto entraram no acampamento de seu pai na selva.

Hans Ertl gosta de falar sobre sua filha Monika quando cineastas ou jornalistas curiosos o visitam em *La Dolorida*. De certa forma, Monika foi o filho substituto de Hans. Ambos eram muito próximos, e ela chegara a comprar gado para a fazenda — gado de que seu pai cuidou quando ela preferiu o caminho para a clandestinidade. No momento das gravações do filme, Monika Ertl já está morta há tempo, e Hans coloca as flores favoritas dela (em posição favorável às câmeras) no local onde eles haviam se visto pela última vez em 1969. Monika tinha tentado convencer seu pai a disponibilizar a *estancia* como local de refúgio para a guerrilha. O local era retirado o suficiente. E tinha um acréscimo simbólico: La Higuera fica na mesma região, ainda que do lado oposto de Santa Cruz. Ali Che Guevara fora morto em 1967. Hans Ertl era próximo das elites militares da Bolívia, mas não tão próximo quanto seu amigo Klaus Barbie-Altmann. Enfim, Hans Ertl não disponibilizou *La Dolorida*. Ele aprovava a ditadura, não sabemos se a de Barrientos ou de Banzer.

Dizia que a ditadura era importante para trazer ordem para o país. Che Guevara, por outro lado, teria sido um sonhador, e os camponeses nunca se teriam aliado a ele como previsto no foquismo.[4] É claro que Hans Ertl não fala do foquismo, mas ele tem razão: um dos erros da guerrilha foi contar com o apoio e a mobilização dos *campesinos*, que tinham sido atraídos para o campo nacional pelo pacto agrário do governo Barrientos. Ele até poderia ter aceitado a ação armada de Monika e o *páthos* libertário da guerrilha, mas não o envolvimento dela numa revolução decididamente de esquerda. O pai se mostra aliviado pelo fato de Monika ter sido executada na rua por um soldado logo após o atentado, e não — como tantos outros — submetida ao terror dos torturadores do serviço secreto boliviano. Ele olha para a câmera, destruído por dentro, mas sem visão. Um mestre da dissociação e do esclarecimento por anedotas.

A admiração perceptível dos convidados de Hans Ertl com essa estranha existência sempre se mistura com um pouco de espanto: com o fato de o antigo cinegrafista e admirador de Leni Riefenstahl continuar se orgulhando de ter encenado os traços faciais de Rommel de maneira agradável ao público. Com o fato de, na década de 1950, ter posto Klaus Barbie, sob o codinome Altmann, em contato com um empreendedor judeu como se fosse administra-

---

4   Foquismo era uma teoria revolucionária inspirada por Che Guevara e desenvolvida por Régis Debray, que consistia na criação de focos de revolução pelo mundo. [N.T.]

dor de uma serraria — o mesmo Klaus Barbie-Altmann que encarnava como nenhum outro as torturas do nacional-socialismo. Ele também: sem arrependimentos até o fim. A habilidade de organização de Barbie-Altmann permitiu o financiamento do paramilitarismo boliviano com o dinheiro dos cartéis de drogas de Santa Cruz (Bolívia) e Medellín (Colômbia). Não muito longe de *La Dolorida* devem ter ocorrido, no início dos anos 1980, os famosos encontros entre o chefe do tráfico, Roberto Suárez Gómez, e Klaus Barbie-Altmann, para os quais Pablo Escobar enviou representantes. A pasta de coca que formava a base do famoso cartel de Medellín vinha primeiro de regiões de plantio bolivianas, e Barbie-Altmann agia como uma espécie de chefe de segurança para os visitantes colombianos. Seu plano era utilizar o dinheiro das drogas para um golpe de Estado, o chamado golpe da cocaína que levou Luis García Meza ao poder e trouxe um grupo internacional de soldados paramilitares ao país: Los Novios de la Muerte (Os Noivos da Morte, inspirado no hino da Legião Espanhola, "El novio de la muerte"), sob o comando do radical de direita alemão Joachim Fiebelkorn. O leste boliviano, que só se desenvolveu em alguns pontos, era a área de operação da tropa, enquanto os comerciantes e latifundiários da região de Santa Cruz compunham a rede de apoio com recursos financeiros para políticos autoritários de direita nas décadas de 1960 a 1980.

Avanço a Paititi
DIREÇÃO: HANS ERTL, 1956

Na tradição dos Q'ero andinos, Paititi era o último refúgio do Incarrí, primeiro antepassado deles, filho do sol e da lua. Paititi foi usado depois como refúgio concreto e imaginário contra os conquistadores espanhóis. Em seu texto secreto *Exsul Immeritus*, o jesuíta mestiço Blas Valera, no século XVI, descreveu Paititi como um local em que os elementos inca e cristão haviam se conciliado e se fundido numa nova civilização. O documento encontrado há pouco tempo e amplamente debatido na área de pesquisa também contém desenhos de Paititi.

Por isso Paititi é um daqueles locais lendários procurados até hoje por aventureiros, exploradores e pesquisadores. E Paititi também se faz presente na cultura popular. Em *Shadow of the Tomb Raider* (2018), Lara Croft atravessa a cidade perdida envolta em sagas. E Tintim e Milu também estiveram lá. No álbum *A orelha quebrada* (*L'Oreille cassée*, 1937), Tintim segue as pistas de um "fetiche" da América do Sul. O ponto de partida da aventura é o roubo de uma estátua do Museu Real de História da Arte de Bruxelas (MRAH). Na verdade, a estátua que é o estopim para a aventura de Tintim na América do Sul não é roubada, mas — como é revelado depois — apenas copiada e trocada. Essa, contudo, é uma outra história, com outros efeitos colaterais: até hoje reproduções dessa mesma estátua real são *best-sellers* das oficinas de reprodução do MRAH. Nenhuma outra escultura da coleção foi tão copiada quanto esta. Talvez essa linha lateral não seja uma história diferente, pois o emaranhado de narrativas em torno de Paititi é repleto de cópias, lendas sobre roubos e apropriações não esclarecidas.

Na aventura de Tintim e Milu, que se desenrola geograficamente entre uma coleção etnológica europeia e a floresta tropical boliviano-brasileira, encontram-se ingredientes decisivos para o filme de Hans Ertl *Vorstoss nach Paititi* [Avanço a Paititi] (1956). Em busca da origem do "fetiche", Tintim e Milu chegam exatamente à região na qual é ambientado o filme de Ertl vinte anos mais tarde. Os dois heróis de quadrinhos se movem no final da década de 1930 entre os fronts da Guerra do Chaco, que assolou a Bolívia e o Paraguai entre os anos de 1932 e 1935. Na selva, Tintim e Milu encontram o pesquisador Ridgewell, criado à imagem de uma personagem histórica, o aventureiro e explorador Percy Harrison Fawcett. Este, por sua vez, não foi apenas um fornecedor central de ideias para *O mundo perdido* (*The Lost World*, 1912), de Arthur Conan Doyle: ele é o modelo para o aventureiro com interesses científicos, mas que trabalha por conta própria e que, movido por intenções honradas e nem tão honradas assim, realiza viagens de exploração. Paititi, que foi, por muitos anos, o objetivo fantasmático das viagens de Percy Harrisson Fawcett à América do Sul, é justamente uma versão do mito do Eldorado. Indiana Jones foi criado à imagem de Fawcett — e, portanto, também Lara Croft —, e Hans Ertl o menciona, na abertura de *Vorstoss nach Paititi*, como seu modelo inspirador. Como na história de Tintim e Milu,

Ertl introduz Fawcett como um famoso desaparecido e aventureiro. Fawcett nunca retornaria (junto com seu filho e o amigo dele) da sua última expedição ao Brasil em 1925. Teceram-se (e ainda se tecem) muitas histórias sobre o seu paradeiro. O boato de que seguiu vivendo como "eremita" na floresta se manteve firme, sobretudo porque expressava nas palestras proferidas antes de seu desaparecimento uma grande fascinação por "eremitas" europeus e norte-americanos. Em suas palestras, Fawcett falava com entusiasmo desses homens que teriam abandonado a civilização para levar uma vida primeva na floresta, distante de todo conforto. Um eremita desses é o próprio Ridgewell na HQ de Hergé; e um eremita desses também deve ter sido Hans Ertl na vida real quando se recolheu à sua *hazienda*.

Vorstoss nach Paititi, o filme de Ertl com participação e filmagem de sua filha Monika, oferece uma variedade de situações limítrofes. Ele contém tudo o que compõe um filme de aventuras da década de 1950, e alguns elementos que esperaríamos encontrar mais em um filme patriota. Hans Ertl o denominou, minimizando as sequências encenadas, como um "relato documental objetivo". Vê-se a caligrafia de Arnold Fanck, com quem Ertl aprendeu seu ofício — uma encenação dramática da natureza e de experiências e aquilo que Ertl chama, em suas memórias, de acesso "artístico": gravações de filmes de animação e elementos narrativos. Os atores são desbravadores destemidos — na verdade, e isto é ainda mais incomum, também desbravadoras. Além de um jovem companheiro de viagem, Rudi, elas são a "secretária da expedição" (e amante de Ertl) Burgl Möller e duas de suas filhas, Heidi e Monika. O filme entrega ao público um fetiche de armamentos, animais perigosos e domáveis, terrenos intransponíveis, uma expedição que desbrava caminhos com facões, um rio caudaloso, um jumento devorado por insetos, surpreendentes achados arqueológicos. Visto com o olhar do século XXI, encontram-se imagens perturbadoras nele. Quando a expedição depara com formigas de fogo, Hans Ertl e seu assistente pegam um lança-chamas e gás marcial e começam a torrar e a queimar os insetos. As duras montagens entre a natureza inocente (borboletas são muito bem-vistas) e a destruição a serviço "da coisa", da busca por achados arqueológicos, têm um ar brutal. O fato de as cenas parecerem não apenas agressivas, mas também cínicas, se contempladas com olhos de hoje, deve-se à condição de que processos de fumigação e asfixia por gás se tornaram legíveis como pontos culminantes da necropolítica nacional-socialista de maneira tanto simbólica quanto prática e técnica. Nos anos 1950, ninguém manifestou incômodo, nem a produtora alemã Bavaria, nem o público, com o fato de uma pessoa famosa como Ertl, próxima às elites nazistas, manejar lança-chamas e cartuchos de gás na floresta tropical sul-americana. O cinegrafista nunca foi levado ao tribunal por crimes de guerra. Contudo, após a guerra também não teve seu passado limpo, pois sua atividade como correspondente de guerra e para o NSDAP fora classificada como propaganda nazista. Por isso, trabalhos da indústria cinematográfica alemã estavam fora de alcance para Hans Ertl num primeiro momento. Esse foi um motivo para que Ertl sondasse opções no além-mar a partir do final da década de 1940.

    A narrativa do filme culmina na queimada de uma grande extensão da floresta. O processo é relacionado com um crescente fanatismo dos exploradores. As últimas cenas do filme abandonam completamente o gênero documentário. A expedição encontrou restos petrificados de um assentamento humano. São encontrados artefatos arqueológicos: vasilhas, um pilão, uma máscara dourada, uma cabeça de jaguar de argila. Os arqueólogos amadores e suas ajudantes simplesmente não ficam satisfeitos com a descoberta e a escavação, e incendeiam sem rodeios a floresta para chegar mais rapidamente aos objetos arqueológicos. O fogo alcança o seu acampamento, e o grupo precisa fugir. Então o início e o final do filme convergem. O filme começara com imagens da *Diablada* em La Paz, uma festa na qual máscaras sincretísticas do diabo, cuidadosamente concebidas, realizavam danças em formação. Ertl, um mestre da filmagem de ornamentos corporais, filmou-as no estilo de um ornamento de multidões. Então, no incêndio da floresta, essas figuras diabólicas perseguem os invasores. Elas os expulsam da floresta, e as gravações sugerem que as peças encontradas, não, saqueadas, são deixadas em um rio como oferenda: uma oferenda para acalmar os demônios e expiar o sacrilégio do roubo. O grupo foge dali sem levar os valiosos artefatos arqueológicos.

A abordagem sentimental à natureza é surpreendente depois da abordagem belicosa no filme anterior de Hans Ertl, *Nanga Parbat* (1953). Até então o gesto interventor, o gesto da conquista, dominava a relação da natureza, na qual o conquistador tem uma abordagem dela como uma interlocutora direta. *Nanga Parbat* era claramente marcado pela retórica da guerra, tanto verbalmente — "O ataque está rolando" é informado no dia do "ataque ao cume" no acampamento-base — quanto também nas imagens, que encenam o ambiente hostil e acidentado e a invasão masculina e agressiva dele. Diferente é a abordagem sentimental em Paititi, onde o elemento original da natureza sempre está perdido. Na verdade, o registro sentimental não era totalmente estranho a Hans Ertl. Ele o exercitou, por exemplo, em algumas cenas do filme de propaganda *Glaube und Schönheit* [Crença e beleza] (1939) para a BDM [Liga das Jovens Alemãs], no qual eram exibidos idílios rurais para além das obrigatórias cenas com muita pele exposta de moças que manejavam maças.

Vorstoss nach Paititi é um filme marcadamente alemão ambientado na Bolívia. Mas o que Hans Ertl está de fato narrando aqui com sua postura dividida — conquistador e, ao mesmo tempo, cheio de humildade? Sim, assassinamos, sim, destruímos, mas o fizemos porque tínhamos objetivos maiores? Por esses objetivos maiores tomamos para nós o sacrifício de cometer um sacrilégio? Ou: nós nos deixamos levar, estávamos possuídos, não sabíamos o que fazíamos? Um pacto exótico e de esquecimento da história entre o cineasta e seu público possibilitou ambas as coisas, o excesso de violência e o fim expiatório do filme.

Um roubo de obras de arte em frente às câmeras e um recall

Existe uma história posterior ao filme que não poupa grandes gestos. O filme de 1956 termina, como descrito, com a "devolução" dos achados arqueológicos aos ancestrais quando são jogados dentro do rio num gesto de reconhecimento da propriedade indígena. Sessenta anos depois, isso se revelou uma mentira ardilosa. Tobias Wagnerberger, neto de Hans Ertl, contatou o governo boliviano em 2016 ao encontrar, no espólio do avô, 22 artefatos arqueológicos e também fotografias em preto e branco dos sirionó. Evo Morales, então o presidente indígena da Bolívia, anunciou em seguida que viajaria à Alemanha, por ocasião dos festejos para saudação do ano amazônico andino de 5524, para buscar pessoalmente a herança nacional. Os festejos de ano-novo na virada do verão são parte central da política cultural de Evo Morales para descolonização e reindigenização. O dia fora escolhido de maneira ideal para trazer de volta à Bolívia as peças levadas por Hans Ertl para fora do país, pois desde 2010 o 21 de junho é um feriado nacional. Os maiores festejos ocorreram durante o governo Morales em Tiauanaco, as impressionantes ruínas do templo sagrado dos incas.

Morales encenou a si próprio como sacerdote inca. A reintrodução do ano inca está ligada a uma crítica explícita ao calendário gregoriano. O ano é calculado a partir de 5 mil anos mitológicos até a "conquista" da América, mais os anos que se passaram desde então.

Logo depois, Morales viajou pessoalmente à Alemanha no avião presidencial para receber os artefatos. Com precisão protocolar, eles foram recebidos e transportados até a Bolívia. O que ninguém comentou, talvez porque ninguém havia visto o filme que então só existia em poucas cópias, é o fato de alguns deles serem exatamente os objetos supostamente lançados ao rio no filme *Paititi*: a cabeça de jaguar, as vasilhas, o pilão, um machado. O truque dramatúrgico de Ertl, que carregou de tensão o seu "relato documentário objetivo", se revelou retrospectivamente como uma narrativa para encobrir um roubo de obras de arte feito em frente às câmeras. Hans Ertl realizou aqui, de fato, uma *diablada*, uma crueldade: uma ficcionalização dentro do documentário para encobrir um roubo. A narrativa do filme não é uma falsificação nem uma mentira; é um truque de prestidigitação. E certamente Ertl se via assim: como um esperto enganador que ninguém conseguiu pegar de jeito. Como alguém que se movimenta entre os fronts, que não se deixa prender, que está sempre um passo à frente dos demais. Seja como for, ele possibilitou a Evo Morales um golpe de relações públicas de primeira grandeza: o ato heroico de recuperar a herança cultural perdida das mãos de um "bom alemão", das mãos do purificado neto do autor do crime.

Stimmersee (2019)

De dentro do escritório do meu apartamento, olho por cima do monitor e contemplo o lago Stimmersee. O local irradia a atmosfera do frescor do verão da década de 1950. Conheço as espreguiçadeiras de madeira desde a minha mais tenra infância. Quando fecho os olhos, sei onde o caminho entra na floresta e que, lá atrás, há uma colina íngreme na qual se encontram cogumelos no outono. Cogumelos porcini são raros, mas há outros muito saborosos: boletos, cantarelos e bovistas. Minha autoatribuída tarefa consiste em continuar nesse verão o trabalho no livro sobre os jesuítas na Bolívia dos séculos XVII e XVIII. Mas, desde que Hans Ertl me contemplou do arquivo de filmes, minhas pesquisas sempre voltam a divagar. Especialmente à noite. Sou atraída para um cosmo de imagens e frases que são contraditórias e se desafiam mutuamente. Hoje também, de repente, são duas horas da manhã e decido ir nadar, na esperança de apagar as imagens quando mergulhar. Funciona. Sobre mim está o céu noturno, a íngreme parede do monte Pendling. Nado até o final do pequeno lago e faço a seguir o trajeto de volta, levando o cheiro do lago para o apartamento. Então, consigo dormir.

Nesse tardio verão de 2019, hospedei-me às margens do Stimmersee para, durante a tarde, poder visitar meu pai, cuja saúde estava frágil. Como queria escrever, estava fora de questão me esgueirar em Kufstein na casa de um familiar. Família e concentração para a escrita não combinam bem. Mas me encontrava com a família à noite ou para caminhadas. Era um verão estranho, não havia mais tantos membros da família fazia muito tempo, mas o cuidado com os doentes nos unia. Os verões da minha infância foram quase um idílio da *Heidi* — eu me dei conta disso enquanto tinha a cabeça nos livros sobre a história colonial boliviana. Na época, passei muito tempo com meu tio Paul e minha tia Maria na cabana do Lamsenjoch. A cabana do clube alpino fica a quase 2 mil metros de altitude, diretamente abaixo de picos de calcário pontiagudos e íngremes. É um destino de alpinistas cheio de tradição, e os picos — o Lamsen, o Hochnissl — são acessíveis por meio de escadas de escalada abandonadas. Eu amava brincar entre as pedras, avistar marmotas ou encontrar uma camurça com o coração aos pulos. E era apaixonada por "ajudar" na estalagem, talvez não necessariamente para a alegria dos adultos. Mas também foram o cenário da estalagem, a felicidade etílica de todas as noites, a conversa heroica e patriótica dos (e das) alpinistas que me afastaram da montanha na puberdade. Por mais de vinte anos, não quis saber nada de montanhas nem de alpinismo. Voltei a me aproximar da escalada, e alguns anos depois, durante uma caminhada, a estéril paisagem que começa no limite da neve me atingiu como um sino. Desde então, voltei a caminhar na montanha — e no verão de 2019 fiz isso de maneira especialmente intensa, talvez também para "escapar" um pouco das preocupações. Pode-se deixar preocupações pelo caminho.

Eu geralmente passava as tardes no Stimmersee, o hotel aluga belíssimos apartamentos de férias com vista para o lago. A estalagem e o hotel foram construídos e são administrados por uma família. O próprio fundador construiu a barragem para o lago e operava uma pequena usina de energia. Quando criança, andei de patins de gelo no Stimmersee e, quando adolescente, nos encontrávamos "nas pedras" para fumar maconha e beber aguardente barata. À noite se veem, a partir de baixo, as luzes da cabana na casa de montanha de Kufstein. Dizem que é um indicador do clima: se o Pendling estiver coberto, o céu vai ficar aberto. Se o Pendling tiver uma espada, virão neblina e nevada.[5] A morfologia da paisagem ficou cravada em mim, mas só raramente ela cria as ressonâncias de uma consonância. O que me era familiar — mais ao gosto de Sigmund Freud do que ao meu — sempre foi pouco familiar; faz algum tempo que só a contragosto me abro novamente à beleza dessa paisagem e volto a me permitir a ideia de que, de fato, tive uma boa infância, uma infância com cores de material fotográfico histórico. Cores desbotadas, dependendo do material das fotos, vermelho, marrom ou amarelado, mas com o vermelho dominante. Folheio álbuns e me detenho em uma foto na qual minha mãe e eu estamos descansando à beira de um riacho. Melhor dizendo, ela descansa enquanto eu pulo em volta. Como sempre ela sorri relaxada, camiseta vermelha, calça vermelha enrolada até em cima. Eu, como quase sempre na época, com camisa xadrez e calças curtas.

5 No original: "Hat der Pendling einen Hut, wird das Wetter gut. Hat der Pendling einen Säbel, gibt es Schnee und Nebel". [N.T.]

Eu queria ser um menino, pedia para me chamarem de Charlie. Eu também era menina moleca como as filhas de Ertl naquela velha foto em preto e branco. Na foto do nosso álbum de família, estou com meu cantil laranja preferido pendurado no pescoço, um dos pequenos objetos que realmente eram meus — quase todas as outras coisas eram divididas ou emprestadas entre nós.

Minhas pesquisas sobre os Ertl ocorreram no verão de 2019, ainda em grande parte na Bolívia. Klaus Barbie-Altmann já tinha aparecido, mas eu ainda não via nenhuma ligação com este lugar, com Kufstein. Eu teria de me afastar do meu refúgio no Stimmersee por cerca de quinhentos metros a leste, subindo a planície achatada no final do estacionamento, e então aí eu teria visto o pequeno monumento.

Pacífico e informativo ele está no jardim frontal: um monumento que, provavelmente, foi erigido a Hans-Ulrich Rudel pela família e por amigos. A versão em brinquedo de um avião Junkers montada sobre uma pá de hélice disposta na vertical. "Em memória do coronel H.-U. Rudel." Entre o verão de 2019 e março de 2020, quando foi feita essa foto, descobri muito mais sobre a segunda carreira de Klaus Barbie-Altmann como conselheiro do serviço secreto e negociante de armas. Hans-Ulrich Rudel sempre era mencionado nas redes dos antigos e novos nazistas como uma figura central, ele que quebrou recordes como o mais condecorado piloto de bombardeiro da Wehrmacht com mais de 2.500 voos, foi ferido cinco vezes e tido como possível sucessor de Adolf Hitler. Assim como

Barbie-Altmann, ele também conseguiu fugir para Buenos Aires em 1948 pelo "caminho de ratos"[6] com a ajuda de Alois Hudal no Vaticano, engajando-se ali no "Kamaradenwerke", uma organização de ajuda para criminosos de guerra nazistas, mantendo contato próximo com círculos internacionais de ultradireita e protegendo a identidade de Josef Mengele, juntamente com Willem Sassen van Elsloo. Ele publicava com regularidade artigos na revista mensal antissemita e abertamente nacional-socialista *Der Weg*, publicada em Buenos Aires pela editora Dürer. Em 1953, Hans-Ulrich Rudel apareceu como o principal candidato do partido de extrema direita Deutsche Reichspartei da Alemanha. Na Argentina, fez carreira, primeiramente como consultor militar e depois como negociante de armas. Na década de 1950, recebeu de Juan Perón seu cargo no Instituto Argentino de Aeronáutica. Numa agenda de endereços atribuída a Rudel, disponível em cópia no dossiê Rudel, que se encontra no Instituto Wiesenthal para Estudos sobre o Holocausto em Viena, constava, entre os números da estalagem do Stimmersee — justamente meu refúgio de escrita de verão —, o número do ditador paraguaio Alfredo Stroessner. Nos anos 1960, Stroessner também tentou fazer de Rudel cônsul na Áustria, sem sucesso. Nos arquivos do Instituto Wiesenthal consta uma carta na qual se lê que Rudel, quando numa pista de esqui

---

6 *Rattenlininen* ou "caminhos de rato" eram sistemas de fuga criados para nazistas e outros fascistas que escaparam da Europa após a derrota das potências do Eixo ao fim da Segunda Guerra Mundial. [N.T.]

em Arlberg, teria falado com o então ministro de Relações Exteriores e posterior chanceler, Bruno Kreisky, sobre o cargo no consulado, mas este teria se mostrado evasivo. Rudel forneceu armas a Stroessner, e também a Augusto Pinochet. Teria ainda participado da formação do famoso serviço secreto de Pinochet, o DINA. Visitou a seita alemã Colonia Dignidad, cuja sede, provavelmente, servia de ponto de distribuição para fornecimento de armas e onde Pinochet operava um centro de tortura. Em 1987, numa disputa judicial com o então ministro alemão do Trabalho, Norbert Blüm, Pinochet teria se referido a Hans-Ulrich Rudel como testemunha principal e amigo que lhe teria confirmado que o extermínio dos judeus não poderia ter acontecido daquela maneira. Rudel atuou como lobista na América do Sul para várias firmas alemãs e austríacas, como a Siemens ou para a Lahmeyer International, de modo a preparar o ambientalmente controverso projeto da barragem de Yacyretá. Em 1974, entrou na mira da CIA, juntamente com Klaus Barbie-Altmann, devido a negócios envolvendo drogas.

Graças a estudos aprofundados em arquivos que foram recentemente liberados, é bem documentado o papel de Barbie-Altmann na obscura rede de atividades de segurança de Estado. Suas atividades iam desde a operação de empresas de fachada de importação e exportação, obtenção de informações sobre a esquerda sul-americana e fornecimento estratégico de armas, até o repasse de conhecimentos de repressão e de tortura. No entorno da família Barbie, Rudel não era apenas um parceiro comercial, mas também quem ajudou Barbie a se estabelecer em Kufstein. Uma outra conexão consiste no fato de ele ter estabelecido o contato na década de 1960 entre o serviço secreto alemão (BND) e as redes de ultradireita na América do Sul. Ele foi o informante do famoso agente WALTER (V-33296, nome de trabalho ORION) que atuava para o BND na área de comércio de armas/América do Sul. Por trás do codinome, ocultava-se o major-general Walter Drück, antigo comandante do Batalhão de Pioneiros das Montanhas 82. Sua missão era, em primeiro plano, sondar possibilidades de venda para armas alemãs, e, em segundo plano, conquistar colaboradores do BND para a luta contra o comunismo. Os antigos nazistas da colônia alemã na Bolívia eram membros orgânicos de ambos. Esse lado inglório do BND também já está muito bem documentado. Por isso, vamos descrever apenas uma constelação exemplar que demonstra de maneira vívida como essa rede era composta e como fazia a intermediação entre Kufstein e La Paz.

La Estrella

A constelação leva o belo nome de La Estrella (A estrela). Essa estrela surgiu nos anos 1950 e 1960. O dono da empresa era uma das mais brilhantes figuras da cena nazista latino-americana: o antigo *Sturmbannführer* [Líder da unidade de assalto] da ss Friedrich Schwend, que, na década de 1940, falsificara grandes quantidades de libras esterlinas a encargo do escritório central de segurança do Reich, com o fim de desestabilizar a economia inglesa e obter divisas para o Reich. Ele pôde ficar com um terço das divisas produzidas. Além disso, era responsável por esconder ouro nazista. Por fim, em 1946 se transferiu para o Peru. O agente WALTER admirava Schwend e o incluiu, em grande estilo, na coordenação do comércio de armas. La Estrella negociava com todos e mantinha uma meia dúzia de filiais na América Latina. Além disso, a empresa servia como uma rede institucionalizada para manter as conexões entre os correligionários em além-mar, de modo que a agenda de endereços de Schwend, ou seja, a lista de nomes dos chamados representantes da Estrella, pode ser lida como um "'Quem é quem' dos criminosos nazistas fugidos para a América Latina": Willem Sassen, secretário que registrou as memórias de Eichmann, representava La Estrella em Buenos Aires; o irmão mais novo de Sassen, Alphons, que mais tarde se gabaria de ter libertado o Equador da guerrilha, representava a empresa em Quito; e Klaus Barbie-Altmann estava em La Paz. Em Madri, a empresa era representada pelo antigo *Obersturmbannführer* [Comandante da unidade de assalto] da ss Otto Skorzeny, que escapou no último minuto da audiência nos Tribunais de Nuremberg e também mantinha contatos com o norte da África. Hans-Ulrich Rudel, por sua vez, era representante no Paraguai e viajava regularmente em missão oficial para a Áustria e a Líbia, para a Suíça e para a República Federal da Alemanha. Numa carta de 1974 a Álvaro Castro, Klaus Barbie reportava bem humorado sobre o Paraguai:

> Bem, é verdade, no dia 7 deste mês viajei a Assunção, por convite pessoal e especial do meu amigo e camarada de guerra, nosso maior herói, o coronel Hans-U. Rudel, o famoso piloto de bombardeiro de mergulho [*Stukaflieger*]. Eu mesmo nem contava com essa viagem, mas ele queria me ver e pagou todas as despesas da viagem, do hotel e outras coisas. Uma bela viagem, boas pessoas, dias muito agradáveis para mim. Infelizmente fui avistado por jornalistas — meu rosto é conhecido no mundo todo — e daí que saiu a notícia.

Foi Rudel que estabeleceu o contato com a fabricante de armas austríaca Steyr-Daimler-Puch, de tal modo que se tornou representante com participação nos lucros da fabricante de tanques na Bolívia, o que, por sua vez, fez com que, em 1980, os trabalhadores que protestavam nas ruas de Santa Cruz e Oruro recebessem tiros de tanques Kürassier da Steyr.

Rudel era um daqueles antigos nazistas que permaneceram invisíveis apesar da visibilidade excepcional. Volta e meia recaía a luz de um escândalo sobre ele: em 1976, os chamados casos Rudel desencadearam debates nos meios de comunicação sobre a preservação da tradição no Exército alemão, depois que altos oficiais do Exército o convidaram a um encontro tradicional do esquadrão de batalha *Immelmann*. Em 1978, Rudel foi recebido no campo de treinamento da seleção alemã de futebol durante a Copa do Mundo da Argentina. Em 1981, o Mossad teria considerado sequestrar seu filho Christoph, então com doze anos de idade, com o objetivo de chantageá-lo para obter acesso a Josef Mengele, que recebia regularmente dinheiro de Rudel. Agentes israelenses teriam se alojado em Kufstein para planejar a ação de sequestro. E, na ocasião do seu sepultamento, em 1982, houve um escândalo porque vários caças *Phantom* e *Starfighter* da Força Aérea alemã teriam, supostamente, sobrevoado seu túmulo na Baviera em sua honra.

Interrompo por aqui. Por trás desse nome e desses dados desdobram-se as trevas das redes pós-nacional-socialistas que agiam por várias décadas no mundo todo. Esses homens estiveram ativos e produtivos durante toda a segunda metade do século xx, muito mais longevos do que o tempo em que vigorou o regime racista dos nazistas na Alemanha. Ainda antes das minhas pesquisas sobre os Ertl, eu tinha total clareza sobre a continuidade dos funcionários públicos, cientistas e partes da elite cultural do nacional-socialismo na Alemanha e na Áustria. Entendi, como tantos outros, o ano de 1968 como uma reação especialmente cultural e, em parte, também militante contra o escândalo dessa continuidade. O que me incomodava nas coisas que li nessa época era o fato de as ações de Barbie, Schwend, Rudel e companhia terem influenciado por décadas, e de maneira direta, brutal e profunda, a vida de milhões de pessoas que só estavam conectadas com a Europa por meio dessa influência a distância. Isso é uma herança do nacional-socialismo diferente daquela que eu conhecia até então. Como eu poderia abordar o trabalho brutal que os antigos membros da ss e algozes da Gestapo realizaram nas salas de máquinas e porões de tortura dos ditadores de direita? O que significa para a historiografia o fato de as consequências de longo prazo dos conhecimentos e técnicas nazistas terem marcado todo um continente ao longo de meio século? Ou que o conhecimento de tortura da Gestapo, cultuado na luta anticomunista dos Estados Unidos, foi aperfeiçoado ainda mais na década de 1980 na Bolívia, na Argentina, no Chile e no Uruguai?

Se eu tivesse conhecimento de tudo isso, não teria mais dormido tão tranquilamente no hotel Stimmersee no final do verão de 2019.

Heróis e heroínas

— A sua história é muito cheia de esperança, na verdade tudo deu errado para Monika Ertl; e o ELN sumiu logo na insignificância.

— Em retrospecto, pode até parecer assim, mas para mim é importante não desvalorizar totalmente as esperanças da época apenas porque elas não tiveram o sucesso esperado. Na época havia resistência de várias formas, inclusive contramedidas realmente violentas. Olhando a longo prazo, mesmo Barbie foi preso e extraditado já nos anos 1980. Muita coisa começou na década de 1970, e as pessoas citadas no meu livro puseram tudo isso em movimento.

— Existe alguma heroína secreta ou algum herói secreto na sua narrativa?

— Loyola Guzmán seria uma candidata, ela esteve no ELN e é politicamente ativa até hoje. Pessoas como ela, que criticaram o estilo de liderança populista de Morales a partir de uma perspectiva decididamente de esquerda, são importantes para a Bolívia. O fato de poder existir uma crítica interna desse tipo demonstra que as instituições democráticas se consolidaram, de fato, nesse meio-tempo.

— As duras guerras de facções dentro da esquerda na Bolívia, que eu mesma vivi durante a década de 1960, por muito tempo dificultaram o combate eficiente dos governos autoritários. Além disso, muitos dos *líderes* eram obrigados a agir no submundo, e isso não necessariamente fomenta as instituições democráticas.

— Loyola Guzmán, quando não estava mais sob ameaça direta de prisão, conectou o projeto da esquerda com questões de direitos humanos e anseios de política democrática. Isso é característico das mulheres no movimento. Hoje, porém, por ter criticado Evo Morales, é vista quase como renegada. Mas ela é muito clara no seu posicionamento: à esquerda, mas não por isso acrítica.

— Existe também um herói secreto?

— Não. Já houve heróis mais que suficientes, agora basta.

Hito-Hito
DOCUMENTÁRIO DE HANS ERTL, 1958

Três imagens:

Monika Ertl, distribuindo ao seu pai e a Burgl Möller piranhas recém-pescadas e fritas, depois se agachando com as pernas afastadas, rindo para a câmera, comendo diretamente da frigideira. Alguém que toma espaço, senta como um menino e que por isso, tenha que receber comentários do narrador atribuindo-lhe características especialmente femininas. Por exemplo, sobre como os remos da canoa devem ser ocultados: "Monika realiza a "maquiagem" para os remos. Como todas as mulheres, gosta de se pintar".

Outra vez Monika Ertl, capturando cobras venenosas com um sorriso forçado, flertando com elas em frente à câmera, por fim enchendo uma garrafa com elas e "regando" com álcool, de modo que cheguem intactas ao contratante, o zoológico do Bronx, em Nova York. Sedução e morte, apresentada com sorrisos para a câmera. Mais tarde, na guerrilha, ela se deu o nome de Imilla, palavra quéchua para "menina".

Uma vista lateral agora: na imagem estão primeiramente mulheres sirionó, ocupadas com afazeres cotidianos. Elas preparam alimentos, cozinham, amamentam, deitam-se na rede, cachimbinho na boca. Um giro da câmera: Monika Ertl luta com a câmera. Ela precisa inserir um novo filme rapidamente. E a voz do narrador aponta o contraste entre a felicidade e a despreocupação das mulheres sirionó, com o estresse civilizador da cinegrafista moderna. Se retirássemos a voz narrativa com colorido bávaro de Hans Ertl, que conta a conhecida história do estranhamento dos "primitivos" quanto ao seu modo de viver natural devido aos invasores *brancos*, poderíamos intitular o filme *Hito-Hito* de maneira objetiva como: imagens relativamente longas e monótonas, muitas de jacarés. Seguimos o olhar de uma câmera interessada em estruturas, estruturas essas que não são facilmente identificáveis na plenitude da floresta tropical. Além disso, há muita visão comparativa na repetição. A dança Hito-Hito, que dá o título ao filme, foi filmada duas vezes: uma na floresta, onde foi realizada por pessoas sem roupa, um círculo no qual homens e mulheres se movem ritmicamente e cantam sobre como são despreocupados e felizes. Então outra, numa *estancia*, uma fazenda na qual o grupo sirionó acampou temporariamente para ganhar dinheiro na colheita. Novamente há dança e canto, mas agora os dançantes estão vestidos em respeito à empregadora *branca*. Em ambos os casos: rostos em êxtase, rostos em expectativa.

O filme trata da expulsão do paraíso. Os sirionó são apresentados como pessoas originárias que, enquanto vivessem na floresta, não seriam perturbadas pelo estresse da civilização e pela destruição. Justamente isso é o que Hans Ertl traz pessoalmente à floresta, num contraste perturbador com o que logo seria irremediavelmente perdido. O primeiro "avistamento" de uma sirionó é comentado com a exclamação "Uma menina índia!", da mesma maneira como se fazia outrora quando apareciam animais selvagens especialmente espetaculares. Hans já estava com a câmera pronta quando a menina, que ainda se banhava tranquilamente, se assusta e desaparece na mata. Ertl encena a violência da invasão e, ao mesmo tempo, a minimiza: só se dão tiros com a câmera; ou então, para não falhar totalmente no tiro ao alvo, se atira também com o estilingue. O segundo homem no time, Franz Ressel, não consegue competir com os homens sirionó no tiro com arco e flecha. No caso, Ertl atira numa lata com o estilingue.

Como é típico do cinema etnográfico dessa época, Ertl encena a arrogante superioridade midiático-tecnológica do Ocidente quando filma homens sirionó inspecionando a câmera, ou quando mostra Franz Ressel durante a apresentação de brinquedos mecânicos que deixam as crianças espantadas e entusiasmadas. O espanto dos outros é a medida do distanciamento entre "nós" e "eles". As imagens também se dedicam à intensificação do efeito de identificação nostálgica com o objeto do desejo da câmera: foi-nos negado ser felizes e viver perto das origens, como esses "outros" fazem. E logo eles também não terão mais essa existência despreocupada com a civilização. Nota-se bem que Hans Ertl ficou de fato maravilhado com os sirionó, mas sua perspectiva é marcada pelo aparato ideológico de concepções de revolução cultural sobre progresso e primitividade. Seu olhar para os sirionó é nitidamente inspirado por publicações etnológicas populares, como o livro *Zum Sonnentor durch altes Indianerland* [Rumo ao portão do Sol através da antiga terra dos índios], de Richard N. Wegner, publicado em 1931. O livro recebeu uma reimpressão carregada de imagens em 1936, o que permite deduzir o grande interesse do público. O médico e etnólogo alemão viajara entre 1927 e 1929 pelas planícies bolivianas, descrevendo diferentes grupos de sirionó em seu relato de viagem, que ocuparam muitas entradas do seu diário. Até a década de 1980, os sirionó, aparentados, linguística e culturalmente com os guarani-mbyá, eram uma fascinante atração etnológica. O seu cotidiano atravessado pela espiritualidade e sua forma de vida rebelde contra intervenções do Estado ainda iriam ecoar nos escritos de Hélène e Pierre Clastres. Wegner e Ertl já consideravam interessante essa conexão entre profetismo indígena e organização política de caráter anarquista. Na publicação de Wegner, já podem ser encontradas fotografias de homens que giram a cabeça em êxtase durante a dança hito-hito; ele também já tematiza o provável desaparecimento dessa forma de vida. E ainda quer salvá-la ao tirar fotografias. E ao agir como ladrão de sepulturas. Sempre que podia, desenterrava crânios ou os roubava até mesmo de arranjos claramente ritualísticos, apenas para medi-los e formular elucubrações de teoria racial. Hans Ertl é herdeiro dessa etnologia popular dinâmica e nostálgica tanto com seu olhar de câmera quanto na narração do filme.

De uma perspectiva feminista, a encenação das mulheres em *Hito-Hito* é ambivalente. Por um lado, as duas participantes da expedição são encarregadas da parte de cuidados e dos afazeres domésticos — como era de se esperar. Além de organizar a comida e a logística das barracas, isso envolve também tratar dos animais. Burgl Möller é preferencialmente mostrada engordando cegonhas e cervos ou alimentando tatus com guloseimas. Mas tanto ela quanto Monika Ertl também caçam e pescam. E ainda precisam realizar trabalhos físicos pesados, como enfatiza Hans: sem levar em conta o seu gênero. Devido ao domínio do diretor como olho e voz do filme, não resta muito espaço de atuação para as atrizes, e, apesar disso, tem-se a impressão de que justamente Monika conquista o seu espaço. Sua presença corporal e a forma com que age frente à câmera são ativos do filme. Seu pai, por sua vez, a encena como chamariz e atração: sorrindo relaxada, ela ouve atentamente os peixes que Franz Ressel segura perto do microfone; vitoriosa, os expõe frente à câmera escalando uma pedra; corajosa, coloca um lápis entre os dentes afiados de uma piranha; com desenvoltura despojada, salta para a carroça de bois que está partindo. Ela é a garota-propaganda para o filme, por exemplo na revista *Münchner Illustrierte*, que, em 1958, publicou uma fotorreportagem em várias partes sobre a expedição. Empunhando um peru morto, ela sorri para a câmera com lábios um pouco vermelhos demais e posicionada ao lado do título. "Sua especialidade: peru à la Ertl" era o título da reportagem. A ambiguidade da imagem, o flerte com a inocência e a morte, o conforto e a violência, corresponde precisamente àquilo que Monika encena no filme. Ou seja: garota à la Ertl.

De trem pela floresta (2019)

É um pequeno milagre que o trecho ferroviário ainda exista, pois, como é frequente acontecer na América do Sul, até redes ferroviárias foram construídas durante a (agro) industrialização; contudo o transporte ferroviário sucumbiu quase totalmente na modernidade movida a petróleo, substituído por caminhões e transporte individual. Mesmo assim, a *Ferroviaria Oriental* ainda opera até hoje mais de mil quilômetros de rede ferroviária para transporte de pessoas e mercadorias, com conexões com as redes ferroviárias do Brasil, da Argentina e do Paraguai. Ela não está conectada ao sistema ferroviário andino. Teoricamente, uma viagem até o altiplano boliviano só seria possível passando pela vizinha Argentina. A separação entre planície e planalto tem eficácia política e simbólica, e largo alcance. São quase sistemas de circulação separados: econômico, político e cultural. Estamos perto do Natal de 2019, e nas mídias bolivianas há reportagens da Argentina falando da agitação de Evo Morales. Especula-se se ele vai ser detido ou não. Quando passo pelos pequenos vilarejos entre Santa Cruz e San José sacolejando no trem, vestígios da campanha eleitoral anti-Morales podem ser vistos em todo lugar: candidatos de oposição pintaram vilarejos inteiros com cores gritantes. Não é o cartaz da campanha eleitoral que serve à propaganda, mas, sim, toda uma nova pintura de muros de casas e jardins, incluindo slogans eleitorais pintados. Um vilarejo pelo qual passamos foi totalmente pintado de verde.

É divertido viajar de trem. Todos parecem ficar felizes quando as duas locomotivas passam juntas. Que outro meio de transporte poderíamos dizer que ainda hoje proporciona alegria ao viajante? Carros, ônibus e as onipresentes motocicletas são meios para um destino, ônibus turísticos são um mal necessário, enormes caminhões atestam a potência econômica dos comerciantes locais e das empresas internacionais. O trem, por sua vez, recebe muitas saudações com acenos. O atendimento a bordo traz as especialidades locais: hip-hop latino no último volume, depois dois filmes de ação americanos, um deles carregado de torturas, outro bem agitado. Quando finalmente os filmes terminam, é servida *picada* (carne grelhada para petiscar) e apaga-se a luz interna, e aí a coisa começa de verdade: o pequeno trem liga os faróis e seguimos sem fim pela floresta. Como imagens de cinema, as opulentas formações de árvore-arbusto-parasita aparecem como relâmpagos uma depois da outra. As campinas no meio são iluminadas por vaga-lumes. É como uma mistura de *Avatar* e o *Mundo perdido* de Arthur C. Doyle — ou seja, *Jurassic Park* —, e quando saio dos meus aposentos no dia seguinte, estou olhando para uma formação montanhosa de planalto. A ideia de que um ecossistema totalmente diferente e anacrônico pudesse ter sobrevivido em um platô tão elevado me parece plausível depois dessa viagem cinematográfica. Por que não poderíamos nos mover ao longo do tempo? A ideia de um período planetário único já se esvaiu há muito tempo. Claro, mesmo aqui estou conectada com a era tecnológica padronizada por meio de telefone e Wi-Fi. Fico feliz de poder manter contato com minhas pessoas queridas por estar nesta temporalidade tecnológica. Ao mesmo tempo, uma temporalidade própria se torna experimentável aqui em Chiquitos. Cadeias de eventos — diferentemente da minha viagem de trem, que funciona segundo o tique do relógio planetário (nunca se pode esquecer que a padronização do tempo surgiu, entre outros fatores, de um problema de trajetos de viagem) — são organizadas de maneira improvisada em San José: perguntas criam respostas, pouca coisa é planejada, tudo se resolve após um tempo de espera. Ou não. Assim como o exuberante mundo animal e vegetal se apresenta aos meus olhos europeus como uma estrutura entrelaçada de microprocessos — da mesma forma a vida social se organiza aqui em partes. Então por que não *Jurassic Park*? Já vi vários dinossauros de plástico por aqui.

Surazo, material de filme perdido

Em 1959-60, Hans Ertl fez as primeiras gravações para seu terceiro documentário boliviano. Deveria se chamar *Surazo*, como o vento frio que vem do sul, da Patagônia, e sopra a intervalos irregulares nos trópicos bolivianos, fazendo as temperaturas caírem vinte graus ou mais em um período curto de tempo. Na minha primeira viagem à Bolívia, ele me surpreendeu em Santa Cruz. Eu tiritava de frio no ônibus para Concepcíon, pois não tinha roupa apropriada nem cobertor, diferente de todos os demais. O filme de Ertl, *Surazo*, deveria documentar, no estilo de *Hito-Hito*, animais e pessoas da região de Isoso, ao sul de Santa Cruz. Ele solicitou informações sobre os grupos indígenas junto a Karin Hissink do Instituto Frobenius em Frankfurt, e ela o orientou a procurar missionários locais e o instruiu sobre os pontos relevantes na representação geral dos grupos indígenas do Chaco referida por Alfred Métraux. Contudo, o material revelado do filme não chegou aos cinemas. Depois de cerca de metade da filmagem, em 1962, o caminhão de Ertl caiu num rio ao atravessar uma ponte, e o material filmado se perdeu. A empresa de filmagens de Ertl com sede na Baviera não tinha material excedente, e os esforços de Ertl para obter apoio financeiro junto ao Ministério do Interior alemão foram infrutíferos. Ele teve então a ideia maluca de solicitar uma revisão da decisão de não reconhecimento do Prêmio Alemão de Cinema para *Nanga Parbat* e solicitar o pagamento retroativo do prêmio. Depois, Ertl se afastou dos filmes e instalou em sua fazenda, *La Dolorida*, a seguinte placa: Estado Livre da Baviera.

Superiluminação e lacunas

De Monika Ertl praticamente não existem documentos autobiográficos, ao contrário do seu pai ou de Klaus Barbie-Altmann. Há pequenos fragmentos do diário no livro *Paititi*, de Hans Ertl, alguns poemas, um punhado de fotos que ela mesma tirou na cidade mineradora de Sewell e na mina local de cobre El Teniente. São os outros que falam e escrevem sobre ela. Os homens que contam sobre ela são o pai, combatentes, (supostos) amantes. As mulheres são suas irmãs: Beatrix, a mais nova, que é tão honesta a ponto de não fazer nenhum segredo com relação ao seu ciúme em relação à "filha preferida" de Hans, e que nesse meio-tempo se dedica à procura por desaparecidos das ditaduras. E Heidi, a irmã do meio, que pode compreender que Monika acreditava só ser possível escapar do meio social racista e de ódio aos trabalhadores quanto à sua vida privilegiada, como esposa de engenheiro, por meio de um passo radical, mas é incapaz de aceitar que Monika pegue em armas. O que é possível especular sobre a realidade de vida de Monika Ertl, com tamanha distância temporal e sem documentos próprios?

Toda essa época é envolta em lendas, pontuada com os nomes de figuras míticas, embebida numa atmosfera de suspeita e simulação que dificulta criar um retrato mais próximo da realidade. Era difícil discernir fato e ficção dentro do clima corrente de investigações e manobras do serviço secreto, de espionagem e infiltração. Por um lado, muita coisa tinha de ser mantida em segredo; por outro, serviços secretos e grupos clandestinos lançavam informações falsas. Os antigos nazistas também faziam isso (por exemplo, com a disseminação consciente do mito da rede de fuga secreta de nazistas ODESSA, organizada com perfeição por antigos membros da ss), assim como os "caçadores de nazistas", por vezes involuntariamente.

Consequentemente, muitos dos trechos de informações sobre Monika Ertl não são confiáveis. Como migalhas, elas às vezes se encaixam, às vezes não. Funcionam como pequenas janelas, aberturas que permitem o olhar para a distante proximidade do cotidiano político entre a Alemanha e a Bolívia na metade do século xx.

Retratos de uma revolucionária

As gravações de *Hito-Hito* e do filme *Paititi* são as únicas imagens móveis existentes de Monika Ertl. Feitas a partir do olhar paternal, vemos uma jovem que pode olhar marotamente, mas também com seriedade, a roupa verde de camuflagem, manuseando panelas, animais ou câmeras. Depois, há apenas fotos que membros da família, amigos e companheiras de jornada seguram para a câmera de documentaristas: Monika com roupa de golfe em Sewell, elegante no círculo familiar; depois com equipamento de guerrilha montada num cavalo ou num jipe. Quem segura as imagens mais cativantes para a câmera é Régis Debray. Ele dedicou a Monika um romance intitulado *La Neige brûle* (*A neve queima*, de 1977, publicado na Alemanha em 1979 com o título *Ein Leben für ein Leben*), um retrato romântico exagerado da revolucionária. Suas fotos de Monika no acampamento de formação em Cuba de 1971 quase que se aproximam demais de mim. Nelas se vê uma moça extremamente vivaz e visivelmente relaxada, que não é mais uma menina, fumando, bebendo, rindo durante uma partida de tênis de mesa, numa viagem de carro. Se a datação de Régis Debray estiver correta, as fotos devem ter sido feitas pouco antes de sua viagem à Alemanha e do atentado contra Roberto Quintanilla. Só com muita dificuldade é possível conciliar essas imagens produzidas nas pausas da formação para a luta armada (Debray diz que teria conhecido Monika Ertl entre um seminário sobre construção de bombas e um curso de rádio) com o ataque realizado com profissionalismo. Por outro lado: como imaginamos uma mulher que planeja a logística de um assassinato político em um outro continente? Talvez nesse momento tudo já estivesse planejado, e Cuba fosse apenas a última etapa num caminho que há muito se mostrou como o único caminho viável, política e moralmente. A liderança do ELN boliviano, do qual Monika Ertl fazia parte, publicara um comunicado detalhado em abril de 1971, imediatamente após o ataque, apresentando as razões de o atentado ter sido escolhido: Quintanilla tinha sido forçado a prestar contas pela justiça popular revolucionária. Seus crimes são listados sistematicamente, desde a responsabilidade pela amputação das mãos de Che Guevara até a tortura e o assassinato de Inti Peredo e de outros companheiros de luta. No documentário de Christian Baudissin, *Gesucht: Monika Ertl* [Procurada: Monika Ertl] (1988), tanto Debray quanto Heidi Ertl enfatizam que Monika teria sido menos motivada pela teoria marxista da luta popular do que pelas esperanças de salvação revolucionária inspiradas pela Teologia da Libertação. Poemas que dão a Che e Inti os títulos de Messias ou Cristo são apresentados e lidos para o olho da câmera.

Por que os motivos de Monika Ertl para entrar na luta armada são regularmente despolitizados e convertidos numa paixão individual, num impulso extasiado? Seriam tentativas de minimizar a militância de Monika por meio de um padrão sexualizado? Por que as testemunhas masculinas se inclinam a explicar seus atos como produtos românticos do excesso afetivo? Essa tendência perdura até hoje em diversas representações, sejam ficcionais — como *Los afectos*, de Rodrigo Hasbún (*Die Affekte*, 2015, 2017)[7] ou *Mein Name sei Monika* [Dizem que meu nome é Monika] (2020) de H. C. Buch —, sejam propagandísticas como a hagiografia de Monika Ertl na televisão cubana, sejam ainda documentais, como o já mencionado documentário de Christian Baudissin. É uma tendência que encontramos não apenas com relação a Monika Ertl, mas também na representação do envolvimento de outras mulheres ativas na guerrilha, como Tamara Bunke. Uma outra tendência é a de caracterizar essas mulheres pelos seus relacionamentos com homens da guerrilha.

Não se trata de nivelar as experiências masculina e feminina dentro da guerrilha, tampouco de uma autenticidade compreendida erroneamente. Mas, sim, de compreender melhor as várias camadas da militância feminina. Os poucos testemunhos reflexivos de próprio punho das combatentes, por exemplo os escritos por María Eugenia Vásquez no tempo em que esteve no M-19 colombiano,

---

7   Rodrigo Hasbún, *Os afetos*. Trad. José Geraldo Couto. Rio de Janeiro: Intrínseca, 2016. [N.E.]

tornam muito claras as diferenças quanto a acesso, processo formativo e papéis desempenhados por mulheres e homens na luta armada. E elas também testemunham a grande parcela imaginária presente na reconstrução das ações perigosas e secretas na clandestinidade.

As unidades de combate insurgentes eram, de fato, um ambiente atraente para certas mulheres, mas também perigosas, não só porque o machismo estrutural presente em toda a sociedade se misturava com ficções de igualdade. Nas orientações táticas de Che Guevara para a guerrilha, as mulheres são efetivamente bem-vindas como combatentes mas, para elas, estão previstas sobretudo tarefas de transporte e comunicação, além de fins de formação, atividades medicinais e "tarefas às quais estão acostumadas em tempos de paz", como costurar e cozinhar. As poucas afirmações no seu *Diário boliviano* acerca da presença de combatentes femininas confirmam que ele defendia esse posicionamento não apenas na teoria.

Acrescentam-se ainda outros momentos destacados por María Eugenia Vásquez: a sexualidade livre e uma forma decididamente antifamiliar do relacionar-se foram praticadas conscientemente dentro das unidades de combate, teoricamente fortalecidas pela leitura do texto de Friedrich Engels *A origem da família, da propriedade privada e do Estado*.[8] Quando o assunto eram as crianças, ficava menos perceptível a influência de modelos alternativos

---

8   Friedrich Engels, *A origem da família, da propriedade privada e do Estado*. Trad. Leandro Konder. Rio de Janeiro: Bestbolso, 2014. [N. T.]

de responsabilidade e parentesco. As combatentes eram as únicas responsáveis quando ficavam grávidas — com a consequência de as gestações serem interrompidas sob condições médicas duvidosas, ou de as crianças serem criadas pelos avós ou outros parentes. Ao mesmo tempo, dentro das diferentes formações havia também estruturas solidárias entre as mulheres, e em muitas guerrilhas elas também assumiam posições de liderança. No M-19 colombiano, do qual Vásquez fazia parte, as mulheres galgavam posições-chave tanto na luta militar quanto na organização.

Monika Ertl também era parte do comitê de liderança do ELN. É provável que tenha entrado no grupo só depois da derrota da guerrilha boliviana de Che Guevara, e não fez parte da segunda conhecida ação de combate do ELN em Teoponte. Apesar da formação em Cuba, ela provavelmente não atuava em operações clássicas de combate no interior, mas, sim, em palcos urbanos. As vozes proeminentes (e masculinas) que faziam comentários dão poucas informações sobre as atividades comuns de Monika Ertl no nível da liderança. Régis Debray, H. C. Buch e Heidi Ertl apresentam uma versão do seu envolvimento segundo a qual Monika, na verdade, estaria à procura de uma figura (paterna) de liderança e teria assumido essa posição mais pela necessidade.

A contraprova vem num artigo sobre a família boliviana-alemã Schütt, de Cochabamba, e sobre seu filho, que também esteve ativo no ELN: também nesse caso, os filhos da família alemã burguesa tinham um envolvimento de esquerda. O mais velho, Jürgen Schütt Mogro, era um colega de combate de Monika. Foi preso na Bolívia no final da década de 1960, seu passaporte alemão o salvando da prisão, e em 1970 foi deportado para a Alemanha, onde se engajou em círculos marxistas cristãos. Era membro da curadoria do comitê Europa-América Latina, no qual atuavam católicos de esquerda como Johann Baptist Metz ou Walter Dirks, e também intelectuais como Hans Magnus Enzensberger. No *Friedensbulletin Nr. 4* [Boletim da paz número quatro], publicado pelo comitê em 1970, contribuíram com artigos, além de Schütt, também Ivan Illich e Jean-Paul Sartre. Conta-se que sua politização começa com o mal-estar frente ao açoitamento de trabalhadores indígenas perto da residência de verão da família. Com base nesta iniciação de um sentimento de justiça, a sua oposição contra as ditaduras militares dos anos 1960 desemboca no desejo de entrar para a luta armada depois do assassinato de Che Guevara. Como no caso de Monika, na sequência veio o campo de treinamento em Havana, retorno à Bolívia — mas, diferente de Monika, foi preso em La Paz na noite do pouso na Lua:

> Jürgen ainda se lembra exatamente do dia da sua prisão, 20 de julho de 1969. Na noite em que ele e sua esposa acompanhavam pelo rádio o pouso na Lua. À meia-noite, a polícia invadiu seu apartamento em La Paz. O primeiro interrogatório foi conduzido conjuntamente pelo Ministro do Interior boliviano e pelo chefe da polícia secreta, Roberto Quintanilla. Como Jürgen deu respostas desdenhosas, o Ministro do Interior colocou uma pistola

na sua cabeça e apertou o gatilho. Aparentemente não havia nenhuma bala nela.

Aqui não se fala de envolvimentos românticos com *compañeras*, nem de figuras paternas de autoridade. Não seria possível contar a história de Monika de modo análogo? E como ficaram as relações dela com outras mulheres do ELN antes e depois do fracasso da guerrilha de Che Guevara? Qual a relação entre Tamara Bunke, Loyola Guzmán, Rita Valdivia e Monika Ertl? Por que não há investigações explícitas sobre a rede de mulheres na historiografia (de qualquer forma bastante esporádica) do ELN? A historiografia das guerrilhas e mesmo a maioria dos retratos de Monika Ertl falhariam miseravelmente no teste Bechdel que analisa filmes, cujas perguntas seriam: há pelo menos dois papéis femininos? Elas conversam entre si? Conversam sobre algo que não seja um homem?

Os admiradores de Monika, bem como a sua família, quase que automaticamente seguem o caminho das histórias masculinas. Há uma única exceção: o livro de Juliana Ströbele-Gregor, que descreve em detalhes a fundação do Centro San Gabriel como uma parceria entre Monika Ertl, Lieselotte (Lilo) Bauer de Barragán e Kitty Rector. Então, por que Monika teria interagido na guerrilha apenas com homens com os quais supostamente ela sempre iniciou uma relação amorosa quase que de imediato?

Uma biografia política

O caminho tomado por Monika Ertl é coerente do ponto de vista político: crescendo em tempos turbulentos e marcados por ambivalências políticas e transferida como adolescente do idílico lago Chiemsee para a ríspida La Paz, Monika Ertl vivenciou na Bolívia as mudanças trazidas pela revolução nacional e socialista de Víctor Paz, que viraram o país do avesso em 1952. Apesar de Paz, no início, ter realizado reformas sociais e a estatização da mineração, a revolução logo perdeu seu momento, a Bolívia se endividou cada vez mais, na mesma medida em que a injustiça social, o antagonismo de classe e o racismo voltaram a crescer. Decisivos foram os anos como esposa de engenheiro na cidade chilena de Sewell, na região mineradora de El Teniente, no início da década de 1960. A politização de Monika toma decididamente uma direção.

Em El Teniente, os sindicatos de mineiros são fortes e autoconfiantes, enquanto os mineiros organizados são sempre submetidos a repressões. Seu marido é um carreirista e trata os mineradores com desprezo. Para uma pessoa atenta e interessada no que acontece no mundo, as lutas sindicais em El Teniente e a cena política chilena no início dos anos 1960 são eletrizantes, especialmente porque algumas das mais radicais protagonistas e precursoras da esquerda professavam o cristianismo. Depois do retorno a La Paz em 1965, Monika intensifica seus estudos e atua no trabalho social. Com conhecidos do meio estudantil e da cena artística próxima da Universidade de San Andrés, ela aprofunda seus conhecimentos de filosofia e sobre abordagens sociais-revolucionárias. Juliana Ströbele-Gregor enfatiza em seu livro que o Centro San Gabriel, construído a partir de 1967 por Monika com duas outras mulheres da colônia alemã, Lili Bauer e Kitty Rector, já era notável porque as três mulheres se dedicavam a um grupo que, à época, não recebia nenhum apoio. Algumas mulheres indígenas que vendiam seus produtos nos mercados ou labutavam em casas de endinheirados podiam trazer seus filhos para passar o dia no Centro San Gabriel.

Esse trio também era incomum porque as três cruzaram ativamente as fronteiras invisíveis que delimitavam o mundo teuto-boliviano dos centros urbanos: com a sua amizade e colaboração, ignoraram as diferenças entre os (velhos) alemães, que, até a década de 1970, não viam razão para se distanciar do nacional-socialismo, e os imigrantes judeus, a maioria dos quais havia fugido dos nazistas nos anos 1930 e 1940. Além disso, em seu trabalho social elas se movimentavam entre a classe alta *branca* e a população pobre *mestiza* ou *indígena*.

Monika era a responsável pelas finanças do Centro. No primeiro ano foram coletados 30 mil dólares, e com um grande mutirão o centro social foi erguido. Em 1969 Monika viajou à Alemanha para abrir novas fontes de financiamento — Misereor prometeu 30 mil marcos. Ali mesmo, por intermédio do seu cunhado Reinhard Harjes e o cineasta boliviano Jorge Ruiz, ela entrou em contato com círculos de esquerda que, por sua vez, eram ligados à rede sul-americana de movimentos revolucionários. Os alemães no exterior eram os elementos de ligação entre a cena de esquerda na Alemanha e os grupos militantes na América do Sul. A partir dessa época, Monika Ertl deve ter apoiado logisticamente os poucos sobreviventes da guerrilha de Che Guevara em La Paz. As pessoas se encontravam na sua casa com garagem, e ela disponibilizava seu carro para assaltos a fim de levantar fundos. Logo se tornaria uma pessoa de confiança de Inti e Chato Peredo, os dois líderes da guerrilha boliviana, e foi para Cuba, assim como seu conhecido Jürgen Schütt, com o intuito de treinar para a luta armada. Num relatório sobre o Centro San Gabriel, Lieselotte Bauer de Barragán data sua partida e a entrada na guerrilha no início de janeiro de 1970. A amiga comenta secamente: "Ela está se juntando a um grupo guerrilheiro. Com esforço, convenço os financiadores de que não levou consigo o dinheiro doado. É ainda muito mais difícil conseguir ajuda".

A situação política na Bolívia foi ficando cada vez mais precária a partir de 1965, e a miséria não diminuía; a mudança social com meios democráticos, como no vizinho Chile, parecia muito distante frente ao pano de fundo de golpes armados, da presença de militares de direita na liderança política e da dependência econômica em relação aos Estados Unidos. Além de um massacre de manifestantes na mina El Salvador, no Chile, pelo qual Augusto Pinochet foi responsabilizado militarmente, outro evento decisivo para Monika foi o "Massacre da Noite de São João", em 1967, em Catavi, na Bolívia. O estopim do massacre foi uma assembleia nacional dos sindicatos de mineiros que fora convocada depois que um diretor militar foi posto à frente da companhia de mineração estatal, e os salários, drasticamente reduzidos. Na assembleia também deveria ser decidido sobre o apoio à guerrilha boliviana de Che Guevara, um pequeno grupo de 44 homens armados que, no entanto, chamava muito a atenção internacional para a Bolívia. A assembleia deveria acontecer no assentamento Llallagua, que fazia parte da mina de estanho Siglo xx. Por ordem do ditador Barrientos, o Exército atacou o assentamento em 24 de junho para impedir a realização da assembleia marcada para o dia seguinte. Nesse ataque brutal, conhecido hoje como "Massacre da Noite de São João", morreram cerca de noventa pessoas, incluindo crianças. Além disso, dirigentes sindicais importantes "desapareceram". A noite de São João de 1967 ficou gravada na memória coletiva boliviana como o marco inicial de vários regimes violentos que, um após o outro, marcaram o destino do país até a década de 1980.

Pouco tempo depois, a guerrilha do ELN de Che Guevara fracassou em Ñancahuazú. Em um contexto de brutal violência de Estado e da repressão dirigida e financiada pela CIA, a luta armada parecia ser o único caminho possível para Monika e tantos outros. Em 1969, Inti Peredo foi preso, torturado e assassinado pelo serviço secreto boliviano. Mais tarde, nesse mesmo ano, Monika também entraria para a clandestinidade e passaria a se chamar Imilla. Ela não era parte da ação Teoponte, uma fracassada ação militar da guerrilha que ocorreu ao norte de La Paz, que deveria contribuir para a mobilização do campesinato e na qual seria possível capturar alguns reféns para forçar a libertação de membros presos do ELN. Ao final da ação, porém, a liderança do ELN acabou tendo de ser protegida pelos camponeses do ataque dos militares, sem que os camponeses tivessem se mobilizado de maneira perceptível. Monika seguia ativa na ramificação urbana do ELN.

O historiador boliviano Gustavo Rodríguez Ostria enfatiza que o ELN, nessa fase, conseguiu, para o espanto de todos, conversar com grupos relativamente amplos na sociedade, mesmo com toda perseguição e repressão. Abordaram com sucesso grupos trotskistas, comunistas e inspirados pela Teologia da Libertação, e agir assim dentro do meio burguês. A cobertura midiática internacional sobre as mortes de Che Guevara e Inti Peredo fez com que eles se tornassem mártires, e foi assim que o ELN havia conseguido apoio — em parte bastante célebre — dos países da Europa e da América do Sul. É nesse meio que Monika Ertl circulava. Quando ela e o ELN souberam, à época, que o oficial Roberto Quintanilla, responsável pela morte de Che Guevara, fora nomeado em 1970 cônsul da Bolívia em Hamburgo, trataram de iniciar o planejamento do atentado.

Roberto Quintanilla não tinha sido responsável apenas pelo fuzilamento de Che Guevara e pela decisão, tida por muitos como frivolidade, de lhe cortar as mãos para fins de reconhecimento. Ele também torturou e assassinou sistematicamente membros do ELN, orientado pelo criminoso de guerra Klaus Barbie-Altmann, e foi levado para a Alemanha para fora da linha de tiro quando o terreno na Bolívia havia ficado politicamente quente demais nas idas e vindas dos golpes de Estado de esquerda e de direita. Liquidá-lo deve ter parecido a consequência lógica para Monika Ertl, na qualidade de integrante do comitê de liderança do ELN. Por um lado, isso permite criar um símbolo impossível de ser ignorado: vingança por Che e, ao mesmo tempo, um símbolo da resistência contra as condições de violência devastadoras. Era óbvio que Monika era a pessoa ideal para essa tarefa, levando-se em conta suas raízes alemãs e suas conexões.

Feltrinelli, ou: O armamento

Nas narrativas dos esquerdistas sobre os acontecimentos, ao lado dos santos Che Guevara e Inti Peredo e dos vilões Klaus Barbie-Altmann e Roberto Quintanilla, também se destaca Giangiacomo Feltrinelli como figura lendária. Num trabalho minucioso de formiguinha, Jürgen Schreiber reuniu muitos indícios do envolvimento do editor e herdeiro milionário italiano no atentado. A história pode ser lida como um puro *thriller* de espionagem: reuniões secretas em La Paz e em Santiago, na Côte d'Azur e na Suíça, carros velozes, muita adrenalina, muitas armas, em particular, é claro, o Colt Cobra .38 Special, que foi perdido pela autora do atentado ao fugir do consulado boliviano e que — algo de fato incompreensível para uma operação secreta dessa importância — possuía um número de registro comprovando que, oficialmente, era de propriedade de Feltrinelli. Schreiber condensou em seu livro a constelação de pessoas em uma forma plausível: Feltrinelli e Ertl podem ter se encontrado pela primeira vez no verão de 1967 em La Paz. Ela já estava em contato com círculos militantes de esquerda, e ele foi a La Paz por ordem dos revolucionários cubanos para conseguir a libertação do seu autor Régis Debray (codinome Danton). Este fora capturado depois de participar na guerrilha de Che Guevara e se encontrava preso em Cuevo desde o verão de 1967 até 1970. O jornalista Jan Stage também ficou hospedado em La Paz — como Feltrinelli (e dois meses antes de Che) — no Hotel Copacabana. Quatro anos mais tarde, ele teria um papel decisivo no atentado contra Quintanilla: como portador do dinheiro doado por Feltrinelli para os custos da viagem, dentro de uma caixa de Kleenex; talvez também como ajudante de fuga em Hamburgo. Roberto Quintanilla, à época ainda o chefe do serviço secreto em La Paz, imediatamente mandou prender Feltrinelli em 1967; mas, após intervenção insistente do governo italiano, ele foi libertado rapidamente. Contudo: Feltrinelli teve que partir sem ter realizado nada. Antes disso, sua namorada Sibilla Melega ainda teria sido levada de jipe até o aeroporto pessoalmente por Roberto Quintanilla e ameaçada por ele verbalmente: deveria acender logo uma vela à Madonna pelo seu amigo.

Toda a constelação é de tirar o fôlego pela concentração de redes transatlânticas, mas também porque ela evidencia a velocidade com a qual os altos voos da teoria revolucionária da década de 1960 poderiam se traduzir em ações. É certo que as ações também encontraram forças contrárias na América do Sul, que exigiam a luta armada de forma muito mais concreta do que na Europa. Como em outros lugares, na América do Sul os escritos de teoria revolucionária circulavam em diversos matizes: de escritos trotskistas e leninistas, como os lidos pelo sindicato de mineiros bolivianos, passando pelos textos da incipiente Teologia da Libertação, até os discursos de Fidel Castro e suas argumentações teoricamente elaboradas sobre a revolução dentro da revolução, escritas em conjunto com Debray. A teoria orientada pela igualdade e pela justiça e o envolvimento correspondente, contudo, esbarravam com um adversário muitíssimo mais real e brutal do que na Europa.

Confrontada com os ditadores de direita autoritários e apoiados pelos Estados Unidos e seus serviços secretos, a luta armada parecia oportuna não apenas a partir de elucubrações teóricas. Eram eventos concretos, como o golpe de Estado de René Barrientos em 1964 ou o de Hugo Banzer contra o governo de esquerda de Juan José Torres em 1971, que levavam os esquerdistas bolivianos à luta armada. A essa luta — na Bolívia menos do que no Chile, mas ali também — se juntavam padres, como o franciscano Silvano Girotto, nome de guerra Fratelle Mitra (Irmão Metralhadora), seguramente a última pessoa que Monika Ertl viu em vida. A velocidade com que pessoas de diferentes classes sociais se radicalizavam a partir de 1967 na Bolívia e, também, em outros países ainda faz o coração de qualquer um disparar.

Giangiacomo Feltrinelli e Monika Ertl também se radicalizaram a toque de caixa. Ambos entraram na clandestinidade e decidiram pela luta armada o mais tardar em 1969. Feltrinelli fundou o GAP (Gruppo d'Azione Partigiana) e, em 1972 — um ano após o atentado contra Quintanilla—, explodiu pelos ares durante uma tentativa de detonar uma torre de alta tensão em Milão, apesar de não se poder excluir a possibilidade de seu assassinato. Nessa época, Monika Ertl estava de volta à América do Sul, provavelmente ficando entre Santiago do Chile, onde a liderança do ELN havia se recolhido, e La Paz, onde editava e distribuía a revista clandestina *El Inti*. Brincava de gato e rato com o serviço secreto boliviano. Só os seus dois últimos anos de vida já dariam material para (mais) um *thriller* de espionagem. Por exemplo, como ela foi capaz de, sem o apoio dos companheiros de combate desastrosamente desmantelados na ação militar de Teoponte, ter logrado manter o trabalho político em La Paz por dois anos inteiros?

Apartamento de Monika Ertl,
Sopocachi, La Paz, julho de 1967

Hoje Monika organizou dois encontros em seu apartamento. Ela precisa cuidar para que as visitas do dia não se encontrem. Na verdade, ambos os encontros tratam do mesmo assunto, por um lado, da perspectiva do engajamento social, por outro, no ponto de vista da luta armada. Trata-se da questão de como reagir ao "Massacre da Noite de São João", de discutir o que ainda é possível fazer dentro do clima político cada vez mais opressivo da ditadura militar.

Os primeiros a chegar são Lilo Bauer e Kitty Rector. Com elas, Monika quer refletir como podem apoiar Domitila Barrios de Chungara, residente em La Paz. Ela condena em alto e bom tom o massacre, na qualidade de secretária-geral do comitê do sindicato Amas de Casa do Distrito Minero Siglo xx, o sindicato de donas de casa. Acabou presa, com a filha pequena, e possivelmente também foi torturada. É necessário descobrir se ela (ainda) vive em La Paz ou se foi deslocada para outro lugar. As amigas repassam todos os seus contatos. Quem conhece quem em qual consulado, quem dá aula de alemão e onde? A criança pode ficar por um tempo no Centro San Gabriel, a família certamente a buscará, elas também ajudam nas minas. E, sem dúvida, Domitila também precisa de ajuda médica.

A sindicalista é uma figura impressionante. Vinda de condições humildes e totalmente patriarcais, nas quais as mulheres, com frequência, não aprendem a ler e a escrever, ela se destacou várias vezes como uma oradora cativante. Como a maioria em Potosí, é trotskista e apoiadora decidida da guerrilha. As três mulheres — Monika Ertl, Lilo Bauer e Kitty Rector — são um time bem entrosado. Devido ao seu trabalho humanitário, elas podem se valer de seus privilégios como integrantes da elite teuto-boliviana. Monika é novamente responsável pelo financiamento.

Depois da partida de Kitty e Lilo, aparecem duas outras visitas. Chegam uma depois da outra e se colocam da maneira menos chamativa possível: Loyola Guzmán, responsável pelo financiamento da missão de Guevara e que fornece informações para a rede de apoio urbana; e Rita Valdivia, a jovem poeta que organiza a resistência em Cochabamba e cujos poemas soam como os de uma mulher sábia e experiente. Monika e Loyola conversam sobre a situação dos recursos financeiros e de armamento disponíveis, sobre esconderijos seguros e sobre quem foi descoberto; falam também do estado de coisas em Ñancahuazú: péssimo. O grupo teve de se dividir, Debray *alias* Danton, teve de retornar à vida civil com Ciro Bustos, mas foi capturado e está preso. Desde a base militar La Esperanza, nas proximidades de Santa Cruz, o Exército dos Estados Unidos apoia a busca pelos rebeldes. A comunicação com a tropa está praticamente interrompida desde que um caminhão caiu nas mãos do Exército. E Loyola se encontra em grande perigo: nos documentos encontrados também havia fotos que a mostram junto a Che Guevara. Terá de se recolher tanto quanto possível, e Monika assumirá algumas das suas tarefas logísticas em La Paz, sobretudo de transporte de dinheiro e armas. A vida dupla que Monika leva é arriscada. É uma questão de tempo até que ela também tenha de sumir. Rita, de sua parte, conta como é composto o apoio da guerrilha em Cochabamba. Lá também tudo está ruim, a população camponesa, diferente dos mineiros organizados, está do lado de Barrientos, que fechou um pacto com os camponeses. Não deveríamos investir mais no trabalho político nas regiões rurais? Mas a linha do ELN é clara: a luta armada vem antes, o trabalho político só pode começar depois de obtido o controle sobre a região, caso contrário a repressão seria terrível. Isso foi observado nas minas. Não seria melhor, então, iniciar a luta em Catavi ou Potosí? Ali há apoio, armas e homens (e mulheres!) dispostos a lutar também. Mas, no momento, isso é impossível, o Exército praticamente ocupou as regiões mineradoras. Tudo é monitorado: vilarejos, a infraestrutura municipal, e mesmo as entradas dos poços estão cercadas por soldados. É impossível permanecer nos alojamentos de mineradores sem chamar a atenção. Mesmo assim, Rita tentará estabelecer contato. Moisés Guevara, que Loyola conheceu na Juventude Comunista e que era de Huanui, poderia ajudar, mas se encontra na floresta, na guerrilha. Assim, no momento, não há nada mais a fazer: a operação do ELN precisa ser bem-sucedida, depois pensarão nos próximos passos. Monika nutre grande admiração pelas mineradoras autoconfiantes, e Rita tem certeza: o sindicato de donas de casa desempenhará um papel central na luta política vindoura. Em nenhum outro lugar são cultivados, de maneira tão conectada, os valores tradicionais da *minga* andina — trabalho comunitário e participação — e a consciência progressista e socialista. Os camponeses conservadores também acreditarão nas mulheres, elas falam a língua das *clases populares* pelo menos tão bem quanto René Barrientos.

Essas cenas não aconteceram assim. Não sei se as amigas Monika, Lilo e Kitty de fato sabiam da prisão de Domitila Barrios de Chungara, se tinham conhecimento do trabalho impressionante do Comitê de Amas de Casa. Sobre o massacre da cidade mineira, elas decerto tinham conhecimento. Loyola Guzmán e Rita Valdivia também estavam na guerrilha do ELN em 1967 e, da mesma forma, teriam conversado vivamente com Monika a respeito do significado do ataque ao alojamento de mineiros para a luta armada. Se existia uma relação pessoal entre as três guerrilheiras, isso não se sabe. Contudo, elas deviam ter se conhecido de alguma maneira: as três estavam no círculo de liderança do ELN, as três foram treinadas em Cuba, as três atuavam na comunicação e na logística da luta armada em La Paz ou Cochabamba. Pelo menos é mais provável que se conhecessem do que o contrário. E por que essas mulheres também não teriam tido ideias sobre cenários possíveis da luta armada e política? Não há motivos para imaginar que elas tenham obedecido cegamente à linha política da liderança. Prefiro imaginá-las como combatentes leais que também faziam perguntas desconfortáveis aos seus líderes e que conversavam entre si sobre estratégias e alternativas. Isso não é tão sublime quanto uma morte em devoção e paixão pelos semideuses Che e Inti, mas dá para trabalhar com isso.

Santa Ana de Chiquitos/San Miguel (2018)

Santa Ana é a mais bonita das igrejas jesuítas nas quais ocorre, a cada dois anos, o Festival de Música Renascentista e Barroca. É um prédio longo e pintado de cor clara, com o telhado avançando até embaixo na parte de trás e longe na parte da frente, para proteger da chuva. Na área de entrada, é protegido pelas típicas colunas torcidas da arquitetura jesuíta de Chiquitanía. As colunas altas de Santa Ana não são pintadas. A igreja fica num campo e é cercada pelo verde de árvores gigantes. Numa delas sobem crianças enquanto os ônibus de turistas chegam um após o outro, e o público do festival se agrupa em frente à igreja. Dois membros do *cabildo*, o conselho administrativo do vilarejo, estão muito confiantes em frente à entrada. Um deles é *don* Januario Soriocó. Uma lenda para todos que conhecem o festival, pois ele é um dos *maestros*, um dos homens que ainda tocam música com as partituras preservadas do século XVIII. Seu instrumento é o violino, que mantém deitado à sua frente. O comitê de recepção não é exatamente hostil, tampouco muito eufórico com o público *branco*. Tenho imediatamente a sensação de que ambos têm uma tarefa. Santa Ana é ainda mais acolhedora por dentro. A igreja tem uma decoração menos opulenta do que a maioria das igrejas em Chiquitanía, mas a combinação de materiais locais e linguagem formal barroca é fascinante. Na cor da parede está incorporada a ardósia brilhante chamada de *mica*, e a parede do altar é mantida com tons terrosos. O concerto de hoje é realizado pela orquestra de jovens de Santa Ana, que toca com muita verve e pouca precisão. Os jovens do coral se apresentam em *tipoy*, a vestimenta em forma de camisa comum na região desde a época dos jesuítas. Para as meninas, isso é visivelmente constrangedor, elas se vestiram de forma muito elaborada, com muito esmero, e os rostos cuidadosamente maquiados e com penteados também feitos com muito esmero não parecem combinar devidamente com o gesto de humildade da vestimenta em forma de saco. No início, é apresentado o esperado repertório de música religiosa barroca. Os jovens estão concentrados, mas, como me parece, também estão um pouco entediados. Só quase no final é que se toca música, o que agrada também aos jovens: música popular e até mesmo canções pop, e aí sorriem e visivelmente se divertem. O desfecho é também o ponto alto: uma versão da peça que o *maestro don* Januario Soriocó sempre toca em seu violino. Uma versão um tanto pomposa com orquestra de cordas completa e um coral de umas dez vozes. Agora chegou o momento de *don* Januario. Ele se posiciona com seu violino no centro, toca e canta. Já é bem idoso, tem uma voz sutil e um pouco áspera, e toca seu violino de uma maneira que não é ensinada em nenhum conservatório do mundo. A canção "Para la cruz" é um loop repetitivo, as harmonias apresentadas em sonoridade barroca estão deslocadas na sua versão, o público *branco* está arrebatado e sensibilizado pela apresentação tão modesta quanto resoluta. Depois, *don* Januario volta a guardar seu violino. Sua esposa está à sua frente no banco da igreja, e ao meu lado, como sempre,

Aman. Ela está visivelmente orgulhosa, vira-se para nós e quer contar que ambos já estão envolvidos com a igreja há muito tempo, que seu marido fabricou cordas com tendões de animais selvagens, que o neto também já está se tornando um ótimo violinista e tocando por todo o país. Lembro-me do que o musicologista argentino Leonardo Waisman escreveu sobre como lidar com as antigas partituras: os *maestros* locais não tocam "a partir das notas", mas a notação musical tem uma função importante de memorização. Eles conectam a apresentação musical com a história dos jesuítas. As partituras testemunham uma relação ativa com o passado, sendo a sua presença física a âncora da História. Fico triste em saber que *don* Januario já não tem mais acesso às partituras que ficaram por tanto tempo guardadas aqui em Santa Ana. Agora estão bem refrigeradas no *Archivo Musical* em Concepción. A mulher me impressiona. Ela também já passou dos setenta anos, talvez até bem mais do que isso, seus cabelos estão oleados num preto profundo, o rosto quase sem rugas. Veste um vestido azul-marinho simples, tem um aperto de mão firme e recende a fogo de fogão a lenha.

No mesmo dia visitamos San Miguel, desta vez sem concerto. Aqui também somos aguardados por homens do *cabildo*. Um membro nos libera da visita guiada oficial. Quer nos mostrar algo. Ele é responsável pelos instrumentos musicais daqui. Alguns instrumentos estão no acervo da igreja desde a época dos jesuítas e foram administrados pelo *cabildo*. Sua responsabilidade é um instrumento que só é utilizado uma vez por ano, tocado apenas para um feriado religioso importante. E, sim, ele é responsável pelo seu funcionamento e para que possa ser utilizado. Hesita um pouco na hora de mostrá-lo. Mas, mesmo assim, ele o faz. É um pequeno canhão envolvido em tecido de jeans, retirado de um armário. Explica como ele é disparado, no início (ou no final? Já não me lembro) da liturgia durante uma grande festa religiosa.

É um instrumento para sacudir a sonoridade do *soundscape* barroco. Talvez tenha sido utilizado pelos padres jesuítas para intimidação, mas está guardado como instrumento musical há mais de 250 anos. Que melhor imagem poderia haver para a dimensão profunda desse amplo presente disruptivo e transatlântico?

Falar alemão, ficar de mãos dadas

— *Niña, ¿podrías hablar un poco alemán con mi marido? Es bueno para él escuchar el alemán. Nuestros hijos están en Alemania, no tiene muchas oportunidades.*

— Bom dia, senhor Broxtermann. Como o senhor está hoje?

— Como está lá fora no vilarejo, como foi seu passeio?

— Venho de Linz, da Áustria. Pesquiso sobre os jesuítas em Chiquitanía. E me interesso por seu amigo, Hans Ertl, *don* Juan.

— O senhor está cansado? Então não vou perturbá-lo mais.

Ele não queria falar alemão, mas queria segurar minha mão por um momento.

Intermezzo imunosófico

Em Concepción me encontro com *doña* Nadcha, conhecida no vilarejo como La Dama del Tipoy, pois está sempre usando a vestimenta local. Ela teria sido boa amiga de Hans Ertl, *don* Juan, me conta *don* Siriaco, seu antigo colaborador em *La Dolorida*. Dois dos irmãos de Nadcha teriam comprado a *Finca* da filha Trixi. Nadcha era casada com um alemão que também veio só depois da guerra e, em geral, ela conhecia Deus e o mundo. Tenho um pouco de medo de conversar com ela. E se ela for uma dama da alta sociedade ou parte da elite germanófona, com a típica arrogância dos poderosos? Depois de ter perguntado meu caminho até chegar na colorida casa e bater à porta, quem atende é um jovem, e um homem muito idoso de olhos claros me olha perturbado de sua cadeira de rodas. O ambiente tem o cheiro dos quartos de pessoas muito doentes. Vinda do fundo, *doña* Nadcha chega apressada até a porta. Ela tem cerca de 75 anos, muito vivaz, olhos alegres e uma língua atrevida. É meio argentina, meio chiquitana, e desde criança aprendeu línguas indígenas da região. Passou toda sua vida ajudando as comunidades locais e suas línguas a florescerem. Ela conta isso num ímpeto só, enquanto faço perguntas cautelosas, até que, em algum momento, chegamos a Hans e Monika Ertl. Monika ela só encontrou algumas vezes. Uma em La Paz, onde ela já se tornara misteriosa quando falava de seus projetos sociais; e outra num evento de dança em Santa Cruz. *Doña* Nadcha demonstra como, nesse evento, tentava fazer seu marido, já um tanto enrijecido, se mexer para dançar, quando de repente viu Monika a distância, com uma peruca escura. Ali ficou claro que algo muito estranho tinha se passado com a jovem, sobretudo porque, ao mesmo tempo, haviam aparecido guerrilheiros franceses e ingleses em Concepción.

Por outro lado, seu tesouro de anedotas sobre Hans é inesgotável. Algumas historinhas combinam bem com a imagem que esse sujeito desenha de si mesmo em seus escritos autobiográficos. Ela conta então de um neto que a estava visitando e que talvez também fosse filho de um outro relacionamento, a quem Hans dava lições de resistência: ele deve ficar de tocaia e matar um jaguar a tiros. Eles o encontram, coberto de mosquitos, em um abrigo, e Nadcha, que é enfermeira, tem de interceder. Mas também está ali Hans, o imunósofo, que vive deliberadamente na sujeira e que causa um certo asco a Nadcha. Hans, que ordenha suas vacas com as mãos sujas (para produzir anticorpos), que segura comida sob as axilas (para produzir anticorpos) e depois oferece às visitas. O homem que tem cinquenta gatos, diversos pássaros e cães e que opera uma economia circular perfeita: "Comigo não se perde nem um grão de arroz". Como é que essa estranha ecosofia, na qual toda a matéria responde uma à outra de maneira complementar e se transfere uma à outra, pode combinar com Ertl, o decisor e especialista em ordenar lembranças, a quem combinaria muito mais a separação estrita do lixo e a delegação do processamento posterior a instituições, em vez dessa mistura material de forma tão corpórea. Seria isso uma continuação da sua identificação com os sirionó de *Hito-Hito*, cujo vínculo com os ritmos da floresta e do cosmo ele capturara em filme? No documentário de Jürgen Riester no arquivo ABCOP, ele diz que, às vezes, pensa que "está adentrando a Criação". O pano de fundo, o panorama desde a sua *Finca*, se torna o ambiente no qual ele está mergulhado, sem barreiras.

Glen

— Essa é a sua moto ali fora? Parece já bastante rodada.
— Estou viajando com ela pela América do Sul há oito anos. Está tudo sendo documentado na web.
— Há oito anos?
— Viajo muito, leio muito. Encontramos muita coisa assim. Estive na colônia Waldner 555, onde esteve Bormann; isso está comprovado arqueologicamente. Você sabia que em Iquitos existe um túmulo com o nome Adolfo Hitler na lápide? Mas é apenas uma coincidência, havia alguém com esse nome lá. Os nazistas eram muito admirados em alguns lugares da América do Sul, e por isso muitas crianças receberam seus nomes.

— Eu também já tinha notado isso. A história boliviana é bastante *strange* nesse sentido. Volta e meia, perdemos a noção das coisas. Estou aqui por causa de Hans Ertl. Sua *hazienda* fica no caminho para San Javier.

— O Ertl de Riefenstahl? Não foi ele que fez aquele filme sobre Paititi? Esse também é um tema que me interessa, essa busca infinita por um lugar que talvez não exista. Ou que talvez exista. Em Cuzco conheci Gregory Deyermenjian, que afirmou ter encontrado Paititi.

— E para onde você vai agora?

— Primeiro para Samaipata até as ruínas dos incas. Depois, vou voltando lentamente até Cuzco. Já estive várias vezes lá, mas sempre encontramos alguma coisa nova.

La Dolorida, de mototáxi (2020)

Até a viagem de chegada é cinematográfica. Um mototáxi — o melhor meio de transporte na Bolívia — me leva de San Javier até *La Dolorida*. Por uma hora subimos e descemos ladeiras. Ao meu lado se espalha a floresta tropical, com uma mistura especialíssima de campo verde-claro, espetaculares formações rochosas e palmeiras. A viagem apresenta as gradações de verde sempre em novas formações. Bebo essa paisagem enquanto nuvens se acumulam. O *taxista* para por um instante para proteger seu celular com um saco plástico. Vai chover logo, ele diz. De fato. Viramos na placa *La Dolorida* e adentramos a floresta.

A corrente no portão está frouxa, e chacoalhamos para dentro da floresta passando pela via de acesso. O *taxista* é cuidadoso e pilota com segurança. A generosa clareira sob a qual as casas estão é deslumbrante. As casas parecem ter sido recém-reformadas, com tons claros e simpáticos de amarelo e laranja. A vista pode vaguear, incontáveis pássaros cantam, piam, gritam, voam. O administrador Marcelo nos recebe muito afavelmente. Ele tem instruções precisas dos donos da *hazienda*, os irmãos de *doña* Nadcha, sobre como lidar com interessados que cheguem por ali, o que ele faz de maneira exemplar. Contudo, é visível que é solitário e sempre fica feliz quando alguém aparece. Ele me mostra onde Hans fez isto ou aquilo: defumar, assar, cozinhar carne; quais partes da construção ele erigiu quando e como; quais funções cada construção tinha; e, é claro, é permitido fotografar, essa era a propriedade de um fotógrafo, afinal de contas. O arranjo de construções em si é menos espetacular, com exceção da estranha torre no meio. Contudo, quando se utilizam as construções e o terreno, por exemplo quando se senta na varanda, entendemos que os prédios foram feitos para fornecer belas vistas, não como construções representativas para impressionar visitas. Sentando nas cadeiras feitas à mão e cobertas com couro de vaca, tem-se, diante dos olhos, o elenco de um filme. São vistas diferentes de Obersalzberg, mas, assim como no domicílio de Hitler, são vistas selecionadas com a perícia de um cinegrafista e que encenam, da melhor maneira possível, as cores e a morfologia da paisagem. O trabalho, numa visão contemplativa da paisagem, culmina no posicionamento do túmulo de Hans Ertl. Ele arranjou tudo cuidadosamente: o túmulo fica sobre uma colina, a partir da qual se pode contemplar a clareira de maneira ideal. Olhando de lá, duas araucárias emolduram a vista. Os pinheiros estão numa condição bem ruim. Parece que aqui é quente demais para eles, mas talvez eles tenham raízes profundas o suficiente, e a característica lamentável de sua aparência decorre da elevada umidade dos últimos meses. As imagens dos incêndios na floresta percorreram o mundo em agosto. Em *Dolorida* não houve incêndios, mas certamente houve na vizinha *Hacienda Berlín*. A cada ano o clima fica mais seco, e as ecologias altamente biodiversas de Chiquitanía vão para o ralo. A *Dolorida* também perdeu muitas espécies, conta Marcelo, mas ainda há onças. Também fico feliz com a pequena imperfeição, pois sem as árvores sofredoras o cenário seria encantador demais. Mas, mesmo com esse pequeno distúrbio visual, o que sobressai é a opulência do local. Uma vez mais me pergunto, inutilmente indignada: como pode alguém como Hans Ertl merecer passar trinta anos nesse paraíso? Contudo, justiça não é uma categoria relevante na História mundial, e a indignação nunca escreveu boas histórias.

Fico cada vez mais irritada com o fato de tantos viajantes *brancos* se deleitarem demasiadamente com o horror das histórias de nazistas na floresta. Será que *doña* Nadcha havia calculado o aspecto assustador e o consumo do horror quando apoiou o projeto de transformar *La Dolorida* num museu? Minha impressão é de que não.

Ela não passava de uma boa amiga que admirava Hans e talvez não conseguisse mesmo avaliar como a biografia de Hans Ertl é lida na Alemanha. Eu mesma tive poucas vezes uma sensação tão forte de estar dentro de uma bolha temporal ou num show de Truman, como senti nessas horas que passei em *La Dolorida*. Tudo parecia estar infinitamente distante. Era possível imaginar uma redoma de vidro sobre essa clareira. Graças a Deus chovia. Este mundo, pelo menos, tem uma abertura para cima.

Santa Cruz, sob árvores (2020)

Há cerca de um ano e meio que encontrei Christian logo pela manhã na *Plaza* de Concepción. Era uma dessas manhãs coloridas de laranja-claro, tudo ainda estava molhado das chuvas tropicais da noite. Apesar de ainda ser muito cedo, rapidamente iniciamos uma conversa. Nesse nosso primeiro encontro, eu queria saber como ele tinha vivenciado, enquanto criança, a redescoberta da herança barroca em Chiquitanía. Seu pai, Hans Roth, era a pessoa central envolvida no levantamento da herança europeia na Bolívia. Foi ele também que impulsionou a reforma das igrejas a partir da década de 1970. Por suas mãos passaram as partituras que agora estão armazenadas no *Archivo Musical* em Concepción e que contribuíram para um renascimento da música barroca sul-americana. Seu filho Christian fala como testemunha ocular de eventos importantes, mas nota-se também que ele tem sua participação no legado do pai. Ele se sente obrigado a levá-lo adiante, mas não dispõe dos meios para conseguir tocar o projeto. Sua natureza mais anarquista impede que ele consiga preservar as relações com as elites locais e os financiadores internacionais de maneira suficiente para mobilizar os recursos deles. Depois me encontro com ele uma segunda vez e já anuncio que tenho interesse por Hans e Monika Ertl. Encontramo-nos num cansativo 1º de janeiro de 2020 no pátio sombreado da casa da família em Santa Cruz. Christian fez um fogo, sobre o qual assa um grande pedaço de carne bovina. Galinhas correm em volta e, além delas, cães, grandes e pequenos. A família aos poucos sai da casa: sua esposa, que é bióloga na Universidade Santa Cruz; a filha mais velha, com a mesma aspiração de carreira; o filho um pouco mais novo, que também olha animado para o mundo.

Christian demorou, pois também se interessou pelo tema do envolvimento transatlântico pós-guerra da colônia alemã. Ele conta de longos fins de semana na fazenda de Ertl, de cavalgadas e aventuras com Hans. Deve ter sido um paraíso para as crianças, mas, ainda assim, um pouco ameaçador. "O velho" sempre estava armado, tinha um medo constante de que alguém pudesse aprontar com ele. Nos fins de semana, com frequência vinham homens da região para visitá-lo, decerto também a elite econômica de ascendência alemã de Santa Cruz, e aí acabava a diversão das crianças. Elas eram dispersadas sob a ordem de não incomodar os encontros dos homens. No ocaso de sua vida, Hans Ertl parece ter brigado com todos, de forma que, no final, foi a mãe de Christian quem cuidou e tratou dele. Segundo Christian, Ertl era um dos "três grandes" homens de ascendência suíça ou alemã em Chiquitos, e os três morreram em rápida sucessão entre os anos de 1999 e 2000. Os outros eram o pai de Christian, Hans Roth, e Eduard Bösl, este último, por muitos anos, o bispo titular e vicário apostólico de Ñuflo de Chávez, responsável por uma área de 90 mil quilômetros quadrados.

As circunstâncias eram complicadas, é o que depreendo enquanto Christian conta a história, cuida da carne e me oferece cerveja gelada. Como seu pai, ele é arquiteto, mas também trabalha como guia turístico para grupos selecionados de viajantes. Ele não se sente parte da elite de origem alemã, tampouco é visto como boliviano. Percebe-se que ele não gosta desse pertencimento múltiplo, que também é um pertencimento incompleto. Ele aborda o envolvimento de Ertl e companhia limitada com os regimes autoritários, mas não acha bom que a comunidade judaica de Santa Cruz tenha se mobilizado contra uma exposição fotográfica de Hans Ertl. Através do prisma boliviano, a lembrança do Holocausto parece ser diferente da perspectiva alemã. As reprovações entre os refugiados judeus e os criminosos de guerra foragidos e mantenedores do sistema do "Terceiro Reich" ainda são muito presentes, talvez mais do que na Alemanha e na Áustria; contudo, aqui na Bolívia a era do nacional-socialismo não pode ser evocada dentro de uma vigilante cultura de lembranças, ela é mais um sussurro de fundo.

Quando Christian fala sobre Hans Ertl, surge a estranha imagem de um aventureiro admirado e meio temido pelo jovem: um grande homem, um espírito livre — Christian chega a dizer: um hippie — que fazia expedições pelo Amazonas com suas filhas. Por outro lado: um paranoico inclinado à violência, alguém envolvido de maneira ruim com a política local, ou seja: com corrupção, drogas e política clientelista.

A Bolívia saúda o mundo

Em retrospectiva, as atividades do ELN parecem desamparadas e não muito promissoras. Contudo, houve alguns meses na Bolívia em que estava longe de ter decidido qual o caminho que o país tomaria. No curto mandato de Juan José Torres, que durou de outubro de 1970 a agosto de 1971, a esquerda criou a esperança de que um outro mundo parecia possível. Em outubro de 1970, o governo de esquerda de Alfredo Ovando fora atacado por atores militares e paramilitares, tanques percorreram La Paz. Mas o general Torres conseguiu evitar o golpe. Como homem da vez, o mestiço aymará tomou posse como presidente, com um programa claro de governo: a convocação de uma *asamblea del pueblo*, uma Assembleia Constituinte na qual as quatro colunas da sociedade — sindicatos de mineiros, empregados, estudantes e camponeses — deveriam estar representadas; a retomada de negociações com Salvador

Allende com relação ao acesso ao mar; a anistia para todos os rebeldes do ELN ainda presos, incluindo Régis Debray; o aumento do orçamento das universidades; e o fechamento da base militar dos Estados Unidos em El Alto (que era apelidada de Guantanamito devido às semelhanças com a base cubana). Os primeiros meses de 1971 foram marcados por um clima de otimismo que lembrava o vizinho Chile. Lourdes Koya Cuenca, à época estudante de arquitetura na Universidade San Andrés, conta a respeito de várias atividades: as assembleias com os sindicatos, as atividades de *outreach* dos estudantes na cidade, a exigência da auto-organização da universidade, que chegou a ponto de demitir professores "reacionários". Ela também conta de *teach-ins*, encontros com *salteñas* e música clássica. Enfatiza que muitas mulheres estavam presentes, tanto nos encontros sindicais quanto nos comitês locais, e obviamente na universidade. É bem possível que ela tenha idealizado os meses que antecederam o golpe, pois tudo o que veio depois foi assustador. A essa altura, Lourdes Koya já fazia parte do ELN, embora ainda não era clandestina.

Uma imagem que tenho guardada na memória também vem desses meses: um programa boliviano atual transmitido pela combativa Frente de Liberación Nacional com os acontecimentos de 1970-71. Ali se vê um jovem numa moto vestindo um pulôver tricotado à mão. Tricotado na blusa (quem o tricotou? Sua mãe? Sua esposa? Sua irmã) o slogan: *Bolivia saluda el mundo*, a Bolívia saúda o mundo. As pessoas se enxergavam como parte de um movimento internacional por mais igualdade e justiça.

E, de fato, a Bolívia da época fazia parte da dinâmica internacional, mas não necessariamente daquela que a *asamblea del pueblo* desejava. Pois os Estados Unidos e o Brasil apoiaram a deposição sangrenta e brutal que acabou com a presidência de Juan José Torres e levou Hugo Banzer ao poder. Lourdes Koya foi para a clandestinidade. Ela e todos os membros da sua família, exceto a mãe, acabaram presos e torturados. Todos passaram vários meses na cadeia sem acusação. Lourdes Koya conta sua história num livro do Movimiento de Mujeres Libertad, que coleta testemunhos de mulheres que sobreviveram às câmaras de tortura do banzerismo. Anexado ao livro que contém seu relato encontra-se uma lista das 261 mulheres que foram vítimas do regime de Banzer. Monika Ertl é a nonagésima. Se tivesse sobrevivido, será que ela seria hoje integrante do Movimiento de Mujeres Libertad? O grupo não descansou na Bolívia, inclusive no ano da pandemia e no *gap year* político de 2020. Luto, rememoração e impunidade são os temas de suas ações públicas. As mulheres continuam coletando depoimentos de testemunhas e esperam que o novo governo finalmente inicie o processo legal de enfrentamento da ditadura.

Embate com consequências de longo prazo

Na virada de 1971 para 1972, Monika retornou da Europa para La Paz. O que aconteceu entre o atentado em Hamburgo e o retorno é um mistério. O ELN estava sendo dissolvido, o empenho na luta e a campanha de Teoponte tinham falhado, grande parte da liderança se encontrava exilada no Chile de Salvador Allende. Monika Ertl assumiu a edição do jornal clandestino *El Inti* e manteve contato tanto com os poucos rebeldes que permaneceram na Bolívia quanto com os que estavam exilados no Chile. Houve tentativas de retirá-la do país. Régis Debray e Elizabeth Burgos ajudaram, mas a operação foi malsucedida.

Devido ao tratamento estratégico dado às informações por parte dos serviços secretos e ao fato de a Bolívia ainda estar nos estágios iniciais de reconciliação com a ditadura de Banzer, é difícil definir com precisão o papel de Klaus Barbie-Altmann nos eventos que levaram ao assassinato de Monika Ertl e de seu companheiro argentino de luta, José Osvaldo Ukasqui, em 12 de maio de 1973. Há poucas informações seguras e muitas especulações. Se acreditarmos no antigo "secretário" e guarda-costas falastrão de Barbie, Álvaro Castro, e em Beatrix, irmã de Monika, foi Klaus Barbie-Altmann quem a reconheceu na rua durante seu retorno a La Paz e que pôs em curso a sua perseguição. O responsável pela operação em si era Rafael Loayza, da Dirección de Orden Político (DOP). A morte dos dois membros do ELN foi manchete. Questionamentos da família no consulado alemão acerca do destino do cadáver receberam a seca resposta de que Monika recebera um "enterro cristão". Barbie-Altmann expressou seus sentimentos a Beatrix em um encontro na rua. José Osvaldo Ukasqui e Monika Ertl estão entre os muitos "desaparecidos" da ditadura Banzer. Esse desaparecimento deve ser entendido de outra maneira; fizeram desaparecer os corpos, bem como tantos outros. Mais tarde, Beatrix Ertl iniciou a busca malograda pelo cadáver juntamente com a organização de Loyola Guzmán. Esta, por sua vez, segue procurando os restos mortais do seu marido, Félix Melgar, assassinado em 1972. Assim como Monika, ele era membro do ELN e pai de duas crianças. A segunda delas nasceu em 14 de julho de 1972 no hospital militar. Recebeu o nome do pai, que, naquele momento, já se presumia morto. O bebê passou o primeiro ano de vida na prisão, e a mãe foi libertada em 1974. Tudo isso foi registrado em uma petição da família Melgar-Guzmán acatada pela Comissão Interamericana de Direitos Humanos em 17 de junho de 2020. Pelo menos não está fora de questão que, finalmente, o governo recém-eleito do MAS (Movimiento al Socialismo) cuide desses casos. Beatrix, irmã de Monika, recebeu em 2007 o saco de dormir verde-oliva de Monika — sem nenhum comentário. Todas as outras consultas, como pedidos para emissão de um atestado de óbito ou informações sobre a localização do corpo de Monika Ertl, seguem sem resposta até hoje.

FLASHBACKS

Os Ertl e a "colônia alemã" na Bolívia

O fato de Hans Ertl ter conseguido se passar por excêntrico esquisito, um pouco assustador, mas, no fundo, inofensivo, certamente tem a ver com os perfis dos demais imigrantes da sua geração. Muitas pessoas de alto calibre, com passado no Partido Nazista, fugiram para a América do Sul por meio do chamado "caminho de rato" [*Rattenlinie*], entre eles fugitivos da justiça e criminosos de guerra. Apesar de ter precisado responder e depor frente a uma comissão, Hans Ertl saiu relativamente ileso e manteve-se ativo enquanto esteve proibido de trabalhar no pós-guerra, por meio de fotorreportagens para a revista *Quick*. Quase sempre por trás da câmera, mas, às vezes, também ativo diante dela, como estaria depois em seus filmes.

Sabidamente muitos criminosos de guerra fugiram para o Chile ou a Argentina com auxílio do bispo austríaco Alois Hudal, sediado em Roma, e também do padre croata Krunoslav Draganović, mas alguns também atuaram na Bolívia. Ao lado de figuras assustadoras como Josef Mengele, Adolf Eichmann, Friedrich Schwend e Walter Rauff, Hans Ertl parece até inofensivo.

A história mais espetacular e, como já mencionado, fatalmente envolvida com a família Ertl é aquela sobre a segunda carreira de Klaus Barbie-Altmann na Bolívia. Os filhos das duas famílias Barbie-Altmann e Ertl se conheciam muito bem. A filha de Barbie, Ute, e Monika Ertl iam juntas à escola. O "carniceiro de Lyon" era o "tio Klaus" para as meninas da família Ertl. Hans Ertl ajudou o fugitivo em 1951 a um recomeço com seu novo nome, Altmann, supostamente sem saber com quem estava lidando. Ertl conhecera o recém-chegado com a família Harjes, que, mais tarde, seria a família dos sogros de Monika, durante a sua primeira expedição à Bolívia com a jornalista Milli Bau, e conseguiu para ele — assim contam ambos, Ertl e Barbie — seu primeiro trabalho como administrador da serraria Llojeta nos Yungas de La Paz. Os donos da serraria eram empresários judeus. Ertl conta a história com um tom petulante porque esse empresário judeu, Hugo Simon, sabia que seu novo empregado tinha um passado na ss, mas não teria nada a opor a um "homem trabalhador" que sabia organizar bem as coisas. Juliana Ströbele-Gregor, que conduziu conversas com imigrantes alemães e judeus alemães na Bolívia, tem certeza de que não tinha como um empresário judeu aceitar um empregado com um passado na ss. A *story with a twist* de Ertl é seguramente mais uma cortina de fumaça típica para os criminosos foragidos, que seguiam escondidos à luz do dia.

    Segredos a céu aberto precisam de um ambiente de suporte no qual estejam acomodados de tal forma que, assim como imagens lenticulares, mostrem coisas diferentes se contempladas a partir de diferentes ângulos. Nos anos de 1950 e 1960, o ambiente de Klaus Barbie-Altmann é o dos alemães na Bolívia, onde diversas linhas históricas de intercâmbio transatlântico se cruzam. Embora cruzar linhas possa não ser a melhor imagem. As condições são mais parecidas com as de uma usina de compostagem: os componentes entraram na usina um após o outro, mas no processo histórico de aquecimento e aplicação eles formaram conexões peculiares e se tornaram um todo especial.

A camada superior é formada pela constelação do pós-guerra exportada pela Europa que se destacava pelo fato de judeus e esquerdistas, forçados a emigrarem e que chegaram antes e durante a guerra, se encontrarem novamente em proximidade direta com seus perseguidores e torturadores. Esse era o caso sobretudo em grandes cidades como La Paz, Cochabamba e Santa Cruz. Era inevitável, nos anos 1950 e 1960, esbarrar-se na rua, em cafés e lojas. A camada abaixo desta era composta por alemães economicamente bem-sucedidos e politicamente influentes, emigrados no final do século XIX e no começo do XX, e que tiveram bastante sucesso na agricultura, no comércio da borracha, na construção da indústria e, em especial, na mineração. Esse ambiente era rico em membros alemães altamente condecorados do Exército boliviano e de bolivianos que fizeram seu treinamento militar na Alemanha. Os dignitários da velha elite primeiro cortejaram o regime nacional-socialista, o que é atestado por fotos de bandeiras com suásticas hasteadas na entrada da escola alemã e pela lista de membros do Partido Nazista boliviano. Numa camada mais abaixo, encontram-se os descendentes de alemães que, como pesquisadores, administradores ou mesmo como camaradas de armas de Simón Bolívar moldaram a Bolívia na guerra de independência do início do século XIX. O projeto nacional boliviano também foi apoiado por alemães no século XIX, por exemplo, por Otto Philipp Braun, de quem ainda falaremos adiante.

Os missionários

A camada mais antiga é composta, no entanto, de alguns "conquistadores" alemães, além de missionários de língua alemã que formavam a argamassa cultural das elites urbanas entre os séculos XVI e XVIII, e que representavam a vanguarda da evangelização no país. Na imagem dos missionários abnegados, disciplinados e cultos, encontra-se em poucas palavras a admiração ainda bastante difundida na Bolívia — às vezes, uma admiração totalmente tomada pelo medo — por "*los alemanes*". Quase toda representação das relações teuto-bolivianas começa até hoje com uma referência aos missionários alemães em Chiquitos e Moxos. Em *Heilige Berge: Grüne Hölle* [Montanhas santas: Inferno verde], relato jornalístico de Milli Bau da década de 1950, os missionários se tornam precursores dos pesquisadores alemães dos Andes e do Amazonas, nos quais ela via a si mesma e Hans Ertl:

> Alguns poucos homens avançaram por essas densas florestas, transpuseram os rios caudalosos, superaram em segurança aventuras com animais selvagens e en-

frentaram o clima assassino. O calor temível e as chuvas que pareciam dilúvios devem tê-los atormentado tanto quanto as cobras venenosas e os mosquitos. Encontraram uma terra absolutamente inexplorada e índios nus vadios, que provavelmente os enfrentaram, inclusive, com animosidade. O que esses padres jesuítas realizaram aqui nas poucas décadas de atividade está entre os mais grandiosos feitos da História recente! Que força de convencimento devia residir dentro deles, para que pudessem realizar essa obra de não apenas transformar selvagens em cristãos civilizados, nômades em agricultores sedentários, como também de educá-los para realizarem feitos culturais tão espantosos.

A Companhia de Jesus, organizada como ordem religiosa segundo moldes militares, é até hoje um modelo segundo o qual pesquisadores modelam a sua auto-imagem, assim como pessoas atuantes no ensino, empresários e empresárias e também soldados. As ordens religiosas ativas na Bolívia ainda hoje se veem de uma forma ou outra como sucessores modernos das práticas de salvação e educação. As missões jesuíticas foram mantidas, a partir do século XIX, pelos franciscanos, de modo que Milli Bau e Hans Ertl ficaram felizes de ouvir o padre Amadeo falando um "tirolês autêntico e rude" em San Miguel. Hans Ertl também adquiriu sua propriedade *La Dolorida* por intermédio dos franciscanos em Concepción. Os primeiros contatos com os missionários bávaros foram travados, provavelmente, na viagem de 1950 aos Andes e ao Amazonas.

O marechal de Simón Bolívar: Otto Philipp Braun

Quando, no século XIX, as elites mestiças da América do Sul lutavam pela sua independência da Espanha e a Bolívia se tornava um Estado, o empresário e militar alemão Otto Philipp Braun (1798-1869) se viu inesperadamente no meio de eventos históricos. Oriundo de Kassel, ele é saudado até hoje na Bolívia como herói nacional com o seu título militar de marechal, e há algumas ruas e escolas batizadas de "Mariscal Brown". Ele vinha de uma família emergente de Hesse, teve o privilégio de uma formação militar e de veterinário na Alemanha, adquiriu uma primeira experiência de combate na guerra contra Napoleão e, depois, tentou a sorte na América respaldado pela fortuna do pai. Após estadas infrutíferas em Nova York e no Haiti, onde se esforçou para se estabelecer na corte de Henri Christophe, transferiu-se para o continente sul-americano. Ali fez contato com os revolucionários em torno de Simón Bolívar e participou ativamente na guerra de independência sul-americana. Tornou-se uma figura importante, tanto no campo militar — como instrutor e comandante, por exemplo nas batalhas de Junín e Ayacucho — quanto como aliado político próximo do general revolucionário e posterior presidente da Bolívia, Andrés de Santa Cruz. A partir de 1825, ocupou diversos cargos políticos no jovem Estado boliviano, inclusive o Ministério da Guerra, e até o final da vida foi uma personalidade política e diplomática influente neste e no outro lado do Atlântico. Como homem muito respeitado, movimentava-se dentro da classe política da

América do Sul, comprou minas de cobre e prata, e atuou como intermediário nas redes comerciais transatlânticas, incluindo o comércio de chinchona. A imagem do herói revolucionário leal e brilhante que é atribuída a Braun na Bolívia foi corrigida em pesquisa biográfica mais recente, que se utiliza de argumentos com mais força sócio-histórica. Robin Kiera desenha a imagem de um aventureiro ambicioso e oportunista que conseguiu aproveitar ao máximo seu capital social e cultural em tempos de convulsão política. Num primeiro momento, Otto Philipp Braun não tinha intenções revolucionárias nem mesmo democráticas, mas havia se colocado a serviço de Henri Christophe, um antigo escravo que, em 1811, declarara a si mesmo como Henri I, rei do Haiti do Norte. Contudo, dois motivos atestam a importância central de Otto Philipp Braun para uma história da interligação transatlântica: em primeiro lugar, porque pessoas como ele contribuíram sistematicamente para que as elites europeias e sul-americanas estabelecessem conexões estreitas nas áreas militar e econômica. Em segundo, porque na era do nacional-socialismo e para além dela foi possível estabelecer e encenar uma ligação política historicamente estreita entre a Bolívia e a Alemanha por meio da encenação da sua pessoa como herói nacional boliviano. Isso é atestado pelos festejos em sua honra, em dois atos.

O primeiro ato acontece em dezembro de 1936 em Kassel. Para o septuagésimo aniversário de morte de Braun foi concebido, em conjunto pela embaixada da Bolívia e sob a batuta do Instituto Iberoamericano de Berlim, um dispendioso cerimonial em celebração ao "grande filho da cidade de Kassel". A guarda de honra foi feita pela SA, a organização paramilitar de guerra do Partido Nazista já tornada politicamente insignificante depois do chamado "Putsch de Röhm" de 1934. Também acompanhou não apenas o adido militar e posterior presidente boliviano (por pouco tempo), general Carlos Quintanilla Quiroga, mas também Federico Nielsen Reyes, que, em seu discurso e em publicações, apresentou Braun como modelo para as futuras relações entre a Alemanha nazista e a Bolívia. Nielsen Reyes, de quem ainda nos ocuparemos bastante, e os outros oradores conjuraram a auspiciosa continuidade no desenvolvimento das relações econômicas. A ansiada aliança também era carregada de interesses geopolíticos, pois ela deveria, segundo o prefeito de Kassel, servir "à luta comum contra o comunismo soviético".

E no ano de 1969 se dá o segundo ato da encenação: em julho, com grande pompa, os "restos mortais" de Braun são exumados e levados à Bolívia numa urna. Desta vez veio o corpo musical da Bundeswehr [Exército alemão], que, ademais, dispôs de uma guarda de honra composta por seis oficiais e uma procissão de honra. Hans Asmus, comandante da I Divisão da Luftwaffe [Força Aérea alemã], ajudou de iniciativa própria, enchendo o vaso de barro com terra do cemitério. Da parte do Ministério das Relações Exteriores, participou o conselheiro de legação[9] da

9   Missão composta de funcionários diplomáticos, responsáveis por negócios, ou representantes extraordinários, encarregada por um go-

época, e da parte do Estado boliviano, o antigo conselheiro de legação: Federico Nielsen Reyes, como embaixador especial. Para os fundadores da cidade de Kassel a cerimônia era suspeita e enviaram apenas uma representante do prefeito. Devido à repetição de uma celebração nazista, mas também devido ao contexto político de repatriação operado pelo governo anticomunista, autoritário e economicamente liberal do general René Barrientos, a prefeitura não quis se expor. Na Bolívia foi feito um esforço ainda maior do que na Alemanha: bombardeiros da Força Aérea boliviana escoltaram o avião da Lufthansa com a urna a bordo desde a fronteira chilena até La Paz. Barrientos, infelizmente, havia falecido pouco antes num acidente de avião, motivo pelo qual o presidente interino, Siles Salinas, juntamente com todo o gabinete e o comandante supremo das Forças Armadas e golpista, general Ovando, recebeu o vaso de barro. Marcha fúnebre até a basílica de San Francisco, entrega, guarda de honra, sepultamento da urna ao lado do marechal Andrés de Santa Cruz. A data de 24 de julho, Dia da Repatriação, é declarada feriado nacional; são dadas palestras na universidade e realizados concursos de redação nas escolas. O extenso programa de visitas da delegação alemã foi promovido, principalmente, pelas Forças Armadas bolivianas, e terminou com uma visita do general Asmus à Marinha boliviana no lago Titicaca. Pois os navios que balançavam no lago simbolizavam a demanda político-militar da Bolívia de se tornar uma

verno ou chefe de Estado de representá-lo num país estrangeiro. [N.E.]

potência marítima, apesar do acesso ao mar perdido para o Chile na Guerra do Pacífico (1879-1884). Da mesma maneira que o verdadeiro tema de política externa da grande ação diplomática era a demanda de recuperar do Chile as regiões costeiras perdidas.

Mineiros

Nem todos que vieram da Alemanha já chegavam com a mão cheia de cartas boas como Otto Philipp Braun. No século xix e no início do xx, muitos que não tinham oportunidades financeiras na Alemanha tentaram a sorte na Bolívia. Os navios transatlânticos vinham abarrotados de gente que buscava um recomeço na América do Sul. História exemplar desse grupo é a de Eduard Overlack e Elisabeth Lauenstein, que se conheceram em 1914 na travessia de navio para a América do Sul, seguiram seus caminhos separados e se reencontraram em 1919, casando-se depois. Sendo um de treze filhos, Eduard Overlack via poucas chances na Alemanha como herdeiro. Era engenheiro mecânico, mas, depois de alguns desvios, finalmente se tornou administrador de uma mina de estanho em Araca, Bolívia. Elisabeth Lauenstein, uma filha de pastor, foi para a América do Sul para trabalhar como professora. Viveram juntos com seus filhos nos Andes, até que, em 1926, a mina de Araca foi adquirida pelo "barão do estanho" boliviano Simón i. Patiño.

Eduard Overlack encarna o tipo empreendedor do emigrante alemão, o grupo que foi denominado no pós--guerra como "alemães antigos" [*Altdeutsche*]. Era membro do grupo naturalista Wandervogel e participava de uma corporação universitária. O que o motivou à uma aventura sul-americana foi o convite de um irmão de corporação que emigrara para a Bolívia. Na chegada de Eduard ao país, ele percebeu que procurava não apenas uma parceria nos negócios, mas também na vida, de modo que Overlack, apesar da falta de interesse, teve de procurar outra ocupação profissional, por exemplo em uma mina. Overlack também se tornou membro da crescente colônia alemã em La Paz. Com o passar do tempo, toda a elite alemã da Bolívia se encontrava no pequeno assentamento de mineiros da mina Araca, que ele administrava como os Kyllmann, cujo chefe, Wilhelm Kyllman, cofinanciaria mais tarde a primeira expedição de Hans Ertl à Bolívia.

Um escândalo de mídia eclodiu quando este, juntamente com Adolf Schulze, Eugen Bengel e Rudolf Dienst, escalaram o Illimani, a montanha local de La Paz e a segunda mais alta da Bolívia, com 6.439 metros. O acontecimento foi documentado pelo escritor de viagens Colin Ross, posteriormente muito afeito ao nacional-socialismo e de quem já se falava no contexto de projetos geopolíticos de escritores de viagem nacional-socialistas. O escândalo só se deu pelo fato de o feito dos quatro alemães não ter sido reconhecido oficialmente, pois do Observatório de La Paz não era possível divisar nenhuma bandeira como prova da escalada. Quando a mesma foi avistada, o escândalo ganhou um novo rumo, pois os montanhistas alemães hastearam apenas a bandeira alemã, sem a boliviana — como era a praxe internacional. Mas, como veremos, Overlack e seus amigos não seriam os únicos montanhistas alemães que desafiaram o sentido de honra boliviano ao hastear apenas a bandeira alemã no pico Illimani de maneira ostensiva.

No começo, a vida lá em cima dos Andes não era a mais confortável, mas, graças a vários projetos de modernização como um teleférico, a mina dava bom lucro, de forma que os Overlack puderam levar ali uma vida boa e até mesmo luxuosa com o passar do tempo. Eram gritantes as diferenças sociais entre os mineiros indígenas, as empregadas domésticas, e a equipe de gerentes *brancos*. Contudo, como era norma na colônia alemã, elas não apenas eram aceitas pelos instruídos Overlack, como também justificadas como naturais. Christa Mehrgart, que passou os primeiros anos de sua vida em Araca, cita uma carta da mãe, Elisabeth Overlack, sobre o aniversário do seu primogênito: "É claro que eu não queria ter os menininhos negros dentro de casa, e por isso pus a mesa lá fora. [...]. É tão bom ver a diferença entre o nosso branquinho e os pretinhos". Bolivianas eram convidadas a contragosto, só porque na estação chuvosa não vinham visitas de La Paz. Elas não recebiam nomes na correspondência, mas figuravam como "2 'damas'", sendo definidas pelas profissões de seus maridos (mecânico, comerciante). Por outro lado, o ponto alto são as visitas a La Paz, onde a vida glamourosa da cidade grande movimenta o entorno do Clube Alemão. Eduard Overlack descreve assim as estadas em La Paz:

Gwinner no trem me arrasta até a festa de despedida de Maßmann, onde impera uma festa de arromba. Às sete horas vamos juntos à casa de Hardt para comemorar seu aniversário. Companhia muito alegre, cerca de vinte senhores, ficamos até perto do meio-dia bebendo um ponche de morango um pouco doce e depois vamos para o "nightclub" no "Hotel Paris", depois só vou dormir a uma hora [...]. Domingo, 8 de março. Acordei bem cedo, busquei Gwinner e tomamos café da manhã. À noite no "Club Aleman", onde compro quatro garrafas de espumante.

Aliás, o companheiro de Overlack na noite era Hans Gwinner, confidente de Klaus Barbie-Altmann, para quem escreveu cartas até o fim da vida. O próprio Overlack retornaria à Alemanha em 1926 com sua família. Nessa época, empreendedores nativos como Simón I. Patiño ganhavam cada vez mais influência. Os empresários alemães enfrentavam uma concorrência maior, e muitas empresas alemãs eram adquiridas por grandes consórcios. Por isso alguns alemães retornaram a sua terra natal, mas muitos permaneceram e se transformaram em mão de obra requisitada enquanto engenheiros e gerentes de empresas. Houve ainda quem atuasse em outros ramos da economia, como agroindústria ou comércio exterior. Esse grupo de imigrantes alemães foi (e ainda é) extremamente influente tanto na economia quanto na política. Muitos foram membros da divisão estrangeira do Partido Nacional-Socialista dos Trabalhadores Alemães (o NSDAP/AO) nos anos 1930 e dominaram o Clube Alemão em La Paz até a década de 1970.

More military men

Uma figura-chave para a conexão estável entre o Exército alemão e o boliviano foi Hans Kundt. O major-general prussiano nascido em 1869 em Neustrelitz chegou a ser ministro de Guerra boliviano em 1923, assim como Otto Philipp Braun. Na década de 1910, esteve envolvido na reorganização do Exército boliviano. Em 1928, foi buscar ninguém menos que Ernst Röhm, que agora na Bolívia por dois anos com o posto de tenente-coronel, trabalhou como instrutor militar. Depois da queda do presidente Hernando Siles Reyes, Kundt e Röhm deixaram a Bolívia em 1930. Ernst Röhm assumiu, no ano seguinte, a liderança da SA na Alemanha, com o objetivo de fornecer apoio paramilitar para a tomada de poder de Hitler. Hans Kundt, por outro lado, três anos depois, já comandava o Exército boliviano na Guerra do Chaco contra o Paraguai, até seu final desastroso.

A aviação era também uma articulação entre a indústria, a política e os militares alemães. Em 1925, empreendedores germânicos fundaram o Lloyd Aéreo Boliviano. Importaram aviões Junkers e estruturaram uma rede aérea civil, paralelamente aos voos militares. O diretor do Lloyd Aéreo Boliviano era Wilhelm Kyllmann, advindo do influente clã Kyllmann-Bauer-Elsner e que também apareceu no contexto de mineradoras alemãs e como apoiador da expedição de Hans Ertl.

Os aviões Junkers também foram usados na Guerra do Chaco. Eles abasteciam as tropas com alimentos e suprimentos de guerra. Conseguiam levar até mesmo peças de artilharia pesada até o front. Na memória nacional ficou, sobretudo, o fato de terem sido transportados mais de 20 mil feridos utilizando aviões alemães. Federico Nielsen Reyes, em quem muitos fios se cruzam, delira em seu livrinho *Boliviens Aufbauwille* [A vontade de construir da Bolívia], de 1937, ao advogar em favor de uma ligação política e econômica mais forte entre a Alemanha e a Bolívia: "Essa confirmação singular do Lloyd com sua equipe de voo boliviana e alemã na Guerra do Chaco se fixou com profundidade na grata consciência do povo". As relações econômicas e de camaradagem entre o Exército alemão e o boliviano eram muito estreitas, e a indústria nas mãos alemãs teve grande influência na política boliviana do século xx. Assim, chama a atenção a quantidade desproporcional de políticos de origem alemã nos diversos governos militares da Bolívia do meio do século xx. De maneira paradigmática, essa conexão é encarnada em Hugo Banzer, o empregador de Klaus Barbie-Altmann.

Frente a esse pano de fundo, alguns detalhes biográficos de Hans Ertl aparecem sob uma outra luz: por exemplo, seu plano original de agir como instrutor das tropas de montanha na Bolívia; a constante presença do Exército boliviano na sua primeira expedição; as viagens pelo país nos aviões disponibilizados por Wilhelm Kyllmann.

O secretário da missão diplomática

— Quem é esse Federico Nielsen Reyes, que reluz erraticamente no seu texto?

— Eu também gostaria de saber. Ele sempre aparece em momentos-chave, mas é difícil obter informações confiáveis. Pessoas no serviço diplomático agem discretamente. Ele, inclusive, traduziu o *Mein Kampf* para o espanhol e, mal dá para acreditar, escreveu uma *Elegia Röhmana*.[10]

— Um Hitler boliviano e fã de Ernst Röhm?

— Ele era muito amigo de Röhm. Aliás, existem duas traduções do *Mein Kampf*. A de 1937 teve tradução e introdução de Nielsen Reyes. Mas ele provavelmente também foi corresponsável pela edição ilegal antes de Franco tomar o poder. Ele representou a Bolívia em 1936 na Conferência Secreta Internacional sobre Anticomunismo. De membro do serviço diplomático, mudou para funcionário do mundo esportivo internacional. Seu irmão Roberto, por sua vez, era encontrado ao lado de Klaus Barbie-Altmann na década de 1980: no grupo que preparou o "golpe da cocaína" de Luis García Meza, de quem ele se tornou chefe de segurança.

— Federico Nielsen Reyes seria, portanto, um elemento de ligação entre os antigos nazistas e a alta sociedade da Bolívia?

— Sim, com ênfase no *um*. As conexões eram muito

---

10 Trocadilho com a *Elegia Romana* [*Römische Elegie*] de Goethe. [N.T.]

confiáveis e duradouras. E elas também passaram para a próxima geração; veja, por exemplo, Branko Marinković e a Nova Direita boliviana de Santa Cruz.

Bolívia e o nacional-socialismo: um labirinto

Se alguém descrevesse a posição da Bolívia frente à Alemanha nazista como "oscilante", seria um eufemismo. Entre 1933 e o final da guerra, a Bolívia teve nada menos que sete presidentes e governos, cada um com seu rumo. Entre 1932 e 1935, a Guerra do Chaco com o Paraguai foi um fator de desestabilização política. Como Irma Lorini demonstrou, a consequência disso foi uma relação extremamente instável entre a Bolívia oficial e o "Terceiro Reich".

A avaliação se torna ainda mais difícil pelo fato de os presidentes José David Toro (1936-1937) e Germán Busch (1937-1939), que se inclinavam ao socialismo no que toca às suas políticas econômicas terem, ao mesmo tempo, uma orientação decididamente nacional. Mesmo o Movimiento Nacionalista Revolucionario (MNR) de Víctor Paz, que tomou forma nos anos 1930 e 1940 e governou por muito tempo depois da revolução de 1952, integrava ideias nacionais e abordagens social-revolucionárias. Paz era um admirador declarado de Mussolini. O "socialismo militar" de Toro, o socialismo de Estado de Busch, o militar mas economicamente liberal Quintanilla, que oscilava entre o Saulo admirador de Hitler e o Paulo combatente de Hitler, ou o decididamente nacional e revolucionário Gualberto Villarroel: todos eram, de modo muito complexo, simultaneamente (ou em sequência) a favor e contra o nacional-socialismo e/ou a Alemanha. Mesmo após o rompimento das relações diplomáticas em 1942 e depois de a Bolívia ter declarado guerra à Alemanha em 1943 sob pressão dos Estados Unidos, foram preservados, nas sombras, diversos contatos econômicos e políticos entre ambos os países. Por exemplo, os aliados estrangeiros alertaram sobre uma infiltração nacional-socialista da Bolívia, e o governo boliviano publicou na sequência listas negras de empresas colaboradoras, muitas delas em posse de alemães. Enquanto isso, esses negociantes alemães economicamente tão importantes e as associações nacional-socialistas estrangeiras na Bolívia causaram agitação contra essas medidas, e alguns representantes da Bolívia em Berlim garantiram, por sua vez, a amizade e o apoio ao governo alemão. Uma vez mais se destaca aqui Federico Nielsen Reyes, que, em 1939, promoveu, por iniciativa própria e em solidariedade à Alemanha, a saída da Bolívia da Liga das Nações e prometeu cadetes bolivianos para auxiliarem a Wehrmacht. Por isso, é difícil de compreender a situação política no final da década de 1940. O presidente revolucionário Víctor Paz, por exemplo, já em 1943 fazia parte do gabinete do militar populista e socialista Gualberto Villarroel, porém, por pressão dos Estados Unidos, precisou renunciar devido à sua aberta simpatia pelo fascismo. As linhas de separação e conexão política na Bolívia às vezes atravessam a história política da Europa, de modo que as manobras políticas da época com frequência parecem erráticas, pelo menos para quem vê de fora.

Em 1938, a Bolívia era um dos poucos países que se mostraram abertos para a população judaica forçada a emigrar da Europa e que abriram suas portas como resposta aos *pogroms* de novembro. Justamente no mandato de Germán Busch é implementada uma política de imigração que foi decisiva para a imigração e a integração de refugiados judeus da Europa. Germán Busch foi ajudante de Ernst Röhm por algum tempo e, durante sua presidência, manteve bons contatos com o regime nacional-socialista. Há fotografias de Ernst Röhm juntamente a Germán Busch. O "focinho" de Ernst Röhm sulcado com sua cicatriz de esgrima,[11] a brutalidade que ele irradiava, contrastam com o rosto um tanto melancólico do presidente. Busch, o "corsário da selva", sempre uniformizado como Röhm, mas num elegante uniforme de passeio com adaga, olha sério com olhos despertos, quase surpreso, um pouco soberbo. A imagem lembra o jovem imperador austríaco Francisco José I — na verdade, lembra o ator que o representou nos filmes de *Sissi*, Karlheinz Böhm e, portanto, também a ideologia, só aparentemente superada na Bolívia, do "bom monarca". Germán Busch era diversas coisas que não combinam ao mesmo tempo: promotor da nacionalização da mineração, criador da seguridade

---

11 *Schmiss* é o nome de uma cicatriz no rosto decorrente de um rito de iniciação na esgrima praticado por membros de associações estudantis alemãs desde o século XVIII até a época do nacional-socialismo. [N. T.]

social, tradicionalista da classe militar, leal à Alemanha e promotor da imigração judaica.

O caráter ambivalente da política de imigração boliviana foi bastante explorado na literatura, por exemplo nos trabalhos de León Bieber, Leo Spitzer e Juliana Ströbele-Gregor. Tudo começa com muita esperança com uma declaração do ministro da Agricultura boliviano em 9 de junho de 1938, publicado no *El Diario*:

> As portas do país estão abertas para todas as pessoas que vierem para trabalhar nosso solo viçoso. Vamos transferir gratuitamente a elas a terra necessária. Esse direito vale também para judeus; pois nós, bolivianos, não podemos nos tornar cúmplices do ódio e da perseguição dos semitas nos países europeus.

Os motivos para essa posição amigável à migração ainda são, em parte, obscuros, em vista da política fundamentalmente amigável à Alemanha do governo Busch. Mas a Bolívia precisava de força de trabalho na mineração depois de ter perdido a Guerra do Chaco e queria "garantir" as enormes terras livres na disputada região fronteiriça com o Paraguai por meio do assentamento de cidadãos bolivianos. Por que não recrutaram a população indígena? Ela era considerada de pouco valor dentro da longa tradição colonial, útil apenas para o trabalho braçal. Um decreto de 28 de janeiro de 1937 diz isso às claras: a política de naturalização é uma medida para "melhoria da raça". Em fria continuação da política de colonização racista que marcou a América do

Sul desde o século XVI, é evidente que a imigração judaica foi fomentada sob o princípio do *mal menor*, para assim reaquecer a combalida economia. Foi expressamente proibida a imigração de "ciganos e nômades", e fazia-se uma diferenciação na imigração de judeus e judias. O ministro reservou a si o direito de deferir ou indeferir a "entrada de semitas com base na especialização, nas capacidades e em motivos concretos". Trabalhadores contratados, colonizadores e agricultores eram bastante desejados, mas não "pessoas que almejassem posição no comércio e em empreendimentos". O primeiro grupo teve garantia de apoio generoso (dinheiro para gastos cotidianos, ressarcimento de despesas de viagem, terras). Contudo, poucos dentre os refugiados da Alemanha, da Áustria ou mesmo da Polônia e da Tchecoslováquia tinham experiência em agricultura. Eles poderiam exercer suas antigas profissões, mas apenas depois de laboriosos esforços de naturalização — quando a autorização era concedida. Isso também valia para profissões requisitadas, como a de médico. Mesmo assim, inúmeras empresas teuto-bolivianas que poderiam empregar muito bem os refugiados se negaram a empregar judeus e judias, pois simpatizavam abertamente com o regime de Hitler.

A experiência judaica no exílio

Até hoje é difícil determinar a quantidade de imigrantes judeus refugiados nos anos de 1938 a 1940. Com base numa consulta aos arquivos de imigração e das listas de membros de associações judaicas, León Bieber estima que cerca de 7 mil a 8 mil judeus e judias vieram à Bolívia fugindo da região de controle nazista na Alemanha. Por isso, a Bolívia provavelmente deve ter recebido o maior número de judeus e judias em todo o mundo num mesmo período. Pouco surpreende que os imigrantes não apresentassem a profissionalização em agricultura desejada pelo governo boliviano: apenas 5% dos recém-chegados haviam trabalhado com agricultura na Europa, a maioria atuava no comércio, além de muitas pessoas com formação acadêmica e profissionais liberais.

A partir das narrativas e experiências do imigrante Eduard Blumberg, Leo Spitzer conseguiu reconstruir a partida esperançosa e o fracasso das colônias agrícolas judaicas do início da década de 1940. Blumberg chegou à Bolívia em meados de 1939 com sua esposa e duas filhas. Em Leipzig, ele tinha seu próprio consultório médico e era engajado na social-democracia. Devido às "leis raciais de Nuremberg", como tantos outros ele foi cada vez mais impedido de exercer livremente sua profissão. Na esteira da grande onda de prisões que se seguiu aos *pogroms* de novembro, ele foi preso e deportado para o campo de concentração de Buchenwald. Acabou liberado depois que sua esposa, Trude, entregou todo o patrimônio deles às autoridades nazistas. A família emigrou para a Bolívia. Como não podia exercer sua profissão em La Paz ou em nenhuma das grandes cidades, Blumberg se tornou médico de um vilarejo retirado nos Yungas, a selva semitropical a nordeste de La Paz. Ali os Blumberg souberam dos planos de fundar uma colônia judaica na região. A Sociedad Colonizadora de Bolivia (Socobo) planejava uma colônia de refugiados chamada Buena Tierra, a Boa Terra, com o auxílio do grande empreendedor judeu de mineração Mauricio Hochschild e em cooperação com o Joint (American Jewish Joint Distribution Committee em Nova York). Ali Blumberg se tornou médico, e sua esposa, enfermeira.

Mauricio Hochschild é tido hoje por muitos como o "Schindler boliviano". Ao lado de Simón I. Patiño e Carlos Víctor Aramayo, ele era um dos "três grandes" da mineração boliviana de estanho. Significativamente, o nacional-socialista Federico Nielsen Reyes não o cita em seu livro *Boliviens Aufbauwille* com destaque, apesar de listar todas as opções de mineração e mencionar as estruturas de propriedade para atrair investidores alemães. Na sua visão, um empresário judeu estava fora de questão como parceiro comercial. E, certamente, não eram poucos membros da elite econômica teuto-boliviana que pensavam como ele. Hochschild se opôs à nacionalização da mineração de estanho sob Germán Busch, sendo primeiramente condenado à morte e depois perdoado. Em 1944, voltou a ser preso por motivos obscuros e liberado em seguida. Na sequência, deixou a Bolívia. Até então, tinha sido a tábua de salvação para muitos milhares de judeus e judias vindos da Europa. Organizava a travessia, cuidava das formalidades de imigração e tentava convencer com veemência o Joint de que as colônias agrícolas para judeus e judias eram a saída econômica e social para a miséria. Ele pleiteava a criação das colônias não apenas por motivos econômicos, e também não necessariamente por uma posição idealista e um tanto sionista, mesmo que o nome Buena Tierra remeta a isso. Como depois se descobriu, sua preocupação totalmente justificada era de que a presença de judeus e judias necessitados pudesse atiçar ressentimentos antissemitas nas cidades bolivianas. Quanto mais refugiados fosse possível trazer para o campo, tanto menos eles "chamariam a atenção" na paisagem urbana. Para Hochschild, também era função das colônias servir de modelos. Elas deveriam demonstrar aos países vizinhos como a imigração judaica era produtiva para a economia do país e, assim, motivá-los a aceitar mais refugiados.

    A colônia Buena Tierra na região de Coroico foi iniciada com muito entusiasmo. Em três locais — Charobamba, Polo Polo e Santa Rosa — a terra foi arada, pomares de frutas foram plantados e, além disso, se estabeleceu a criação de galinhas. Ernst Bering escreveu cartas animadas aos seus companheiros do Sopade (Partido Social-Democrata da Alemanha no Exílio) em Praga. A terra é boa, "aqui cresce tudo que cresce aí na Europa, além de laranja, tangerina, banana, café e muito mais. [...] As nossas verduras de qualidade já chamam atenção em La Paz. [...] A venda dos produtos ocorre de maneira cooperativa. Os custos de transporte são bem baixos, pois o combustível dos automóveis é muito barato". Segundo ele, outras sessenta famílias poderiam tirar seu sustento nos Yungas. Mas a primeira impressão se mostrou falsa. Só com muita dificuldade era possível manter o terreno permanentemente cultivável, e as colheitas estagnaram. Os judeus recém-chegados até passaram por treinamentos em técnicas básicas de cultivo, mas não estavam preparados para as novas e complexas condições climáticas e do solo. A colônia Buena Tierra tinha acesso complicado a partir de La Paz, que era tanto o mercado de escoamento da produção quanto o fornecedor de suprimentos essenciais. A construção da estrada pela passagem de Cumbre e — ainda mais difícil — pelas terras frágeis da selva só se deu a passos arrastados. A colônia fracassava. Em pouco tempo restaram poucos dos 180 recém-assentados, todos os outros tendo retornado às cidades. Hans Homburger, um dos colonizadores que operaram a agricultura em Charobamba até a década de 1960, aponta três fatores como responsáveis pelo fracasso das colônias: a impossibilidade de mecanizar a produção agrícola, a socialização não agrária dos recém-chegados e os lucros insuficientes, que, em algum momento, não puderam mais ser compensados pela Socobo.

Para os imigrantes judeus foi bastante complicado manterem uma relação com essa nova pátria. Como conciliar a gratidão pela receptividade numa situação de risco de vida com a exigência de se reinventar, com as possibilidades limitadas, com a perda do status e com a mistura local de uma supremacia mestiça e um claro antissemitismo? O jornal semanal republicano *Rundschau von Illimani*, publicado em língua alemã entre 1939 e 1946 e na qual eram comentados os acontecimentos políticos internacionais e nacionais e eram anunciadas as atividades das comunidades judaicas, fornece um bom olhar para essa atmosfera. Germán Busch é festejado como salvador, e a conversão de Quintanilla em opositor de Hitler recebe a primeira página. As tendências nacional-socialistas dos clubes alemães são documentadas, e depois do final da guerra há reportagens críticas sobre as primeiras fugas de nazistas para a América do Sul. Nas páginas locais há anúncios de festas e convites para excursões conjuntas e eventos esportivos do clube judaico, anúncios de produtos dos Yungas e de pensões no interior, por exemplo, a pensão termal de Espada Sorata, na qual era possível combinar a locação na loja de sapatos Ada, em Sorata. O *Rundschau von Illimani* não defende nenhuma política identitária, mas já é possível perceber ali as tensões que marcariam a vida pública das colônias judaicas e alemãs em La Paz nos anos 1950 e 1960.

Club Alemán/Club Republicano Alemán

— Quando estive na Bolívia pela primeira vez em 1965, vivenciei já em dezembro uma pancadaria entre jovens do Club Alemán e do Club Republicano Alemán. Me disseram que isso era algo comum.

— Qual era a diferença entre os dois clubes, afinal?

— No Club Alemán se encontravam os alemães antigos e os fugitivos nazistas; no Club Republicano Alemán estavam os esquerdistas e a comunidade judaica. Além disso, o Club Alemán representava o *establishment* rico, a elite econômica. O grupo dos imigrantes alemães era heterogêneo não apenas politicamente, mas também com relação ao sucesso econômico e à influência política. Tanto hoje, quanto antigamente, é possível encontrar alemães nas redes de direita, e também na esquerda. Alguns descendentes de alemães se tornaram figuras importantes, inclusive proporcionavam muitos contatos. Por exemplo, uma tal Doctora Beck era o nome público do líder sindical Juan Lechín quando ele teve de entrar na clandestinidade na década de 1980.

— A ligação entre a militância de esquerda e a discussão do nacional-socialismo são um dos enlaces transatlânticos que me interessam. O conflito entre os dois clubes é um sintoma disso. É lógico que Monika Ertl tenha participado da descoberta de Klaus Barbie, algo tornado público depois por Beate Klarsfeld.

— Por outro lado, os alemães, com frequência também aqueles em posições mais altas, não se cobriram de glória a esse respeito — muito pelo contrário. No início de 1967, quase houve um escândalo envolvendo arquivos em Montevidéu. Ali foram apreendidos no final da guerra o arquivo e a biblioteca das organizações do Partido Nazista da "*Außengau* [Região Estrangeira] La Plata" e entregues ao Supremo Tribunal. Em meados da década de 1960, o material foi devolvido à República Federal da Alemanha e chegou à embaixada alemã. Só tinham acesso o embaixador, um antigo membro do Partido Nazista e sua secretária, a antiga líder da BDM [Liga das Moças Alemãs] no Uruguai, além do arquivista, um conhecido homem da Gestapo. Alertei imediatamente o Ministério das Relações Exteriores do governo Willy Brandt, e os acervos logo foram recolhidos. Ninguém sabe o quanto foi destruído na embaixada.

ZOOM-IN

Nos Yungas

O isolamento, que tornou tão difícil para os judeus recém-chegados encontrarem um sustento próspero, foi vantajoso muitos anos depois para um dos que se refugiaram por outros motivos. Os Blumberg viviam em Charobamba nos anos 1940 sob o mesmo teto com o encanador Ludwig Kapauner (ou Capauner), responsável pela serraria de lá. Trata-se exatamente do Ludwig Kapauner que, juntamente com outros empresários judeus, era dono da serraria cuja administração seria assumida por Klaus Barbie-Altmann em 1951. Essa serraria não estava na região de Coroico, mas mais ao sul em Llojeta, perto de Chulumani. Na descrição que León E. Bieber fez da vida dos judeus na Bolívia, que também documenta as fracassadas empresas agrícolas, consta impresso o contrato de arrendamento para *La Llojeta* que Julius Lieb assinou em 1944 e que foi renovado outra vez em 1948 até 1953. No contrato de arrendamento são acordadas a maneira de realizar o plantio, as medidas para aumentar as colheitas e a forma como deve ser feita a prestação de contas. Também são regulamentados o pagamento dos trabalhadores locais e a presença permanente no local para impedir ocupações de terra pelos indígenas. Esse administrador era Klaus Barbie-Altmann. Quando ele assumiu a serraria, a Socobo ainda possuía terras na região, mas tinha arrendado a maior parte delas para indígenas. Assim, Barbie se aproveitou, mesmo que indiretamente, dos trabalhos de construção de uma colônia judaica que fracassou em 1945. Evidentemente em suas notas biográficas, ele mesmo não conta nada sobre esse passado judaico; os Yungas em suas descrições são um local onde se pode esquecer:

> Eu tinha finalmente a serraria à minha frente, a 2 mil metros de altitude e num clima maravilhoso. [...] A região: selva para todo lado, separada do mundo, sem jornal, sem rádio — nada. Para mim esse foi o local certo para me recuperar do cansaço dos anos de guerra e pós-guerra. [...] Me impressionavam, sobretudo, a selva, a solidão e o silêncio que eu havia procurado. Virei completamente as costas ao passado e esqueci-me da guerra.

Nessa floresta do esquecimento, porém, outros símbolos do passado o alcançam. Segundo a sua descrição, regularmente eram levados para a serraria troncos de árvore nos quais estavam pintadas grandes suásticas. Disseram a ele que quase todos os seus funcionários eram membros do movimento socialista e nacional-revolucionário conduzido por Víctor Paz, que sabidamente havia flertado com Hitler em 1943. Quando os proprietários judeus vieram para inspecionar a propriedade, as pichações logo foram removidas com um pano molhado, pelo menos segundo Barbie-Altmann. "Ninguém perguntou quem eu era, minha origem ou outras coisas". Pode muito bem ter acontecido dessa maneira. Mas também é possível que Barbie não se tenha perdido no esquecimento da guerra, mas, sim, se revelado aos seguidores de Paz. Pois é muito provável que, já no início da década de 1950, ele estivesse tecendo planos para um retorno político com seus camaradas no Chile e na Argentina.

Juliana Ströbele-Gregor lembra uma cena perturbadora e espelhada em relação às suásticas nos troncos de árvore, passada também na serraria nos Yungas e inclusive na mesma época. A filha do embaixador alemão em La Paz estava lá como hóspede pagante com sua amiga de escola Ute Barbie:

> O pai Altmann se sentava na ponta da mesa, não distante de mim. Em um dos primeiros dias, quando esperávamos que a comida fosse servida, eu olhei para os talheres. E, de repente, me chamou a atenção aquela águia estranha no cabo da faca. Devo ter ficado observando por muito tempo e com bastante intensidade, pois o senhor Altmann disse algo como "você deve ter trazido a faca consigo". Lembro bem o tom ríspido da sua voz. Assustada, respondo: "Não, não temos talheres assim em casa". [...] Altmann insistiu: "Não, não, você trouxe os talheres consigo". Seu tom me assustou muito. Não entendi por que ele me repreendeu de forma tão dura. Eu estava confusa. A situação me marcou profundamente.

Por que Barbie-Altmann afirmou que a filha do embaixador teria levado consigo talheres com a águia do Reich para os Yungas? Por que ele atribuiu a ela a responsabilidade por uma faca decorada com um símbolo nacional--socialista? Será prática de intimidação bem treinada, para evitar que ela contasse algo em casa? À luz dessa história fica ainda mais provável que Barbie-Altmann não era tão inocente quanto diz nas suas memórias com relação ao caso das suásticas nos troncos de árvore.

Klaus Barbie/Don Klaus Altmann

Quais são então os eixos de refração ao longo dos quais, dependendo de como se virasse a imagem, era possível ver, na década de 1960, tanto o criminoso de guerra Klaus Barbie quanto o comerciante *don* Klaus Altmann? Seja como for, esses eixos foram produzidos pela conexão sistemática e historicamente profunda de militares e empresários alemães com a política boliviana; pela perturbadora convivência e competição de refugiados judeus, antigos alemães e nacional-socialistas no exílio; pela vacilante política boliviana em direção ao nacional-socialismo e na qual o elemento nacional e o elemento socialista eram separados de maneira muito menos assertiva que na Europa do pós-guerra. Acrescentem-se a isso os jogos de Barbie-Altmann com nomes e funções, apoiados por diversos serviços secretos. Ele foi sustentado nos anos 1950 e 1960 por diversos serviços secretos (trabalhava tanto para o CIC quanto para a BND)[12] e, por conseguinte, gradualmente cresceu até se tornar uma figura central no aparato policial boliviano. Suas atividades — que iam desde o treinamento de colaboradores do serviço secreto, passando pela arrecadação de fundos, até a negociação de armas — se realizavam regularmente sob o manto de empreendimentos comerciais semi estatais. Na década de 1960 e no início da de 1970, destacam-se as atividades comerciais de Klaus Barbie-Altmann para a Transmarítima Boliviana, a frota comercial da Bolívia que lhe permitiu colaborar de perto com o antigo SS-Obersturmfürer[13] Friedrich Schwend — em quem já esbarramos ao falar da rede mercante de Hans-Ulrich Rudel com representantes do extremismo de direita internacional.

Mas que tipo de organização era a Transmarítima Boliviana? Na Guerra do Pacífico contra o Chile no final do século XIX, a Bolívia havia perdido o seu acesso ao mar e, assim, se tornado um país sem litoral e sem costa marítima. Desde então, a lembrança da perda dolorosa do acesso ao Pacífico e a luta pela recuperação do mesmo fazem parte da autoimagem identitária da Bolívia, sustentada por mi-

---

12 BND é o serviço secreto alemão, cujo codinome irônico é Bundesnachrichtendienst [Serviço alemão de notícias]. Não está claro a que se refere a sigla CIC, talvez o Consolidated Intelligence Center, um serviço de notícias secreto do Exército dos Estados Unidos na Europa com sede em Wiesbaden. [N.T.]
13 Patente da SS equivalente à patente atual de primeiro-tenente no Exército. [N.T.]

tos e rituais nacionalistas e políticos. A guerra perdida e a perda das regiões costeiras são apresentadas por políticos de diferentes partidos como uma desonra e uma injustiça sofrida. Em 1963, o governo boliviano inventou o "Dia do Mar", comemorado até hoje com grandes desfiles em várias cidades. Assim, por exemplo, alunos e alunas se fantasiam de marujos e fazem desfiles. Para sublinhar o anseio de continuar sendo um país de navegantes mesmo sem acesso ao mar, o Exército boliviano fundou em 1966 a Marinha e — por falta de um porto marítimo — estacionou seus navios no lago Titicaca, o enorme lago na fronteira andina com o Peru, 3.800 metros acima do nível do mar e, por outro lado, também na vizinha Argentina.

O seu maior navio se encontra hoje no porto argentino de Rosário: o cargueiro oceânico *Libertador Bolívar*. Ele serve de navio-escola e está em constante prontidão para garantir que a Marinha disponha de membros treinados em navegação caso o país recupere o acesso ao mar. As forças navais compreendem hoje cerca de 1.700 soldados, e o treinamento militar ocorre no lago Titicaca.

Em 1967, como parte da *Cruzada al Mar* boliviana, foi fundada a companhia de navegação Transmarítima Boliviana. A companhia foi oficialmente fundada depois de uma campanha de arrecadação que juntou cerca de 450 mil dólares. O Estado boliviano tinha 51% das suas ações, e os 49% restantes pertenciam a investidores privados. Klaus Barbie-Altmann possuía 5% e era o seu sócio administrador. Nenhum sucesso comercial foi atingido pela companhia, que — diferente do apregoado aos doadores —

só fretava navios comerciais, sem nunca os comprar nem os construir. Mas a posição de administrador permitiu a Barbie-Altmann viajar com passaporte diplomático: para Peru, Brasil, Espanha, Portugal, México, Argentina, Estados Unidos e, em 1970 e 1971, provavelmente também para Hamburgo, onde ainda pôde encontrar seu amigo Roberto Quintanilla em fevereiro de 1971.

Se observarmos as várias atividades de Klaus Barbie--Altmann e tentarmos conciliar as histórias de suas vítimas e de seus companheiros — em outras palavras, se apenas mudarmos a perspectiva —, a figura muda de forma sob nossos olhos. Se inclinarmos a imagem para um lado, uma figura monstruosa aparecerá: o criminoso nazista, o torturador, o antissemita incorrigível e o anticomunista. Se inclinarmos para o outro, aparece o empresário amigável e afável, o cidadão prestativo, o pai amoroso. Se olharmos um lado, o outro não é mais claramente discernível. Mas para que um homem como Barbie-Altmann tenha sucesso no truque de viver à luz do dia na Bolívia, ao mesmo tempo visível para todos e ainda assim oculto, seu ambiente já deve estar preparado por meio de longa prática para separar, como se fosse estrábico, o lado amigável de *don* Klaus do lado brutal de Klaus Barbie, que continua a participar da tortura e da opressão na Bolívia. No ambiente teuto-boliviano e nas complicadas condições políticas da Bolívia, o criminoso de guerra encontrou um ambiente agradável que o ajudou a ser, como *don* Klaus Altmann, um bom cidadão e um torturador desumano mesmo depois de 1945, sem que isso fosse percebido como uma contradição por ele ou por aqueles que o cercavam.

Sequestrando Klaus Barbie

O boato de que Monika Ertl estava envolvida numa tentativa de sequestro de Klaus Barbie na Bolívia em 1973 aparece repetidamente em fragmentos biográficos sobre ela na internet. Régis Debray diz não saber ao certo se foi ele ou ela quem teve a ideia do sequestro, mas também que os Klarsfeld obtiveram a pista crucial do paradeiro de Barbie por intermédio de Monika. Os Klarsfeld trazem a questão de forma diferente em suas memórias. Assim como Simon Wiesenthal em Viena, eles acompanhavam a imprensa internacional de perto e reuniam informações esparsas sobre o paradeiro dos criminosos nazistas. Muitos deles eram personalidades bastante conhecidas em seus respectivos países e, frequentemente, não muito bem disfarçadas, como Barbie em La Paz. Por meio do monitoramento da imprensa internacional, foi possível reunir algumas informações que as autoridades oficiais alegavam não ter, ou que realmente não tinham, porque seus métodos de investigação eram demasiadamente focados nos locais.

No entanto, não há evidências do envolvimento operacional de Monika no sequestro. O jornalista e político Gustavo Sánchez Salazar, que liderou a ação e descreveu o sequestro em detalhes, não dá nenhuma indicação de que Monika tenha desempenhado um papel ativo. Certo é que Salazar, Debray e Serge Klarsfeld se conheciam. Há uma foto desse fato. Beate Klarsfeld também afirma enfaticamente que Monika não estava envolvida, mas que era uma mulher muito corajosa. Quando retornou à Bolívia após o assassinato em Hamburgo, sabia que provavelmente não sobreviveria. No entanto, como integrante da liderança do ELN, Monika decerto era familiarizada com o círculo em torno de Sánchez Salazar e, sem dúvida, acompanhou as ações de Beate Klarsfeld em La Paz no início da década de 1970. Beate Klarsfeld viajou a La Paz em 1972 junto com Ita-Rosa Halaunbrenner, cuja família havia sido assassinada por Barbie em Lyon. As duas mulheres deram coletivas de imprensa e se acorrentaram num banco de parque em frente à sede da Transmarítima para divulgar a verdadeira identidade de Klaus Altmann. Elas queriam pressionar o governo boliviano, que estava protegendo Barbie-Altmann, criando publicidade internacional. Quando nada aconteceu e a Bolívia não respondeu aos pedidos de extradição do governo francês, elas elaboraram um plano para levá-lo de avião ou carro até a fronteira com o Chile e, de lá, com o apoio do governo Allende, extraditá-lo para a França. Serge Klarsfeld viajou para a Bolívia com esse objetivo. No entanto, o plano não deu em nada depois que o veículo destinado ao sequestro ficou indisponível após um acidente. Além disso, o ELN já se encontrava muito enfraquecido nessa época, e o governo de Allende já estava à beira de um golpe. Portanto, Barbie permaneceu em La Paz, ironicamente bem protegido na prisão de San Pedro: o governo de Banzer o detivera lá por "problemas fiscais" e, assim, o salvou da extradição para a França.

O vizinho, "meu general"

O relacionamento de Hans e Monika Ertl com Hugo Banzer também requer uma segunda análise. O fato de o ditador ter sido vizinho de Ertl em Chiquitanía já foi descrito. As visitas mútuas entre os vizinhos, o amor compartilhado pelo cinema, o amigável "Du"[14] e o fato de Ertl se dirigir a Hugo Banzer como "meu general" pintam o quadro de uma amizade masculina caracterizada por uma paixão pela autoridade. Apesar dessa amizade, Hans Ertl não se sentiu capaz de perguntar a Banzer sobre o túmulo de sua filha. As irmãs de Monika não conseguiam entender isso, assim como não entendiam a lealdade inabalável de seu pai ao ditador.

Durante toda a sua vida, Hans Ertl se viu como vítima de um enredo trágico. Sem culpa própria, ele foi "pego no moedor da política de guerrilha sul-americana". Sua "casa e bens móveis em La Paz, assim como todos os seus diários, fotos e filmes de trinta anos de trabalho profissional, [foram] confiscados". Depois de sua mudança para a região selvagem com Burgl Möller, suas filhas permaneceram em La Paz, assim como grande parte de seus documentos. É certo que não foi uma força anônima que limpou a proprie-

---

14   Em alemão há o pronome de tratamento "Sie", que reflete a formalidade da relação, e o "Du", usado em relações íntimas (família, amigos, colegas). Não é raro que colegas de trabalho passem trinta anos se chamando de "Sie". Com frequência, é a pessoa mais velha ou de maior status social quem concede o "Du". [N.T.]

dade de Ertl no distrito de Sopocachi, no número 11 da rua Adela Zamudio, mas, sim, o serviço policial de Banzer, que queria proteger os vestígios do ELN no local. Se ele atribui a culpa do ataque a uma política anônima da América do Sul, o agradecimento pela devolução é *ad personam*:

> No entanto, Sua Excelência, monsenhor Eduard Bösl, também usou todas as suas habilidades diplomáticas e autoridade como bispo para pedir ao chefe de governo da Bolívia, general Hugo Banzer-Suárez, que liberasse minhas anotações do diário de guerra e as cartas de campo enviadas à minha primeira esposa, Relly, que haviam sido confiscadas de minha casa em La Paz em conexão com as atividades guerrilheiras de minha filha Monika.

Essas observações vêm dos prefácios e posfácios dos escritos autobiográficos de Ertl. Neles, o regime autoritário de Banzer é repetidamente contrastado como um exemplo positivo em relação à República de Bonn, apenas supostamente democrática. A parte escrita em 1981 sobre os anos de Ertl como correspondente de guerra termina de forma programática: "Mas nós, alemães, ainda estamos esperando pela verdadeira paz em unidade e liberdade". É melhor um bom ditador do que uma democracia ruim.

Hans Ertl não era um caso isolado em seu meio, com seu apreço pelo autoritarismo golpista. Banzer podia contar com o apoio das elites empresariais alemãs. Na Bolívia, Banzer foi apoiado pela chamada *nueva rosca* ("a nova oligarquia"). Os industriais e empresários temiam a nacionalização e condições semelhantes às da guerra civil, assim como os empresários teuto-bolivianos. Está documentado que a colônia alemã em Santa Cruz, em particular, apoiou diretamente, em termos financeiros, o golpe de Hugo Banzer em 1971.

Em sua biografia *El dictador elegido* (O ditador eleito), Martín Sivak resume a carreira de Banzer até sua chegada ao poder em 1971 da seguinte forma:

> Aos treze anos de idade e 1m50 de altura, com o nome de Huguito, era fã da Wehrmacht de Hitler; na adolescência, internalizou o *esprit de corps* dos militares; como instrutor militar de 25 anos, lutou contra a revolução de 1952; como adulto, apoiou o primeiro golpe militar pós-revolucionário e passou metade da década de 1960 como estudante na Escuela de las Américas ou como adido militar na época da guerrilha, onde pôde aprofundar suas relações com o Pentágono.

A Escuela de las Américas era um campo de treinamento do Exército dos Estados Unidos para militares latino-americanos. Lá, membros "patrióticos" do Exército, paramilitares e uma série de futuros ditadores foram treinados em contrainsurgência, trabalho de inteligência e tortura. Além de Banzer, entre os formandos constam Augusto Pinochet, Leopoldo Galtieri e Manuel Noriega. Aqui foram treinados os quadros de luta contra o comunismo, aqueles políticos e generais que seriam responsáveis pela Operação Condor nos anos 1970 e 1980. Por trás desse codinome está o apoio americano a operações de inteligência contra oposicionistas de esquerda na Argentina, no Chile, no Paraguai, na Bolívia e no Brasil, durante as quais centenas de esquerdistas foram mortos, torturados e desaparecidos.

As políticas repressivas de Banzer foram direcionadas não apenas contra os líderes da esquerda política e da resistência armada, mas também contra estudantes, professores, clérigos católicos e, é claro, membros dos sindicatos. Somente na semana após o golpe de 1971, mais de trezentas pessoas foram mortas a tiros. Seguiram-se anos de tortura sistemática, detenções em campos de concentração, execuções e desaparecimentos de pessoas indesejáveis. E, mais uma vez, uma figura que já conhecemos aparece aqui: Klaus Barbie-Altmann. Como no governo de Barrientos, ele foi empregado pelo serviço de inteligência civil do Ministério do Interior e do Estado Maior boliviano. Tornou-se oficial de segurança e deveria reformar, principalmente, os departamentos IV (Contrainsurgência) e VII (Operações Psicológicas). Em conversa com Gerd Heidemann em 1979, Barbie afirmou:

> "Quando [o Ministério do Interior] precisa de algum conselho, eles me chamam [...]. Me perguntam sobre coisas militares, táticas de guerrilha, etc., grupos de combate. Com eles, é claro, sou um figurão quando se trata de coisas puramente militares".

Barbie o aconselhou e o treinou, e em troca Banzer manteve sua mão protetora sobre ele, quando as coisas começaram a mudar em 1972 e Serge e Beate Klarsfeld tornaram público o paradeiro do "Açougueiro de Lyon" em La Paz. Banzer rejeitou todos os pedidos de extradição e continuou a empregá-lo oficialmente, porque não havia tratado de extradição entre a Bolívia e a França. Hans Ertl, ele próprio pelo menos um beneficiário do "Terceiro Reich", com desprezo pela Alemanha "pacificada à força", um *self-made man* que acreditava na autoridade, se encontrava, em suma, em situação favorável devido à sua afeição por Banzer na colônia alemã com seu acentuado anticomunismo. Em sua filha, por outro lado, a crítica à aliança anticomunista entre os Estados Unidos e os antigos nacional-socialistas no exílio deve ter amadurecido no decorrer dos anos 1960. Monika pode ter sido uma das poucas pessoas que conseguiram entrar sorrateiramente no entorno imediato de Banzer por meio de conexões familiares para, por exemplo, obter informações, como Tamara Bunke fez com Barrientos. Mas quando Banzer chegou ao poder em 1971, Monika já havia entrado na clandestinidade. Era tarde demais para uma ação secreta ao abrigo de Hans Ertl.

A Arriflex

Depois de se aposentar do ramo cinematográfico, o equipamento de Ertl foi parar nas mãos de Jorge Ruiz, documentarista boliviano famoso na América do Sul e nos círculos cinematográficos e, em seguida, diretor da empresa estatal de cinema da Bolívia. Hoje, a Arriflex 35 mm de Ertl, que supostamente já fora usada na filmagem olímpica, pertence ao cinegrafista argentino Nicolás Smolij, que vive em Guayaquil, no Equador. Como Jorge Ruiz, considerado o "pai do cinema indígena", conseguiu a câmera?

Deve ter havido uma longa amizade entre os dois cineastas. Eles devem ter se conhecido em La Paz, logo depois que os Ertl se mudaram para a Bolívia, ou mesmo durante a primeira viagem de Hans Ertl à Bolívia no final da década de 1940. De toda forma, Jorge Ruiz afirma em uma entrevista ter conhecido Monika Ertl quando ela tinha catorze anos de idade. Na mesma entrevista, chama Hans Ertl de "mago do cinema". Infelizmente, a maioria dos inúmeros filmes de Jorge Ruiz só está disponível em fragmentos. Ele é considerado um pioneiro do cinema boliviano também por ter rodado o primeiro filme colorido do país: *Donde nació un imperio* (1949). No filme, as descobertas arqueológicas na Isla del Sol, do lago Titicaca, são encenadas de maneira espetacular. Com *Virgen india* (1948), que trata de uma estátua sincrética altamente reverenciada da Virgem Maria de Copacabana, e *Los Urus* (1948), ele se estabeleceu como cineasta etnográfico. As cenas de Ertl da *Diablada* em La Paz, suas tomadas do Santuário do Sol de Tiwanaku em *Paititi* e seu retrato folclórico nostálgico dos sirionó em *Hito-Hito* falam uma linguagem cinematográfica semelhante às tomadas de Ruiz. Em 1953, Ruiz fez sucesso internacional com *Vuelve, Sebastiana*. Trabalhando com os Chipaya andinos, ele criou um gênero hoje conhecido como "docuficção". No filme, ele conta o destino de uma garota chipaya das terras altas, uma *imilla*. Assim como Ertl, Ruiz produziu vários filmes encomendados. Em 1950, Ruiz foi responsável por um filme sobre o setor de processamento de carne na Bolívia, intitulado *Rumbo al futuro*. Dois anos depois, Hans Ertl viajou para o *departamiento* Beni com a jornalista Milli Bau para fazer um "filme educativo" sobre a produção de carne. Eles filmaram principalmente na *Hacienda Espiritu*, do clã Elsner, um teuto-boliviano politicamente influente. Não é mencionado quem encomendou o filme. Entretanto, o voo aconteceu no avião presidencial, o que sugere que o filme foi encomendado por uma agência do governo.

Assim, no início dos anos 50, Ruiz e Ertl frequentavam círculos próximos na cena cultural e na classe alta de La Paz, e também fizeram filmes com temas semelhantes. Há ainda uma relação próxima — difícil de reconstruir em detalhes — com o ditador autoritário de direita Hugo Banzer. Como já mencionado, a fazenda de Banzer ficava a poucos quilômetros do "Estado Livre da Baviera" de Ertl, entre San Javier e Concepción. Durante toda a vida, Ertl se orgulhava do relógio Seiko com a dedicatória pessoal do ditador. Um orgulho que a sua família não conseguia compreender, uma vez que os homens dos serviços secretos de Banzer foram responsáveis pela morte de Monika. Ertl e Banzer devem ter se dado bem para além da proximidade geográfica e da ligação com o meio teuto-boliviano. Hugo Banzer era um mecenas das artes, em especial do cinema, de modo que, na década de 1970, em plena repressão política e social, a produção cinematográfica boliviana floresceu. Naquela época, porém, também eram feitos os filmes do chamado Cine Posible, que, apesar das possibilidades limitadas, conseguiam contrabandear conteúdo de crítica social ou governamental. Entre eles estão os filmes de Antonio Eguino e Paolo Agazzi ou Jorge Guerra Villalva. Entre esses filmes não se encontra *El clamor del silencio* (1979), de Jorge Ruiz, no qual a linha de governo de Banzer é apoiada por imagens cheias de *páthos* patriótico. A Bolívia é mostrada como um país em progresso florescente, que promove as tradições indígenas e o empreendedorismo, mas que sofre de uma falha crucial: a perda do acesso ao mar. Mais tarde abordaremos a forma como Klaus Barbie-Altmann conseguiu tirar partido desse "trauma nacional", repetidas vezes instrumentalizado politicamente. Qualquer que tenha sido o contato pessoal entre os cineastas e o ditador, Ertl e Ruiz eram dois cineastas de mentalidade nacional que apoiavam de maneira explícita o governo de Banzer.

Hoje, muitos consideram a promoção dos direitos culturais da população indígena como um projeto de esquerda. No entanto, na Bolívia dos ditadores de direita, as linhas políticas eram diferentes: eram os presidentes Barrientos e Banzer que apoiavam claramente a preservação das tradições indígenas, e não os partidos de esquerda, que defendiam os direitos dos trabalhadores e a nacionalização da exploração mineira. Só com Evo Morales e o MAS surgiu uma forte ligação entre os projetos social e indígena. Os filmes de Jorge Ruiz e Hans Ertl sobre as culturas indígenas se enquadram, assim, no programa político dos governos de direita.

É aqui que entra novamente Monika Ertl, que já conhecia a família Ruiz havia algum tempo e teve seu interesse despertado ao fazer filmes com o seu pai. Por isso, pediu a Jorge Ruiz para trabalhar com ele. Mais tarde, Jorge Ruiz viria mesmo a especular que seus filmes com (e sobre) meninas indígenas tinham dado à futura guerrilheira o seu nome de luta, *Imilla*. Monika Ertl foi assistente de produção num de seus trabalhos encomendados, um filme sobre a modernização da produção de petróleo no Chaco. Para *Los primeros* (1959), viajou como assistente de produção com a equipe de filmagem pelas vastas paisagens das planícies orientais da Bolívia. É quase paradoxal: se Jorge Ruiz era conhecido por retratar a população indígena com particular sensibilidade e grande riqueza de conhecimentos, em *Los primeros* ele argumenta às claras em favor da indústria petrolífera e contra o processamento local e artesanal do petróleo tradicionalmente praticado pelos indígenas. Mãe e filho do campo são retratados como representantes de dois sistemas econômicos. *Doña* Ramona vende óleo em pequenas quantidades para utilização em candeeiros, o seu filho é o primeiro da família a fazer carreira numa grande empresa produtora de petróleo. A contradição é apenas parcial, uma vez que Ruiz (tal como Ertl) seguiu um programa cinematográfico etnológico de preservação, redenção e memória. O gesto do documentário cinematográfico é o da preservação de um grupo fatalmente condenado a render-se à modernidade, um último olhar — antecipando a nostalgia — sobre o que estava prestes a desaparecer. O filme foi uma produção do Instituto Cinematográfico

Boliviano (ICB), do qual Ruiz era diretor à época. Não é improvável que a Arriflex tivesse sido usada, porque Nicolás Smolij também trabalhava para o ICB na ocasião. E Monika, afinal, conhecia bem a câmera do pai.

A ligação entre Jorge Ruiz e Monika Ertl envolveu mais do que uma colaboração profissional. Quando Monika regressou a La Paz em meados da década de 1960, tentou persuadir Jorge Ruiz a fazer "grandes filmes de combate" em vez dos seus pequenos projetos documentais. Também eram amigos pessoais. A família Ruiz se manteve fiel à falecida Monika, por um lado, cuidando de um cão que veio de uma ninhada da sua cadela e, por outro, batizando uma neta de Ruiz com o nome de Mónica. A decisão de Monika de se juntar à luta armada permaneceu, no entanto, um mistério para Jorge Ruiz, apoiador de Banzer. Para ele, a tão religiosa Monika havia sofrido uma lavagem cerebral na Europa, tal como suspeitava que acontecesse atrás da Cortina de Ferro. Jorge Ruiz cita o ex-marido de Monika, Hans Harjes ("*a very good person and dear friend of us*") [uma pessoa muito boa e um grande amigo nosso], como tendo dito que Monika devia ter enlouquecido.

O Alasca nos Yungas

Há histórias sobre filmes cujo enredo — se fossem filmados novamente — pareceria inventado e totalmente implausível. Uma dessas histórias é do filme *Mina Alaska*, de

Jorge Ruiz e Gonzalo Sánchez de Lozada. As esquisitices começam com o fato de o filme ter sido lançado em 1968, mas as filmagens terem iniciado já em 1952, e terminam com o fato de o segundo produtor (Sánchez de Lozada) desse filme — que fala sobre a busca de opções de mineração — ter trocado o cinema pela mineração e, mais tarde, feito fortuna com a mineração de estanho. Esse Sánchez de Lozada se tornou político do MNR, foi antecessor de Evo Morales como líder do partido MAS e presidente duas vezes. Mas esse é apenas um desdobramento de uma história cinematográfica em que ficção e realidade se sobrepõem tectonicamente e uma exerce pressão sobre a outra.

Quando assisti ao filme pela primeira vez, ele me pareceu ter um significado oculto. Como se estivesse diante de um enigma, pensei ter descoberto Monika e Hans Ertl no filme. O enredo gira em torno de uma jovem americana, Jenny Smith, que vagueia pela Bolívia em busca de seu avô Charlie Smith, um aventureiro e garimpeiro. Jenny Smith foi interpretada pela rainha da beleza austríaca Christa Wagner, que, mais tarde, fez carreira como atriz em séries da RDA (por exemplo, *Polizeiruf 110*) [190 Polícia militar]. No início do filme, quando a atraente e loira Jenny circula pelos Yungas montada em um cavalo, você pensa estar vendo Monika. E Charlie, de barba branca e um tanto maltrapilho, com seus olhos atentos e sua energia irreprimível, lembra enganosamente Hans Ertl. O filme, embora seja uma aventura em busca de ouro, trata de coisas que também me preocupam: estrangeiros na Bolívia, seu desejo de conquistar que oscila entre o anarquismo e o gesto colonial, o desaparecimento de pessoas enquanto elas estão sob os olhos do público, os esforços da geração seguinte para reencontrar essas pessoas desaparecidas. O truque de mágica do desaparecimento em plena luz do dia, realizado na vida real no início dos anos 1950 por meio da colaboração entre regimes autoritários na América do Sul, o serviço secreto dos Estados Unidos, uma rede de direita de fugitivos e atores da Igreja católica, possibilitou uma vida confortável a inúmeros criminosos de guerra nazistas. Em muitos casos, os ex-nazistas iam parar em áreas remotas, como aquela onde a mina chamada Alaska está localizada no filme: nos Yungas, ao norte de La Paz, onde a heroína do filme, Jenny, se senta à máquina de escrever em 1968 e escreve a história de seu avô. A história em si é contada pelo companheiro de Charlie, Rodrigo Diaz, que administra a mina Alaska. Mesmo que a história e os personagens não tenham nada a ver superficialmente com a história da fuga das elites nazistas, essas imagens desencadeiam outras imagens: Klaus Barbie-Altmann nos Yungas e a busca aventureira de Hans Ertl pelos tesouros de Paititi. Na apresentação de uma versão restaurada do filme nos anos 2000, o próprio Jorge Ruiz falou sobre a proximidade desses dois movimentos de busca. A busca por imagens cinematográficas entre a documentação e a ficção se assemelha à busca pelo ouro: "Como o homem de mais de setenta anos, nós também éramos aventureiros em busca de ouro, com uma câmera que só podia filmar por trinta segundos a cada vez".

E a gênese de *Mina Alaska* foi de fato aventureira: em 1952, Jorge Ruiz "descobriu" um homem chamado Charlie Smith em um café em La Paz. O idoso americano era um sem-teto e entretinha os convidados com suas histórias espetaculares sobre sua busca por ouro em vários lugares do mundo. Ruiz o tirou da rua e filmou uma espécie de *road movie* com ele — Charlie Smith interpreta a si mesmo — e o ator Hugo Roncal, com cenas em toda a Bolívia. Foram filmadas cenas etnográficas, como um encontro de indígenas dos altiplanos, incluindo uma cena de tiroteio em que guerreiros andinos usam estilingues para transformar pedras em projéteis potencialmente letais. Uma cena extraordinária mostra uma comunidade afro-boliviana a caminho das minas, um grupo raramente considerado mesmo na Bolívia multiétnica. Também são mostradas a espetacular travessia de campos nevados nos Andes e a descida vertiginosa dos dois protagonistas até os Yungas. Há filmagens da perigosa mineração artesanal de metais preciosos na cidade de Unutuluni, onde se extrai ouro, imagens da natureza na floresta tropical e de assentamentos indígenas remotos no *oriente*, perto da fronteira com o Brasil. Atravessando a Bolívia de carro, essas cenas foram improvisadas e filmadas, e então veio a grande decepção: os rolos de filme queimaram no laboratório de filmagem em Nova York, e Charlie Smith havia desaparecido (como no enredo do filme) em algum lugar da Amazônia. Mas esse não foi o fim da história, já que, em meados da década de 1960, chegou uma carta do laboratório de filmagem: os rolos haviam reaparecido de forma surpreendente.

Mas como terminar um filme que havia sido iniciado há mais de dez anos atrás? Ruiz decidiu fazer uma manobra ousada. Usou as cenas com Charlie Smith como *flashbacks* de uma trama de filme ambientada vários anos depois; um "*flashback* real" com personagens genuinamente envelhecidos, como Ruiz comenta com descontração. Hugo Roncal, que havia atuado no filme dez anos antes, interpretou o companheiro de viagem idoso de Charlie Smith e também passou para trás da câmera no decorrer do segundo filme. Depois de *Mina Alaska*, ele ainda fez importantes filmes etnográficos, por exemplo, sobre os Ayoreo, que também deveriam ter aparecido no último filme de Hans Ertl.

Hans, sem dúvida, teria gostado (ou gostou) dessa história, e Monika, de estar presente nas filmagens em 1952. Será que ela ainda teria aprovado a conclusão do filme em meados dos anos 1960? Provavelmente não, independentemente de sua preferência expressa por filmes de propaganda militante. Os retratos de Jorge Ruiz sobre os povos indígenas são, de fato, caracterizados por franqueza e compaixão, suas imagens dos Andes cobertos de neve são espetaculares, e a descrição das duras condições na cidade de garimpo de ouro tem um tom nitidamente crítico do ponto de vista social. No entanto, o filme, mais uma vez, fica do lado dos garimpeiros *brancos* e de suas ambições, uma posição que Monika decerto rejeitou depois de seus anos testemunhando as condições nas minas de cobre de El Teniente e devido à sua avançada politização.

O ás da aviação

— Algum de vocês realmente sabe mais sobre Hans-Ulrich Rudel, que morava em Stimmersee?

— Vocês se referem ao nosso "ás da aviação"? Ele era famoso, um superatleta. Ele subia montanhas e esquiava apesar de suas próteses.

— Você sabe que ele era um protegido de Hitler, certo? Só tive uma ideia do quanto ele era importante quando pesquisava sobre os nazistas na América do Sul.

— Sério? O Rudel? Na verdade, ele era muito amável.

— Rudel era uma figura central como ajudante de fuga e na camaradagem. Na Argentina ele encobriu Mengele. E todos os negócios de armas entre a Steyr e os ditadores militares passaram por suas mãos.

— Já sabíamos que ele estava envolvido com os antigos nazistas, mas nada definitivo. Embora eu suspeitasse que havia algo ali.

— Por quê?

— Em Kufstein tínhamos o grande campo para *displaced persons* [pessoas deslocadas]. Nos anos 1950, refugiados húngaros se juntaram a eles. Algumas pessoas da Hungria estavam no campo de Kufstein pela segunda vez: a primeira após o fim da guerra, a outra em 1956. Sou de família húngara, meu pai havia fugido durante os últimos anos da guerra. Portanto, passei muito tempo no campo, onde tinha bons amigos. Seja como for, sempre havia incêndios por lá, e tínhamos nossas suspeitas sobre quem havia ateado o fogo.

— A propósito, Rudel recebeu sua prótese no Striede.¹⁵
— É mesmo? Os pacientes do Striede eram frequentemente nossos hóspedes na pensão enquanto as próteses eram feitas e ajustadas.
— Mas não Rudel, certo?
— Não, sua avó só abriu a pensão em 1957. Ele já tinha a prótese há muito tempo.

Kufstein connection: as redes de Hans-Ulrich Rudel

Dois caminhos de pesquisa, que levam a Ute Barbie e a Hans-Ulrich Rudel, se uniram em Kufstein. Kufstein é uma cidade pequena, havia apenas cerca de 15 mil pessoas vivendo lá na década de 1970. Por que eu, apesar de estudar história e até mesmo me especializar em história contemporânea, não tinha ideia de tudo isso? A consciência do ponto cego aumenta a cada detalhe.

Lembrei agora, de forma extremamente vaga, que quando criança eu tinha ouvido falar de um piloto famoso que vivia "conosco em Kufstein". Em Kufstein minha família pertence ao pequeno grupo daqueles que se interessaram desde cedo por uma reavaliação crítica da era nacional-socialista. E, no entanto, mesmo aqui, nada se sabia sobre a defesa da ideologia nazista feita por Hans-Ulrich

---

15 Centro de ortopedia na cidade de Kufstein, que produz próteses desde a época da Segunda Guerra Mundial. [N.T.]

Rudel durante décadas, nem sobre seu envolvimento em redes internacionais de negócios de direita.

Eu o imagino sentado no jardim lá em cima, no Stimmersee, apreciando a vista do Wilder Kaiser. Vistas do Stimmersee, as paredes escarpadas das montanhas Kaiser se erguem acima de uma paisagem com florestas. No pôr do sol, os picos brilham num laranja irreal. Sua segunda esposa, cujo nome — assim como das esposas números um e três — é Ursula, serve café, ou talvez uma taça de vinho. Não, nada de vinho, Rudel não bebe. De toda forma, o filho Christoph está correndo no jardim, assim como nós, crianças, estamos ao mesmo tempo no gramado na extremidade posterior da represa Stausee. Diferentemente de nós, porém, o pequeno Christoph já voou antes. Em um site de direita, encontrei uma foto que mostrava o casal Rudel e Christoph com Juan Perón na Argentina. O pequeno Christoph, cercado por adultos extremamente bem-vestidos, olha descontraidamente para a câmera.

Naquela época, quando o telefone tocava em Stimmersee, podia ser um amigo da América do Sul, Klaus Barbie-Altmann, de La Paz, por exemplo, para falar com Rudel sobre um próximo transporte de armas. Mas também poderia ser Peter Aschenbrenner, o proprietário da cabana na montanha de Stripsenjoch, para organizar uma excursão na montanha para os próximos dias. Esse lendário montanhista de Kufstein sobreviveu à desastrosa expedição alemã ao Nanga Parbat em 1934 liderada por Willy Merkl, na qual morreram quatro alpinistas e oito sherpas — aquela expedição que foi heroicizada pelos nacional-socialistas como um empreendimento alemão do destino. "Morte ou Honra" era o lema deles. Aschenbrenner também integrou a expedição subsequente em 1953, liderada por Karl Maria Herrligkoffer, a "Expedição Memorial Willy Merkl". Essa é novamente a expedição que Hans Ertl registrou em filme. Quando éramos crianças, sempre ficávamos na "Casa Aschenbrenner", pois era possível subir de teleférico e descer de trenó no inverno, um prazer raro e muito apreciado.

Rudel também atuou no montanhismo durante sua estada na Argentina. Em um artigo no site do Centro Cultural Argentino de Montaña, o montanhista Enrique Bolsi conta a história aventureira de sua picareta de gelo, que comprou de um vizinho no vilarejo de Villa Carlos Paz, na província de Córdoba. O vizinho havia usado a picareta para jardinagem, e Bolsi a liberou de desviado propósito. O que ele não sabia na época era que o nome do proprietário original era Hans-Ulrich Rudel. Em Villa Carlos Paz, ele trabalhava para o Instituto Argentino de Aviação, treinando pilotos e prestando consultoria para o desenvolvimento da Força Aérea. De lá também preparava suas expedições de montanhismo, por exemplo, para o Llullaillaco, com 6.739 metros de altura, perto de Salta. No decorrer dessa expedição, foram encontradas evidências arqueológicas dos incas. No Museu Arqueológico de Salta uma vitrine inteira é dedicada à expedição de Bolsi e seu líder. Enrique Bolsi deixou a picareta de gelo para o museu quando percebeu que era de Rudel. Uma nota crítica sobre a biografia de Rudel não pode ser encontrada no museu.

A propósito, Bolsi conseguiu atribuir a picareta de gelo a Rudel porque tinha um nome gravado nela: P. Aschenbrenner. O estalajadeiro inventou esse tipo de picareta de gelo, e nada era mais óbvio do que o fato de Rudel possuir uma, já que ficou várias vezes em Kufstein durante e depois da guerra, principalmente porque o técnico de próteses Fritz Striede pôs uma perna protética nele. As próteses sempre precisam ser reajustadas e consertadas. Portanto, é uma vantagem morar perto do técnico de próteses.

Apesar (e por causa) de todas essas complexidades, tentarei me ater ao credo historiográfico de Donna Haraway: nem tudo está conectado a todo o resto, mas tudo está conectado a algo. E esse algo, as redes de direita, tinha um núcleo central na cidade fronteiriça de Kufstein, onde a alfândega e as transportadoras eram importantes empregadoras. A pergunta que me preocupa, mais uma vez, é: como foi possível que certas conexões, como a de Rudel com a direita radical e com o mundo do tráfico em massa de armas e das ditaduras, permanecessem em grande parte invisíveis? Pois as conexões não eram nem mesmo muito secretas. Simon Wiesenthal, por exemplo, criou um dossiê sobre Rudel no qual simplesmente coletou artigos de jornais de todo o mundo. Essas conexões foram aparentemente mascaradas pela imagem de um homem de boa aparência, amigável, radiante e esportivo, que levava uma vida tranquila com sua "maravilhosa" esposa em Stimmersee. A percepção positiva do montanhismo e do esqui no Tirol também pode ter contribuído para o fato de as conexões com o meio de direita não terem vindo à tona, mesmo para aqueles que "deveriam" saber. Em geral, os profundos envolvimentos entre o militarismo e o alpinismo nunca foram realmente discutidos, mesmo em minha família liberal e amante das montanhas. Meu avô, por exemplo, era um montanhista ambicioso e experiente. Eu nunca o conheci, ele se acidentou em uma trilha nas montanhas Kaiser, numa trilha que conhecia muito bem. Na Segunda Guerra Mundial, estava no grupo dos "Gebirgsjägern" ["caçadores das montanhas"], e há dois álbuns de fotos nos quais descreve suas "aventuras" no front, inclusive queimando vilarejos na Ucrânia.

Também não é de surpreender que o montanhismo de Hans-Ulrich Rudel tenha sido útil para ele em sua segunda carreira na Força Aérea argentina. O peronismo argentino também mantinha laços estreitos com o montanhismo. Juan Perón, mais tarde presidente da Argentina, observou a guerra nas montanhas na Itália como adido militar durante a Segunda Guerra e também participou de manobras no entorno de Bolzano. Grande admirador do fascismo de Mussolini e das tropas de montanha italianas, ele fundou o Centro de Instrucción de Montaña depois de seu retorno à Argentina, que era responsável pelo treinamento de soldados para operações montanhesas. Portanto, na década de 1950, ele também apoiou as expedições de Rudel a Llullaillaco com equipamentos e escolta militar. Em *Von den Stukas zu den Anden* (*Dos Stukas aos Andes*, 1956), Hans-Ulrich Rudel escreve francamente sobre o apoio militar argentino às suas missões e também sobre a estima pessoal de Juan Perón por ele. Tampouco ele esconde o envolvimento de camaradas de ideologia no grupo, como "Erwin Neubert, da editora Dürer, em Buenos Aires", nem que, em vez da odiada bandeira da República de Bonn, "uma pequena bandeira preta-branca-vermelha — as cores do Império Bismarck, a primeira realização do sonho alemão de unidade" — foi fincada no cume do Llullaillaco.

Não é preciso se aprofundar nos arquivos e analisar documentos confidenciais para descobrir as convicções políticas de Hans-Ulrich Rudel, especialmente porque ele agiu à luz do dia em 1953, como o principal candidato do Deutsche Reichspartei [Partido do Reich alemão], de direita radical. Ele fala abertamente em sua autobiografia sobre estar "enojado" com a nova Alemanha. Escreveu para a *Weg*, uma revista de direita publicada na Argentina, mas com um público muito maior, argumentando que o governo de Bonn não tinha legitimidade e agia como um fantoche de uma conspiração mundial judaica. Também publicou panfletos nos quais ele, o traficante de armas, defendia o rearmamento da Alemanha. Em suas memórias de 1949, *Trotzdem* [Apesar disso], fantasiava abertamente sobre a continuação do nacional-socialismo. Em 1952 e 1958, o jornal *Die Zeit* publicou reportagens sobre seus discursos, nos quais lançou a retomada do projeto nacional-socialista. Basicamente, tudo era conhecido.

Em Kufstein, no período pós-guerra, a probabilidade de permanecer invisível como um nacional-socialista, antigo ou declarado, eram boas. O Partido Eleitoral dos Independentes (WdU, mais tarde VdU), a organização predecessora do posterior Freiheitliche Partei Österreichs [Partido da Liberdade da Áustria] e ponto de encontro de antigos oficiais, obteve quase 30% em Kufstein já em 1949, em comparação com 11,7% em todo o país. Em 1950, Kufstein teve um prefeito da VdU: Fritz Egger. Portanto, é coerente que o semanário local *Tiroler Grenzbote* tenha noticiado com orgulho um recém-chegado em 24 de maio de 1952: "Ainda é mais fácil para um coronel Rudel vir para a Áustria do que obter uma permissão de entrada em sua terra natal alemã. [...] Seja como for, o Tirol não ficará em segundo plano em relação à Argentina na recepção calorosa desse proeminente hóspede". Nesse sentido, Rudel pôde agir sem ser incomodado em Kufstein como agente de fuga de vários criminosos nazistas, juntamente com uma certa "Fräulein Stadler, célula Kufstein (codinome Gabi)", que organizou o transporte da fronteira entre a Alemanha e a Áustria em Kufstein para Innsbruck.

Uma crônica de Kufstein, publicada recentemente, documenta pelo menos uma objeção à permanência de Rudel em Kufstein sem ser molestado. A *Neue Mahnruf*, revista da Associação dos Campos de Concentração Austríacos e de Outras Pessoas Perseguidas Politicamente, causou um escândalo com a estada do "velho nazista" uma vez em 1972 e outra em 1978:

> Atualmente Rudel, que tem uma residência no país de Stroessner, o ditador fascista do Paraguai, que é seu amigo, e uma segunda residência em Kufstein, é considerado um

elo entre os antigos nazistas que fugiram para a América Latina e o cenário fascista na República Federal.

Como sempre, as pessoas poderiam saber de tudo isso. Precisei dos desvios via Bolívia e Argentina para poder me perguntar sobre o "monumento a Rudel" em Stimmersee. Sem ampliar meu olhar para a Alemanha transatlântica do pós-guerra, eu provavelmente teria simplesmente passado pela bizarra decoração do jardim em 2019, associando-a, se é que a havia notado, ao pequeno campo de pouso de planadores nas proximidades. Foi onde voei pela primeira vez. Meu pai gostava de colher cogumelos, mas nenhum de nós, quatro irmãos, tinha nenhuma ambição nisso, e eu também tinha ido com certa relutância na ocasião. Porém, fomos particularmente bem-sucedidos naquela tarde e coletamos uma cesta cheia na floresta ao redor do Stimmersee. Meu pai achou que deveríamos ser recompensados e, espontaneamente, alugou um pequeno planador a motor, com piloto. Quando estávamos no alto e bem perto das falésias das montanhas Kaiser, ele desligou o motor e deslizamos em perfeito silêncio nas correntes de ar. Poucas vezes me senti tão agraciada quando criança. Quando penso naquela tarde em meio ao turbilhão de pesquisas atuais, o bichinho da conectividade me pega: por que o aeroporto de planadores foi construído bem aqui? Rudel ajudou a construí-lo? Ele voou lá? De toda forma, seria prático para o empresário internacionalmente atuante poder estacionar um pequeno avião bem na porta de sua casa.

Olho novamente para as diversas fotos de Rudel que circulam na internet em sites radicais de direita, antissemitas e de teorias da conspiração. Ele mesmo foi fotografado centenas de vezes, com paramentos no uniforme, sorrindo maliciosamente para a câmera. Rudel na entrega da Cruz de Ferro com folhas de carvalho de ouro, espadas e diamantes por Adolf Hitler, Rudel no Llullaillaco, Rudel com Arturo Stroessner, Rudel repetidas vezes com Juan Perón. A agência de fotos Getty Images oferece uma série de seu funeral em 1982 para venda, mostrando jovens e idosos de luto erguendo seus braços direitos. Há também uma série de Rudel em trajes civis no congresso do Partido do Reich alemão em 1960. Meu olhar se detém em outra foto dos anos 1960: Rudel com os olhos um pouco estreitados, sorrindo sardonicamente, com a mão direita cerrada como se não pudesse se conter por muito mais tempo. Esse é Peter Sellers como dr. Strangelove no filme de Stanley Kubrick *Dr. Fantástico* (1964), também andando com deficiência, pouco antes de seu braço direito se erguer de forma espástica e ele dizer: "Meu Führer, eu consigo andar!". Enquanto isso, o major Kong age erroneamente como um piloto de bombardeiro de mergulho sobre o território soviético, desencadeando a Terceira Guerra Mundial.

Rudel foi suficientemente contido para levantar o braço somente na presença de seus antigos companheiros deste e do outro lado do Atlântico. Mas isso deve ter custado a ele o controle, esse controle do corpo que tinha como piloto de Stuka e esportista altamente disciplinado. Nós, em Kufstein, talvez tenhamos notado o punho cerrado, mas não conseguimos ver que ele escondia uma mão estendida.

Montanhas sagradas: Inferno verde — Milli Bau e Hans Ertl

Hans Ertl produziu e criou sua imagem para o público com prudência. Não tenho nenhum desejo de encontrar o "verdadeiro Hans Ertl" por trás das fotos, mas acho que, para corrigir a imagem que ele cultivou, seria útil ter fotos que não tenham sido tiradas por ele mesmo. Uma primeira foto é de Milli Bau, mas ela deve ser vista como coautora na autoformação de Hans Ertl e não como alguém que criasse contraimagens. Em uma foto tirada por Hans Ertl, ela posa com um rifle e em um traje tropical para enfatizar seu status de verdadeira integrante da expedição.

Milli Bau foi contratada como jornalista para a expedição Andino-Amazônica no final da década de 1940. A expedição seria administrada, financeira e organizacionalmente, por um consórcio italiano, mas esse consórcio desapareceu quando o grupo chegou a Roma. Milli Bau se tornou então a gerente do empreendimento e organizou os recursos e a logística. Hans Ertl foi contratado como fotógrafo e cinegrafista, mas se considerava o líder da expedição. Em *Heilige Berge: Grüne Hölle. Eine Frau reist in Bolivien* [Montanhas sagradas: Inferno verde. Uma mulher viaja pela Bolívia] (1954), Milli Bau faz um relato detalhado das várias etapas da expedição, incluindo os empreendimentos extraturísticos que realizou com Hans na Amazônia. Hans Ertl tirou as fotos para o livro.

Milli Bau retrata Hans Ertl como uma pessoa destemida e fisicamente muito capaz, alguém que sempre vai além quando os outros atingem seus limites: que corre para outro cume, que explora mais um rio, que vai caçar quando todos os outros estão exaustos em suas redes. Hans, sempre caminhando à frente da expedição. Mas há algumas cenas que fazem essa imagem variar.

De San Ignacio de Velasco, por exemplo, a expedição parte para a floresta tropical; Ertl é acometido por uma dor de dente logo no início e, em algum momento, o "homem experiente" não consegue ir mais longe. Milli Bau opera a obturação de seu dente por 35 minutos, com dor intensa, para que o pus possa sair. Alguns dias depois, seu rosto está inchado novamente e a dor é insuportável. Desta vez, trata-se de um parasita que somente Correa, um membro indígena da expedição, consegue reconhecer e remover:

> Correa enrola um charuto disforme de uma folha do diário e do tabaco preto, dá algumas tragadas e unta a unha marrom com o suco marrom todas as vezes. Em seguida, ele corta dois pequenos palitos, chama Hipólito para ajudar e coloca o suco de tabaco na pequena abertura do lábio superior de Ertl. Eles esperam um pouco, depois um deles pega os palitos, o outro, com um aperto experiente, pega o caroço entre os dedos e, então, eles trazem à luz do dia um verme vivo de quase três centímetros de comprimento e um centímetro de espessura.

Aliás, esse é um dos poucos lugares em que os trabalhadores indígenas aparecem como agentes. No livro de Milli Bau, a população indígena da Bolívia é, em sua maior parte, um objeto de estudo ou um elemento pitoresco de uma paisagem consumida por viajantes. Além dos alemães, apenas membros da classe alta mestiça ou europeia atuam como agentes, especialmente oficiais militares e membros da colônia alemã: empresários, ministros, proprietários de grandes fazendas, exploradores, padres que falam em seus respectivos dialetos.

A narrativa que segue o verme labial borra pelo menos um pouco a linha entre os mundos indígena e *branco*. O episódio começa com Hans Ertl matando imprudentemente uma cobra yoperojobobo e jogando-a no fogo, o que causa grande horror entre os companheiros indígenas: a cobra se vingará. O que, a princípio, parece ser uma bobagem supersticiosa vira realidade quando Hans Ertl é mordido por uma yoperojobobo dois dias depois e quase morre. Como não havia soro disponível, ele foi tratado com álcool, penicilina, um antídoto que, por sua vez, fora dado pela equipe indígena e o toque da mão de um macaco domesticado. Ertl se recupera antes da chegada do soro. Em um livro no qual a natureza aparece como adversária admirada e também hostil, e os indígenas, em sua maioria, como membros ingênuos ou primitivos da esfera da natureza, essa cena se destaca: por um instante abre-se uma esfera para um possível contato com o real. Duvido que Hans Ertl "acreditasse em Pachamama", como sua filha Beatrix afirma em uma entrevista à BBC, mas não me parece improvável que, nessa longa jornada com Milli Bau, tenha ocorrido uma mudança em direção ao que hoje é chamado de pensamento "ecológico".

Em nenhum outro lugar do livro, o papel de Ertl como explorador é melhor delineado do que no episódio de Maniqui. Avançar para onde ninguém foi antes, não parar onde todos alertam para o perigo, acampar por conta própria, se defender sozinho cercado por jacarés no meio do nada, é assim que se imagina. A única coisa estranha é que essa partida para o desconhecido seja, na verdade, uma viagem de ida e volta. Bau e Ertl dirigiram de San Borja pelo curso do rio Maniqui e voltaram pelo rio Yacuma para gravar um filme sobre a moderna produção de carne na *Estancia Espiritu* da família Elsner, nascida na Alemanha e até hoje uma das mais influentes da Bolívia. Assim, faz sentido que Ertl se encontre no jornal depois de semanas explorando o desconhecido. Quando os dois emergem das profundezas da paisagem fluvial no vilarejo de Santa Ana e são convocados pelo chefe da polícia, ele reconhece Ertl e o presenteia com um suplemento de fotos do jornal *El Razon* mostrando "Hannes" cortando gelo no Illampú.

As pessoas da mídia e a etnologia

Milli Bau e Hans Ertl fizeram uma visita-surpresa ao casal de etnólogos Karin Hissink e Albert Hahn no rio Maniqui. Hissink e Hahn representavam o Instituto Frobenius de Frankfurt e, com o apoio de uma fundação norte--americana, permaneceram por vários meses em pesquisa de campo no Maniqui para documentar os chimán seminômades. Estavam interessados no material narrativo, na cultura material, na medicina e nas obras pictóricas desse grupo indígena pouco conhecido. A pesquisa se orientava pela hipótese de que a cultura dos chimán formava uma ponte entre as cosmologias e os modos de vida andinos e amazônicos. A expedição do Instituto Frobenius atraiu muita atenção da mídia, tanto na Alemanha quanto na Bolívia. Na imprensa alemã, o gancho para a reportagem foi o fato de os chimán montarem aviões de madeira entalhada em postes, supostamente como defesa ou proteção contra uma "aparição assustadora no céu". Uma nota no *Frankfurter Allgemeine Zeitung* afirma que o presidente revolucionário, Víctor Paz, foi presenteado com um portfólio de gravuras originais de Albert Hahn na ocasião da concessão da mais alta ordem alemã pelo embaixador alemão Gregor, em agradecimento ao seu apoio à expedição. A nota de jornal deve ter sido posta deliberadamente pelo Instituto Frobenius, pois contém citações literais de uma carta de agradecimento da embaixada para Karin Hissink.

No início de sua expedição, o casal de etnólogos alemães teve de fazer grandes esforços para obter o apoio das autoridades oficiais da Bolívia. Hissink especulou com o diretor do Instituto Frobenius, Adolf Ellegard Jensen, que as autoridades também haviam reagido de forma um tanto reservada à segunda "missão científica alemã", porque a primeira — aquela coordenada em conjunto por Milli Bau e Hans Ertl — havia alegado ser uma missão científica, mas não havia apresentado resultados satisfatórios nesse sentido. Assim, Hissink e Hahn precisaram primeiro convencer as autoridades da seriedade de seus esforços científicos. Isso se encaixa no quadro que Milli Bau pinta da primeira "viagem de reconhecimento": projetos científicos que não são realizados de forma tão sistemática, mas, sim, com muita improvisação, aventuras e mudanças de última hora no programa, com base em acordos com indivíduos e órgãos oficiais locais. Por outro lado, Hissink e Hahn estão preocupados em apresentar a etnologia como uma ciência séria e metódica. O encontro no rio Maniqui e vários outros encontros entre o ambicioso, mas não científico, Ertl e Karin Hissink, que atuava a partir do centro da etnologia alemã, lançam luz sobre o que impulsionou o cineasta quando ele entrou no campo da antropologia cultural no início da década de 1950 com seus filmes *Paititi* e *Hito-Hito*.

O relato de Milli Bau sobre o encontro dos dois casais no rio é bastante perturbador. Depois de se encontrarem alegremente no rio em barcos, os alemães primeiro brincam de guerra. Hissink e Hahn viajam em uma grande canoa chimán, Bau e Ertl em barcos Klepper. A canoa se torna um "cruzador de batalha", os barcos dobráveis viram "barcos de assalto", e a frota faz "manobras" no rio. Depois de atracar na *Estancia America*, a "tripulação do cruzador de batalha é posta para dormir", e alguém diz que os chimán "vestiriam seus pijamas imediatamente". Só podemos esperar que tenha sido Ertl ou Bau quem falou de forma tão desrespeitosa sobre a vestimenta tradicional dos chimán, e não o(a) representante científico, de quem se pode esperar mais respeito profissional.

A descrição de Karin Hissink em uma carta para Jensen soa um pouco diferente, embora ela também enfatize o clima amigável. Não se fala aqui de jogos de guerra, mas, sim, que Hissink teria aproveitado a oportunidade para enfatizar que as expedições etnológicas só deveriam ser realizadas com membros experientes do instituto que efetivamente representassem o assunto. E, numa alfinetada em Ertl, a cooperação com representantes do cinema teria sido particularmente infrutífera no passado. Portanto, conforme Hissink descreve a Jensen, Bau e Ertl entendem claramente que a cooperação não é desejada. Hissink combina isso com outro relato sobre como tiveram de lutar em La Paz para superar a impressão negativa da expedição anterior, que era vista como não científica.

Apesar disso, Ertl entrou em contato com Karin Hissink várias vezes depois. Uma, em 1956, quando ele se apresentou e pediu informações sobre os grupos indígenas do rio Isoso. Além disso, foi documentada uma aparição conjunta de Hissink e Ertl na estreia de *Hito-Hito*. Em 1959, os dois realizaram uma discussão técnica pública no cinema Bieberbau, em Frankfurt, que foi noticiada pela revista *Film-Echo*.

Nessa época, Hans Ertl aparece como documentarista e cineasta científico. Seu papel timbrado o identifica como designer e produtor de "documentários de expedição e filmes científicos em todo o mundo". A lista de projetos de referência inclui não apenas os longas-metragens que filmou como diretor de fotografia de Arnold Fanck, mas também *Olympia* e, registrado de forma cifrada como "1941 África do

Norte, 1942 Cáucaso", seu trabalho como correspondente de guerra para o Ministério da Propaganda nazista.

Em 1952, Ertl buscou uma conexão com a pesquisa acadêmica por boas razões, e a encenação como documentarista comprometido com a objetividade foi uma estratégia bastante consciente para escapar da má reputação de suas atividades na propaganda política. Entretanto, como indicam os documentos do espólio de Hissink, ele fez isso de maneira muito desajeitada. A expedição de 1950–52, da qual se diz líder no papel timbrado, pareceu às autoridades e aos cientistas um empreendimento duvidoso, e Hissink permaneceu extremamente reservada em relação a ela quando se tratou de cooperação. Continuar a listar seu trabalho para o Ministério da Propaganda nazista em sua lista de referências não é prova de habilidade estratégica, mas, sim, de uma autoconfiança ininterrupta e da falta de percepção de seu envolvimento com o nacional-socialismo.

Paixão pelo frio

Quando você se senta no pátio em Concepción e escreve, os mosquitos são mesmo irritantes, especialmente quando não há vento. Os bichinhos pairam quase invisíveis no ar e, de forma impressionante, logo descobrem qualquer pedaço de pele descoberto. E sim, está quente, de fato muito quente. E as plantas parecem quase desordenadas, monstruosas e sedutoras em comparação com o que conhecemos da Europa Central. Não consigo escapar das seduções desse clima, desse ecossistema altamente diversificado e da atmosfera de faroeste que se instala apesar do clima tropical. *Don* Siriaco, por outro lado, um marceneiro que trabalhou na fazenda de Hans Ertl e com quem conversei pela manhã, sente-se menos atraído por excessos do que por delimitações e regularidades. Durante nossa conversa, uma iguana de aproximadamente um metro de comprimento dá uma volta no pátio de sua oficina. *Don* Siriaco me mostra com entusiasmo, várias vezes, onde Benni — ele lhe deu esse nome — está a cada momento e para onde está indo. Mas a iguana só sai para essa caminhada quando o sol brilha, como hoje. Afinal, é um animal de sangue frio.

Hans Ertl também se apresentou como um ser de sangue frio por longos períodos. *Os ensinamentos comportamentais da frieza*, que Helmut Lethen elaborou em seu livro assim intitulado para os anos do entreguerras como um regulador masculino da ação, podem ser estudados nos escritos autobiográficos de Ertl. E suas imagens cinematográficas também estão nitidamente posicionadas entre os polos codificados por gênero de calor/feminilidade/preguiça/estupor e frio/masculinidade/dinamismo/força de vontade. Os intelectuais urbanos do período entreguerras idealizaram a personalidade fria, o dândi frio, cuja contraparte, no entanto, não era o calor, mas a tibieza do mundo (pequeno)burguês. Os descobridores e aventureiros do campo por trás da câmera, como Hans Ertl, que poderia pelo menos ser posto ao lado de Luis Trenker, de fato alternavam entre os extremos do frio e do calor. As narrativas de Ertl saem das planícies quentes, enevoadas e eróticas para o mundo frio, decisório e homossocial das montanhas, um mundo que desafia o conforto e fortalece os nervos.

A primeira parte da autobiografia de Hans Ertl, *Meine wilden dreißiger Jahre*, abre com uma cena em que a natureza sufocante dos trópicos é invocada pela primeira vez e, em seguida, o congelamento dos vivos se torna um pré--requisito para o processo de rememoração:

> Na primeira quinzena de julho de 1975, o sol tropical ardia impiedosamente sobre uma enorme nuvem de neblina que pairava sobre as montanhas e os pântanos da selva no extremo sul da grande bacia amazônica, através da qual o rio Blanco serpenteia preguiçosamente. O telhado de folhas de palmeira da minha solitária cabana crepitava com o calor do meio-dia, enquanto eu — com vestimentas leves — preparava minha velha máquina de escrever fabricada em 1935 a ser usada à sombra da pequena varanda para registrar minhas memórias no papel. Pingando de suor, eu ansiava pela noite, que traria uma brisa fresca das florestas primitivas próximas, que há quinze anos são o lar e o campo de trabalho para mim e minha corajosa companheira de vida.

O que o levou a esse mundo impiedoso? Hans Ertl se vê como um exilado que foi tratado injustamente pelo governo de Bonn, que o envergonhou ao lhe recusar um prêmio. Sua crença na democracia foi abalada, escreve ele, quando, em 1954, o "prometido" Prêmio Nacional de Cinema [*Bundes-*

filmpreis] não foi concedido a ele no último instante. O que a democracia tem a ver com a concessão de um prêmio de cinema é uma incógnita, mas o que Ertl não consegue expressar em palavras, mas sente, é que sua biografia anterior não se encaixa bem nas novas circunstâncias alemãs. O aventureiro universalmente admirado e destemido se tornou uma figura de outra época, vista com ceticismo pelo público alemão.

A memória de Hans falha não apenas por causa do calor, mas também porque seus diários, fotos e filmes foram confiscados pelo serviço secreto boliviano durante a investigação de sua filha Monika. Ertl só recuperou os documentos para seu trabalho no segundo volume das memórias *Als Kriegsberichter 1939-45* [Como correspondente de guerra entre 1939 e 1945] (publicado em 1985). Para a primeira parte das memórias, o apoio vem diretamente do céu. A temperatura despenca e começa a chover, até mesmo alguns flocos de neve se veem espalhados, e a manhã seguinte apresenta uma imagem rara nos trópicos:

> Palmeiras, prados e telhados de cabanas estavam cobertos por uma geada que parecia neve com até cinco centímetros de altura. Meus índios, que moram comigo há vários anos, batiam o gelo nas panelas e diziam, balançando a cabeça com espanto e apreensão: "Olha aqui, patrão, até a água ficou dura como pedra!

El Surazo trouxe o frio que, para Hans Ertl, "[se torna] o fio de Ariadne a conduzir até as profundezas da memória":

Com o frescor que o súbito início do inverno trouxe, rasgou-se o véu nebuloso da letargia que os golpes do destino e os anos de vida nos trópicos lançaram sobre mim como uma teia de aranha. [...] Eventos que aconteceram décadas atrás de repente se apresentaram como se tivessem acontecido ontem.

Essas são metáforas de memória peculiares. Para Ertl, a rememoração não é o fluxo ou o surgimento de imagens, mas o congelamento da natureza traz à tona o passado tão claro, objetivo, factual, como produto de um processo mecânico: "Pessoas, nomes e datas apareceram como um fantasma no monitor da minha memória". A vida cotidiana na Bolívia, por outro lado, é apresentada como um estado entorpecido, onírico ou transe que é estruturalmente semelhante àquelas cenas que Ertl constrói quando a sexualidade (não) é o assunto da discussão. Por exemplo, quando fala sobre as "noites de amor roubadas" com Hettie Dyhrenfurth, esposa do geólogo e montanhista Günter Oskar Dyhrenfurth. Este liderou a expedição ao Himalaia da qual Ertl participou e durante a qual ocorreram as filmagens do longa-metragem de Andrew Marton, *Der Dämon des Himalaya* [O demônio do Himalaia] (1935). Ainda nas terras baixas, longe dos picos gelados, ele esboça a seguinte cena: "Quando Hettie voltou do pequeno banheiro do pátio e trancou a porta atrás de si, nós dois estávamos naquele crepúsculo místico que apaga os pensamentos claros e, numa espécie de transe, nutre o desejo de mordiscar os frutos proibidos".

Os contrastes entre abaixo e acima, dentro e fora, quente e frio, o aprisionamento da sexualidade e ação autônoma, sonho e racionalidade, visão nublada e clareza também caracterizam o filme durante a preparação da cena. Em *Der Dämon des Himalaya*, um certo dr. Norman, um etnólogo ou historiador da arte, fica hipnotizado por uma máscara de demônio do Himalaia. Em busca de seu significado, viaja até seu local de origem. Uma vez lá, caminha como um sonâmbulo com uma linda e misteriosa garota através de um palácio exótico. Sua secretária consome-se por ele no sopé do Himalaia, enquanto ele e sua arrojada equipe — exclusivamente masculina, é claro — incluindo Günter Oskar Dyhrenfurth e Hans Ertl, "penetram" até o topo para revelar o segredo da máscara. A propósito, Ertl, mais tarde, usou a ideia com o demônio e também alguns truques de gravação do filme em *Vorstoss nach Paititi*. Em seu filme *Nanga Parbat*, ele radicalizou a narrativa da paixão pelo frio e pela dureza. A expedição cinematográfica de Dyhrenfurth estava no Himalaia na década de 1930 na mesma época da "Expedição Memorial de Willy Merkl", que Ertl filmou nos anos 1950. O relatório de Fritz Bechtold sobre a expedição alemã em *Nanga Parbat: Der Angriff 1934* [Nanga Parbat: O ataque de 1934] (1936) estiliza Willy Merkl como uma figura heroica que se tornou parte importante do mito de Nanga Parbat como a "Montanha Alemã do Destino" e que também é muito usada no filme de Ertl da década de 1950. Apenas homens aparecem no *Nanga Parbat* de Ertl, e o filme "culmina" no confronto de um único homem com o gelo, o frio e a dureza. A subida solo de Hermann Buhl ao cume do Nanga Parbat, que serviu de inspiração ao filme, é lendária até hoje. Com a subida solo, o rompimento com todas as relações e obrigações sociais é celebrado e capturado em imagens dramáticas. O homem solitário no cume da Montanha Alemã do Destino, cheio de Pervitin,[16] o homem que deixou para trás a civilização, as mulheres, os sherpas, os animais — essa é a imagem dos homens que Hans Ertl produziu em 1953. Ele certamente gostaria de ter sido o único no cume.

O amor de Hans Ertl pelo frio foi tão longe que ele se apaixonou pela princesa do gelo Leni Riefenstahl. Em sua interpretação, foi Riefenstahl que o seduziu deliberadamente na Groenlândia durante as filmagens do filme *sos Eisberg* [sos Iceberg] (1933), devorando-o "como um doce". Em *Meine wilden dreißiger Jahren*, ele escreve sobre a intimidade em pedalinhos, sobre brincadeiras sem roupa em torno de lagos glaciais, sobre as frívolas apresentações de dança privadas da estrela de cinema em frente a sublimes cenários de gelo:

> Por setenta dias inteiros, mais precisamente durante minha estada na Groenlândia, eu me apaixonei por ela. Isso foi o suficiente porque, com a intensidade de nossa conexão e nossa vida quase paradisíaca nessa solidão ártica, poderíamos, um dia, ter nos dissolvido no nada.

---

16   Pervitin era uma metanfetamina utilizada por tropas nazistas para a obtenção de picos de desempenho. [N.T.]

O calor escaldante não é desejável para formas de gelo. Em contraste com outros encontros eróticos em seus livros, no entanto, com Leni Riefenstahl o esquema de gênero, no qual o calor sempre emana da mulher, foi dissolvido. Um príncipe e uma princesa do gelo são ambos ameaçados pelo calor da atração sexual. Ertl também relata encontros divertidos posteriores em hotéis, às vezes *à trois*, interrompidos apenas por telefonemas de Hermann Göring, aos quais atende nu e agitado.

Por mais verdadeiras que sejam essas cenas atrevidas, Riefenstahl e Hans Ertl trabalharam juntos regularmente. A sua colaboração, por exemplo, para o filme *Tag der Freiheit! Unsere Wehrmacht* [Dia de liberdade! Nossa Wehrmacht] (1935) ou o grande projeto *Olympia* (1938), sempre foi amigável e profissional; compartilhavam a preferência estética por corpos bem construídos, pela pele nua, pela dinâmica da imagem (Ertl filmava os mergulhadores e os saltadores de esqui com uma mudança de direção para fora e para dentro d'água), pela sublimidade dos ornamentos de massa.

Hans Ertl se tornou, pelo menos em fases, parte do sofisticado mundo cinematográfico dos nacional-socialistas, entrando e saindo dos grupos de tomadores de decisão culturais. Para Leni Riefenstahl, foi um funcionário leal. Em sua autobiografia, tenta retratar a si mesmo e seus associados (e Leni Riefenstahl) como rebeldes sob o controle do Ministério da Propaganda, mas isso não é convincente. Quando, por exemplo, fala que uma praia inteira do mar Báltico foi preparada por cem pessoas do

Serviço de Trabalho do Reich para que ali pudessem ser rodados os famosos nus artísticos com as ginastas que abrem o filme *Olympia*, é claro que o apoio veio do topo. Nesse caso, Ertl acabou não fazendo filmagens. Ele foi convocado a Berlim com pouca antecedência, juntamente com Leni Riefenstahl para ser apresentado ao trabalho com filme colorido, mas ainda assim pôde ver o "material" junto com Willy Zielke, o mais avançado artisticamente dentre os cinegrafistas de Riefenstahl. Uma tarefa importante porque, "naquela época, era difícil encontrar meninas bem treinadas para tais propósitos". Os dois cineastas mostraram quarenta garotas em uma escola de ginástica: "Willy e eu tentamos examinar as camisetas pretas com visão de raio-X para selecionar aquelas garotas que ainda tinham robustez sob a blusa e não muita vida por baixo".

Só não pode haver calor e mulher demais, caso contrário você se dissolve. Só não pode haver vida mole demais, caso contrário o núcleo estará em perigo. Hans se divertia com muitas mulheres, inclusive com as que não eram dele, mas só amava mulheres com contornos: Leni, Aurelia, Burgl, Monika. Certamente não seria de todo errado reconhecer no culto da frieza e da separação das exigências da civilização os sulcos habituais da socialização masculina do início do século XX, uma socialização que idealizava a luta e a guerra, enquanto a vida doméstica era um retiro morno e lugar para preguiça e afeminação. O caminhante solitário também é ameaçado pela mulher sedutora, pelo calor da fusão, pela dissolução das fronteiras. No caso de Ertl e companhia, o interior doméstico ambivalente se mistura com os estereótipos exóticos de sedução, sensualidade e perda de controle. Consequentemente, as mulheres com arestas constituíam um porto razoavelmente seguro, mulheres que também podiam ser enfiadas em uniformes e com quem se podia fazer expedições.

Caroline Schaumann salientou de forma convincente que, nos textos autobiográficos de Ertl, a atmosfera de frieza, que supostamente contaria a história da separação das dependências, tem o caráter de narrativa de acobertamento, que por sua vez serviu como camuflagem retórica do relacionamento próximo de Hans Ertl com a elite cultural do regime nazista. Tal relacionamento existiu, caso contrário Ertl não teria sido capaz de realizar filmes como *Glaube und Schönheit* [Fé e beleza] (1938-39) sobre a *Bund Deutscher Mädel* (BDM) [Liga das Moças Alemãs] ou um grande filme colorido para a abertura da Haus der Deutschen Kunst [Casa de Arte Alemã] em 1937. Paralelamente à abertura, acontecia o habitual "Dia da Arte Alemã", um tumultuado desfile de fantasias sobre as "épocas artísticas" germânicas, que Ertl encenou em grande estilo. Mas com toda a liberdade artística, como ele enfatiza, para que pudesse omitir o retrato de Hitler feito por Lanzinger que o mostra a cavalo como um cavaleiro. Também em suas memórias omitiu o fato de acontecer em paralelo a exposição *Entartete Kunst* [Arte degenerada], na qual artistas judeus e modernistas foram segregados da comunidade cultural alemã como "degenerados".

De trapaceiro *cool* a eremita

O que transformou Hans Ertl, o trapaceiro *cool* da década de 1930, no eremita dos anos 1970? Esse intervalo trouxe toda uma série de perdas: a morte de sua esposa Aurelia (1958), a ruinosa perda de gravações e equipamentos de filmagem, a radicalização política de sua filha e a morte violenta dela. O eremitismo de Ertl me parece menos um retiro do que uma saída para o futuro. Quando disfarce, agilidade e força ameaçaram não ser mais suficientes, ele se refugiou em outro modelo masculino. O astuto Ertl se torna o excêntrico eremita de Fawcett. Hans Ertl nunca vestiu a túnica da penitência. Em seus últimos anos, sentiu-se traído tanto pela Alemanha quanto pela Bolívia. No entanto, não associou nem um (culminado no não recebimento do Prêmio do Cinema Alemão de 1954 por *Nanga Parbat*) nem outro (o assassinato de Monika pelo serviço secreto boliviano com a ajuda de Klaus Barbie-Altmann) ao seu próprio engajamento com o regime nazista, ou, se quisermos ser muito gentis, ao seu oportunismo ao longo da vida. Em outras palavras, ele só viu uma conexão entre suas próprias ações e eventos políticos na qual a política "jogou mal" contra ele. Quando ele se beneficiou disso, foi uma conquista sua. No geral, entendia a esfera da política como uma força externa, como uma espécie de destino que, às vezes, pôde ser ludibriado.

Hans Ertl era caracterizado por um jeito comunicativo, envolvente, grande capacidade de contar histórias, tudo combinado com uma frieza emocional, impulsividade, hostilidade e tendência a comportamentos de risco, teorias da conspiração, fantasias de superioridade e, ao mesmo tempo, vitimização. Além disso, era um mulherengo. Em suas entrevistas mais recentes, reclamava repetidamente que lhe faltava uma *mujercita*, uma amante, embora tivesse muitas admiradoras. Mas não, devia ser uma europeia, ele tinha medo das mulheres locais por causa de sua educação monástica. Ele também mentiu abertamente várias vezes. No documentário *Gesucht: Monika Ertl*, de Christian Baudissin, por exemplo, ele primeiro diz que nunca mais veria Klaus Barbie-Altmann depois de conseguir seu primeiro emprego na Bolívia, apenas para descrever que Barbie era como um tio para suas filhas e um amigo próximo da família. E em uma entrevista para uma estação de televisão boliviana, afirma descaradamente que foi forçado a ingressar na Wehrmacht — na qual alcançou o posto de tenente —, caso contrário toda sua família teria sido morta em um campo de concentração. Christian me contou como Hans era orgulhoso de seu uniforme da Wehrmacht que usava constantemente e, com o qual, foi enterrado no ano de 2000.

Inversão dos polos

Os geólogos dizem que uma inversão dos polos pode ocorrer no planeta Terra nas próximas décadas. A cada poucos séculos, os polos magnéticos da Terra se invertem.

Atualmente, existem os primeiros sinais dessa inversão: o polo magnético está se movendo com mais força do que nos últimos cem anos, os sistemas de GPS precisam ser reajustados com mais frequência do que o normal, para que os aviões não percam seus locais de pouso, especialmente perto dos polos. A inversão dos polos, embora o termo o sugira, não será abrupta. Primeiro o campo magnético se desestabiliza, depois há uma fase multipolar por um certo tempo, na qual até oito campos magnéticos vão determinar o magnetismo da Terra.

Na história de Monika e Hans Ertl também há inversões de polos e estados multipolares. A inversão de polo político de Monika no final dos anos 1960, que vinha se preparando havia anos, é a mais impressionante. Hans Ertl prepara sua transformação de morador de montanha em morador de planície na década de 1950. O seu livro fotográfico de 1958, sob o título de *Arriba abajo*, já parece aludir a essa mudança posterior: ora para cima, ora para baixo. Dois anos antes, o livro *Paititi* foi precedido por um verso do poeta, filósofo e prêmio Nobel indiano Rabindranath Tagore:

> *Escalei vários picos de montanhas*
> *e não encontrei abrigo nas desertas*
> *e inférteis alturas da fama.*
> *Traga-me, meu destino,*
> *antes que a luz suma,*
> *até o vale da calmaria,*
> *onde a colheita da vida*
> *amadurece como sabedoria dourada.*

Não se trata mais do destemido alpinista que "garante sozinho a vitória sobre o cume sul de Illimani". O período que vai de 1955, quando Hans e Monika partiram numa expedição conjunta, até meados da década de 1960 pode ser descrito como uma fase intermediária multipolar. Hans Ertl refletiu sobre isso em 1956 nas observações finais do livro sobre a expedição à floresta tropical, *Paititi: Ein Spähtrupp in die Vergangeheit der Inkas* [Paititi: Um grupo de reconhecimento do passado dos incas]. A "dura disputa masculina" pelos picos mais altos agora lhe parece mecânica e grosseira. Ele não chora pelos "robôs montanheses envoltos em máscaras de oxigênio", dos quais fez parte por muito tempo porque lhes faltavam as "finas emoções que lidam com as coisas da criação com reverência". A virada para o "holístico", para a história, para a humildade diante da criação, é um movimento para as terras baixas. Não é apenas uma jornada metafórica, mas uma mudança para uma planície real completa com senhorio e gado. No entanto, a verdadeira planície de Ertl se assemelha um pouco ao filme de ópera *Tiefland* [*Planície*] (1954), de Leni Riefenstahl. Seu filme é sobre o conflito entre um grande proprietário de terras espanhol que mora nas terras baixas e os pastores nas montanhas que estão próximos da natureza. O latifundiário desvia um riacho, que garante a autossuficiência dos pastores e lavradores, para que seja abastecida a sua criação de touros. A trama gira em torno da dançarina de olhos brilhantes Martha (Leni Riefenstahl), que é igualmente desejada por Pedro das montanhas e pelo malvado fazendeiro. Hoje esse filme é mais conhecido pelo fato de cenas importantes terem sido rodadas na década de 1940 e — como Nina Gladitz revelou décadas depois — de Leni Riefenstahl ter recrutado à força mais de cem sinti[17] do campo de trabalhos forçados nazista em Maxglan, perto de Salzburgo, como figurantes para essa gravação. Hans Ertl decerto conhecia o projeto do filme e provavelmente se identificaria com Pedro na década de 1940, o ousado pastor das montanhas que mata lobos com as mãos. Mais tarde, nos anos 1950 e 1960, sua vida se encaminha para o papel do criador de touros, Marqués de Roccabruna. Não só porque se torna dono de animais e lavrador, mas também porque, à semelhança dos planos do Marqués no filme, tem com a amante uma vida paralela ao casamento com Aurelia. Com a mudança para *La Dolorida*, a reviravolta foi completa. Hans Ertl agora reside em sua fazenda com Burgl Möller, que ele e sua esposa conheceram em Garmisch na mesma época e que mais ou menos a substituiu após a morte prematura dela.

    Monika Ertl se moveu em direção oposta: tornou-se integrante ativa do ELN na mesma década. Falando figurativamente, ela entrou no gelo. Depois de tentar em vão convencer seu pai a entregar *La Dolorida* aos guerrilheiros, ela se decidiu contra as terras baixas e em favor das terras altas. Sua área operacional era, principalmente, o planalto de La Paz. O pôster do documentário de Christian Baudissin também mostra Monika a cavalo em frente a uma paisagem montanhosa, de uniforme, sorrindo.

---

17   Etnia de nômades da Europa que, juntamente com os roma, são vulgarmente designados como "ciganos". [N.T.]

O substrato histórico dessas metáforas políticas, de gênero e geográficas reside numa relação íntima de troca com a história familiar dos Ertl, assim como com a história política da Alemanha e da Bolívia. Régis Debray também levou ao extremo o imaginário político das regiões quentes e frias em seu romance de 1977 e, em sua homenagem literária a Monika, atribuiu a altura e o gelo à protagonista, Imilla. Em sua geografia política, as alturas alpinas estão associadas à revolução, daí o título francês um tanto bombástico, *La Neige brûle*, [A neve queima]. A edição alemã é intitulada simplesmente *Ein Leben für ein Leben* [Uma vida por uma vida]. Após treinarem juntos, Debray envia sua heroína, a guerrilheira, de Santiago do Chile, para os Andes. A vida relativamente burguesa na cidade grande abaixo e a tentativa dos companheiros de persuadir Salvador Allende a seguir um curso mais revolucionário são contrastadas por Debray com cenas do treinamento de Imilla para a revolução nos Andes. Ela recebe o corpo translúcido e desencarnado do futuro mártir nas alturas:

> Cair para cima. Para alguns, essa gravidade compete com as leis da natureza. Imilla possuía esse poder vertiginoso: a elevação do corpo através da ascese. [...] Seu corpo leve, endurecido pela altitude e treinado para não fazer movimentos desnecessários no ar rarefeito, se recuperou, floresceu entre 2 mil e 5 mil metros acima do nível do mar.

Acima há a revolução, a luta, a disciplina, a dureza — e aí o autor salta para conclusões um tanto estranhas por analogia: "À beira do abismo ela treinou para a batalha, recuperou o fôlego. Aos olhos dela, a neve e a revolução deviam ser irmãs, e seu nariz combinava neve em pó com cheiro de pólvora".

Debray tem consciência de estar falando em metáforas, o único problema é que ele imputa essa vida em metáforas à sua protagonista:

> Numa metáfora interiorizada demais para ser percebida, a aspereza do trabalho subterrâneo em sua hierarquia, sua disciplina, sua ordem estrita finalmente se combinou com a aspereza do clima de alta montanha. Imilla derivou suas regras éticas básicas dessa apoteose, na qual o ar puro, a obsessão puritana pela pureza e talvez também um desejo de salvação individual vieram juntos. [...] O pico do Illimani, que se projeta da selva e brilha dia após dia sobre os telhados de zinco de La Paz, dá a essa paisagem uma nitidez irresistível: a do ar gelado que queima a garganta e os pulmões. Essa embriaguez seca desintoxica. Quando a respiração do ar puro se combina com a vocação revolucionária que permanece um sonho para a maioria das pessoas, eles se espalham por todo o corpo.

Na geleira, Imilla não só pratica a disciplina, a presença de espírito e a frieza gelada da luta armada, mas a geleira também representa a qualidade transcendental da revolução, sua pureza, sua impossibilidade de viver, bem como o decisionismo do sujeito revolucionário. A Imilla de Debray abomina a indecisão e a ambiguidade. Além disso, na geleira, as origens de Imilla irrompem, ou melhor: saem dela.

> O ar fresco de Farallones deu a ela a aparência de uma camponesa alemã um tanto severa, com pouca inclinação para fazer distinções. Ela havia, por assim dizer, voltado para o avô no Tirol, empilhado os fardos de feno no celeiro com a saia franzida e aguardado pelo noivo, que estava na guerra. Basicamente trouxeram as escaladas e a revolução de volta às suas origens germânicas.

Ao lermos essas passagens, estremecemos várias vezes. O paternalismo chulo que permeia essa descrição de uma lutadora que age movida por afetos violentos demais e esperanças veladas de salvação é uma coisa. A baboseira barata sobre uma "origem germânica" é outra, pela qual Debray de fato recebeu um prêmio de literatura feminina, o Prix Fémina, em 1977.

É estranha a maneira como Debray, em seu romance, faz cair no esquecimento a virada de Monika Ertl contra a geração de pais leais à sua terra natal, os homens que construíram novas carreiras nos regimes de direita em toda a América do Sul. Por que o "avô" tirolês, que devemos imaginar como o Tio dos Alpes de Heidi, é fantasiado aqui? Para não ter de mencionar o Tio dos Alpes Hans Ertl, da vida real, e o tio Klaus, também da vida real, como gatilhos concretos da politização? Por que não, oras? Foi Debray quem esteve em contato próximo com Beate

Klarsfeld e planejou o sequestro de Barbie-Altmann com ela. E que diabos são a saia franzida e a espera pelo noivo?

Como todos os comentaristas homens de Monika Ertl, Debray procura localizar a decisão pela luta armada nos sentimentos "femininos". No final, chega a ponto de atribuir a Imilla uma gravidez de um filho do líder revolucionário Carlos, interrompida pela luta, a fim de apoiar sua determinação de assassinar Quintanilla. A questão, e poderiam dar crédito para Debray, provavelmente também é desenhar Imilla como um forte contraste com seu alter ego, Boris, que cada vez mais se retira da luta armada e retoma uma vida civil moderada (na planície) em Paris. Boris interrompe essa vida moderada na trama do romance para ajudar Imilla no assassinato, ou seja: para dirigir o carro de fuga que leva os dois a Salzburgo. Mas, em vez de finalmente alcançar a união pacífica pela qual Boris anseia, Imilla se separa abruptamente e o abandona. O narrador os faz entrar em um estado de felicidade provisória na fronteira austríaca. Cento e treze dias antes de ser baleada pela polícia em La Paz, Imilla, na versão de Debray, passa algumas semanas no ar puro das montanhas. Ela sente, mais uma vez, "vontade de correr, escalar montanhas, esquiar. Anseia pelo sol penetrante das geleiras e pelas superfícies azuis brilhantes que são quase insuportáveis, que cegam seus olhos e a entorpecem". Visita seu local de nascimento na Caríntia, que, a propósito, não é o Tirol, onde vive o suposto avô; mas a Caríntia é onde está a propriedade dos Feltrinelli, o Oberhof, um possível modelo em carne e osso para Debray. Ela não teme mais essa terra natal, vai em direção a ela sem desafio ou pressa. A vingança a purificou, restaurando-a a um estado de inocência, o branco da neve agora cobre a violência, a violência do nacional-socialismo, as origens alemãs e a luta armada. A neve não queima, é uma substância que, sobretudo no uso metaforicamente hiperbólico de Debray, cobre tudo e torna tudo igual.

Do alpinismo ao andinismo político

Em seu livro de fotos de 1958, Ertl mostra seu parceiro Alfons Hundhammer em meio a imensas torres de neve no monte Chacaltaya. Ele menciona a lendária cabana de montanha do Club Andino Boliviano e o teleférico de esqui mais alto do mundo, que também está localizado lá. O teleférico, a uma altitude de 5.300 metros, estava em operação até a década de 1990. Como outras famílias teuto-bolivianas, a família Ertl deve ter visitado com frequência a cabana no Chacaltaya, que é acessada por uma estrada de terra que vem de La Paz.

Essa estreita ligação de uma família alemã com o andinismo não é coincidência. Frequentemente foram austríacos e alemães que exploraram as cordilheiras da Bolívia no início do século xx. Inspirados pelas ousadas primeiras escaladas de Alexander von Humboldt e na esteira da criação do Clube Alpino Alemão, os Andes eram um destino cobiçado pelos alpinistas teuto-austríacos.

O desejo de conquistar aumentou ainda mais quando os destinos para as primeiras escaladas e rotas difíceis se tornaram escassos nos Alpes europeus. Hans Ertl pertencia a um grupo de jovens alpinistas, os "Bergvagabunden" [Vagabundos das montanhas], que, nos anos 1920, "conquistaram" os picos mais difíceis dos Alpes europeus, um após o outro, embora estivessem tecnicamente muito mal equipados em comparação com os dias de hoje. A partir da década de 1920, expedições alemãs e austríacas se instalaram regularmente em La Paz. Hans Ertl veio à Bolívia pela primeira vez em 1950, durante uma dessas "viagens de reconhecimento". As descrições de seus empreendimentos nas Cordilheiras seguem perfeitamente o estilo com que relatou suas conquistas de montanhismo nos anos 1920 e 1930. Sua primeira escalada do pico sul do Illimani, "em uma ousada investida solo", é outra "vitória" a ser registrada. Mesmo após a Segunda Guerra Mundial, o Himalaia e os Andes eram, e com o lento declínio do apelo das montanhas, continuaram sendo o alvo de nostalgia para o espírito conquistador alemão.

Durante a "viagem de reconhecimento" em La Paz, Ertl uniu forças com membros do Club Andino Boliviano. Junto com eles, "dominou" o Condoriri. Por muito tempo, no entanto, houve uma base política comum entre os clubes de montanhismo boliviano e alemão: as contrapartes do Club Andino na Alemanha e na Áustria também tiveram dificuldade em aceitar sua herança nacional--socialista até a década de 1990, mas desde então a vêm aceitando sistematicamente. O Club Andino Boliviano, por outro lado, ainda não vê motivos para olhar para o seu passado. O clube de esqui e montanha foi fundado em 1939 por ricos *paceños* (como são chamados os moradores de La Paz), em sua maioria de origem europeia. Figura fundamental foi Raúl Posnansky, engenheiro de minas, filho do famoso oficial militar austro-polonês, explorador e pesquisador Arturo Posnansky. Também estava envolvido o já mencionado fã de Hitler, Federico Nielsen Reyes.

O andinismo do pós-guerra está intimamente ligado ao meio boliviano-alemão em La Paz, que vacilava entre expressões flagrantes de simpatia pelo projeto fracassado do nacional-socialismo na Alemanha e tentativas pouco assertivas de se distanciar. Sabendo que uma afirmação pública do nacional-socialismo não era necessariamente oportuna, embora ele fosse de longe mais aceitável na Bolívia do que na Alemanha, foram criadas imagens deslumbrantes que revelavam muito, sem dizer isso diretamente.

Vejamos o relato da recepção da expedição de Ertl e Bau em La Paz, em 1950. Milli Bau expressa surpresa quando a expedição alemã é recebida com honras militares na estação ferroviária de La Paz. Um representante do Ministério da Cultura estava lá, um oficial do Instituto Geográfico Militar e, é claro, o presidente do Club Andino Boliviano, bem como representantes da colônia alemã. O relatório de Hans Ertl foi enfeitado, talvez haja exagero, mas, mesmo assim, a situação provavelmente era mais ou menos esta:

Eu estava com meu velho anoraque de Gebirgsjäger[18], meu velho gorro de Gebirgsjäger, porque a viagem de trem tinha sido bem fria. [...] Havia um grupo de pessoas, especialmente da colônia alemã, os Kyllmann, os Gwinner, as pessoas mais importantes da colônia alemã. [...] Em frente à estação, havia uma guarda de honra, todos soldados indígenas com capacetes de aço alemães (risos). Mais tarde, os americanos venderam capacetes de aço alemães para todo mundo. Estavam lá com seus rifles, uma banda militar começou a tocar o rum-tá-tá, e eu tive de andar na frente com minha expedição, usando meu boné de Gebirgsjäger e meu anoraque de Gebirgsjäger. E o que eles tocaram? A "Marcha de Badenweiler", a favorita de Hitler. Imediatamente, dois dias depois saiu na imprensa: protestos. Da embaixada dos Estados Unidos, da embaixada britânica, dos franceses e dos russos. Como o governo boliviano, sob o comando do presidente Urriolagoitia, receberia uma expedição alemã, já que normalmente só recebem os diplomatas ou representantes do governo? [...] A Bolívia não sabia que, na verdade, ainda estava em guerra com a Alemanha? Urriolagoitia respondeu: o estado de guerra foi imposto a nós pelos ianques e está cancelado a partir de hoje. Por-

---

18 É a parte da infantaria leve das tropas alpinas ou de montanha da Alemanha, Áustria e Suíça. Na Segunda Guerra, a Wehrmacht e a Waffen-ss formaram uma dúzia de unidades de infantaria de montanha identificadas pela insígnia Edelweiss usadas nas mangas e bonés. [N.E.]

tanto, sem querer, já agimos diplomaticamente, embora ainda não houvesse uma embaixada alemã.

Assim, Hans Ertl acidentalmente pôs fim a uma guerra quando, vestindo um uniforme de Gebirgsjäger, saiu de uma guarda de honra boliviana com capacetes de aço alemães na cabeça, na "Marcha de Badenweiler". É uma piada, é assim que ele conta. Mas, na verdade, não era piada. Mamerto Urriolagoitia era um político de extrema direita que lutou incansavelmente contra os sindicatos, baniu o Partido Comunista e fez com que as revoltas dos trabalhadores das minas fossem reprimidas de forma sangrenta. Com seu gesto de provocação política, ele não queria impressionar a jovem República Federal da Alemanha, mas, sim, pessoas com ideias semelhantes, como Francisco Franco e Juan Perón. Na década de 1940 e no período pós-guerra, o equilíbrio entre direita e esquerda na Bolívia foi calibrado de forma diferente em relação à Europa. O que Ertl conta como uma piada é o efeito de uma divergência entre o posicionamento oficial da política externa da Bolívia ao lado dos Estados Unidos e a presença influente de seguidores e simpatizantes do Partido Nazista até os círculos governamentais — e no clube de montanhistas.

Quando as bandeiras são hasteadas nos cumes, nesse gesto de conquista triunfante em nome de uma nação, a política e o andinismo se unem ou entram em conflito. No mundo do montanhismo, é costume hastear duas bandeiras em uma primeira escalada: a do país onde a montanha se localiza e a do país de origem do alpinista ou dos alpinistas. Assim, Hans Ertl, seguindo o costume, deveria ou poderia ter hasteado as bandeiras da Bolívia e da Alemanha quando escalou a montanha local de La Paz, o Illimani, por uma nova rota em 1951. Mas isso parecia inadequado, pois o assunto Alemanha e "bandeiras no Illimani" era carregado politicamente. Em março de 1940, montanhistas, entre eles o alemão Wilfrid Kühm e o austríaco Josef Prem, hastearam uma suástica costurada em uma bandeira boliviana no cume do Illimani. Uma foto da equipe de três homens posando com uma saudação a Hitler em frente à sua própria criação apareceu na imprensa pouco tempo depois. A princípio, acreditou-se que se tratava de uma farsa, mas a bandeira costurada por eles mesmos era claramente visível do observatório jesuíta San Callixto em La Paz. Como resultado, o engenheiro ferroviário e fuzileiro naval britânico Edward Septimus George De La Motte e um boliviano chamado Torres foram até lá para retirar a bandeira. De La Motte divulgou o caso em um artigo no *Alpine Journal* intitulado "Illimani and the Nazis" [Illimani e os nazistas]. O artigo inclui como evidência uma foto que mostra Torres retirando a bandeira. No entanto, por sorte, a mesma edição também relatou a inauguração bem-sucedida da cabana do Club Andino no Chacaltaya, entre cujos membros se incluía o já mencionado proeminente nazista Federico Nielsen Reyes.

Ertl e Schröder, que o acompanhava, fincaram apenas a bandeira boliviana no Illimani em 1951. É pouco provável que essa postura reservada tenha sido motivada pela conhecida história do período da guerra. É mais provável que Ertl pensasse da mesma forma que Hans-Ulrich Rudel e sua postura mais drástica com a bandeira do Reich no Llullaillaco. Em 1953, na expedição ao Nanga Parbat que Hans Ertl acompanhou em filme, Herrmann Buhl também se absteve de fincar uma bandeira que não fosse a do Paquistão no cume da "Montanha Alemã do Destino". Era claro que não poderia ser a alemã: Buhl era austríaco e hastear a bandeira em preto, vermelho e dourado teria sido equivalente a uma manifestação da Grande Alemanha. Mas o motivo pelo qual não deixou a bandeira austríaca permaneceu um mistério e levou a especulações na imprensa austríaca sobre as convicções de Buhl: oito anos após o colapso do Grande Reich Alemão, o fato de ele não ter hasteado a bandeira austríaca não deveria ser interpretado como um compromisso com a Grande Alemanha? As declarações de rejeição de Ertl sobre a República de Bonn, pelo menos, sugerem que ele também levava menos em consideração a sensibilidade local do que ressentimento em relação à mudança nas condições do pós-guerra na Alemanha.

Os anos de Monika no Chile: a mina de El Teniente

Pouco se sabe sobre os anos de Monika no Chile. Há algumas fotos dela, por exemplo, em frente a uma paisagem nevada, elegantemente vestida e com os cabelos bem penteados. A distância entre a garota aventureira de boa família de 1955, que partiu com seu admirado pai em busca de ruínas incas, e a guerrilheira politizada radical e aparentemente muito bem-organizada do final da década de 1960 pode ser avaliada pela leitura dos poucos trechos dos registros do diário de Monika impressos no livro *Paititi* de Hans Ertl, de 1956. Sem pudor, Monika relatou como se sentiu "muito importante" ao vestir pela primeira vez o "macacão verde da selva", "como um paraquedista em pé de guerra". Com capricho, ela descreve um alojamento noturno cujas paredes internas são forradas com jornais de todo o mundo, incluindo uma edição do *Völkischer Beobachter* do ano de 1942. Fala sobre as minas de ouro e estanho pelas quais a expedição passa, sempre esperando que os dirigentes nascidos na Alemanha não estejam lá no momento, pois as visitas amigáveis simplesmente tomariam muito tempo. Não há sinal de consciência social, de compreensão ou empatia pela situação da equipe indígena. Os "irmãos" são preguiçosos, e, um dia, os carregadores de lanternas e baterias até tiveram a ideia de não querer dormir do lado de fora, mas na barraca, "aparentemente contaminada pelas teses de liberdade e igualdade de ratoeiras políticas". Isso é escrito por uma jovem autoconfiante da elite *branca* que não duvida de ter privilégios por causa de sua ascendência europeia. É uma jovem que admira seu pai travesso e ousado e que se sujeita ao seu papel social de gênero. Às vezes, no entanto, ela deixa transparecer que não gosta muito das restrições ao fato de ser mulher, que ainda eram consideradas naturais na década de 1950. Por exemplo, quando reclama de ter sido destinada para um turno de vigilância apenas com uma pistola de ar comprimido ao invés de uma arma de verdade. Uma tarefa — "congelada, mas bem acordada" — que ela assume com orgulho, assim como se orgulha de sua irmã Heidi, que comanda os carregadores em seu papel de "ajudante" e intérprete. Posteriormente, a filhinha do papai conseguiu levar consigo o ar militar para as guerrilhas, mas não a convicção étnica ou teuto-boliviana da superioridade dos *brancos* e do desprezo pelos povos indígenas. Gostaríamos de ter os registros do diário de Monika dos anos 1960 para entender os impulsos que levaram à mudança no final da qual se chamará Imilla. Quando as pessoas da sua geração com interesses sociais e políticos, como seu cunhado Reinhard Harjes, ou os conhecidos de escola Jürgen Schütt e Lilo Bauer, se tornaram as pessoas com quem mais ela trocava ideias? Como exatamente ela entrou em contato com os grupos radicais de esquerda na América do Sul e na Europa?

 O período crucial dessa politização, no início da década de 1960, foi vivido por Monika como esposa de um engenheiro na cidade-modelo de mineração de Sewell, da American Braden Copper Company, no norte do Chile. A mina em si é chamada de El Teniente — O Tenente. A Braden Copper era 99% de propriedade da Kennecott, uma das duas gigantes americanas do cobre no Chile. Há algumas fotos que Monika tirou em Sewell, documentando as duras condições subterrâneas. Mas também há fotos de Monika, por exemplo, no campo de golfe em

Coya, onde os trabalhadores de colarinho branco de Sewell se encontravam no domingo e relaxavam juntos.

Monika Ertl e Hans Harjes se encontraram em uma constelação típica das relações teuto-bolivianas. Hans Ertl já havia conhecido a família de empresários Harjes durante sua expedição aos Andes em 1950. Gerd Harjes fora seu companheiro de montanha. Um número notável de montanhistas era de origem alemã e, também, atuava na mineração. Nesse aspecto, a família Harjes representa a conexão entre o andinismo e a mineração, que foi muito marcante na Bolívia no século xx. Montanhistas como Adolf Schulze, Rudolf Dienst, Eugen Bengel, Otto Lohse, que abriram diversos trajetos na cordilheira Real entre 1915 e 1919, tinham todos um histórico social e econômico semelhante: trabalhavam na mineração, principalmente na mineração de estanho, e se reuniam no Clube Alemão em La Paz. Monika Ertl deve ter passado muito tempo com a simpática família Harjes em sua juventude. No Natal de 1958, sem esperar pela aprovação do pai, ela se casou com o filho mais velho, Hans, e se mudou com ele para Sewell. Ela desempenhou com sucesso o papel de esposa na alta administração, mas também começou a se envolver em negócios com ações.

Esse período também testemunhou o fortalecimento do já poderoso sindicato dos mineiros de cobre. Ele se tornou um dos movimentos nacionais mais ativos politicamente no Chile. Foi a época da unificação das diferentes organizações de trabalhadores e da lenta ascensão de Salvador Allende, que, depois de sua eleição em

1970, voltou a pressionar pela nacionalização do setor de cobre como um sinal importante, e que deveria implantar as demandas sindicais por moradia, assistência médica e salários justos. Os mineiros de El Teniente foram a força motriz por trás desse desenvolvimento.

O romance autobiográfico *Mi camarada padre* (Pai, meu camarada, de 1958), do autor e político socialista chileno Baltazar Castro, que cresceu na cidade-modelo de Sewell, dá uma boa impressão dos anos de formação do sindicato na década de 1950. Ele descreve a vida difícil dos mineiros, caracterizada por uma lógica de precaução corporativa e de imposição em igual medida. Em Sewell, as famílias da classe trabalhadora recebiam moradia, educação e assistência médica; havia até um pequeno cinema. Os serviços básicos eram fornecidos, e as mercadorias estavam disponíveis (a preços excessivos) em pequenos armazéns. Em contrapartida, as famílias dos trabalhadores eram totalmente dependentes da administração da companhia. O pai do narrador, descrito com muita empatia, reluta em participar do sindicato. No início, ele é leal à empresa, mas também muito teimoso e orgulhoso de sua autonomia para defender o bem comum. Só depois de repetidos tratamentos injustos por parte da polícia da fábrica é que se filia ao sindicato e acaba até mesmo deixando o emprego quando lhe pedem que assine um termo que lhe proibia continuar no sindicato. O tema recorrente de Castro é o álcool: Sewell era *zona seca*, o álcool era proibido, mas isso não impediu que os executivos, em sua maioria *brancos*, contrabandeassem grandes quantidades de álcool e o consumissem ostensivamente. Entre os trabalhadores, por outro lado, o consumo de álcool era severamente punido.

    Em um episódio importante do romance, também é possível imaginar o jovem casal Harjes. Trata-se do momento em que os trabalhadores viajam para as planícies mais amenas aos domingos com suas esposas e filhos no chamado *El Golfista* (Trem do Golfe). Em Coya, os trabalhadores passam o dia com suas famílias fazendo piqueniques e bebendo vinho à beira do rio, enquanto os executivos se divertem jogando golfe. Os "desertores" da classe trabalhadora que se juntam ao prazer *branco* e se deslocam da margem do rio para o campo de golfe, vestindo-se elegantemente e tentando fazer parte de uma sociedade melhor, são excluídos e desprezados como traidores da classe. Castro retrata a cultura autoconsciente da classe trabalhadora sob a perspectiva de uma criança observadora. Ele enfatiza a importância das amizades e da solidariedade entre os trabalhadores e fala sobre as relações de gênero que se caracterizavam pela divisão estereotipada do trabalho, mas também pelo respeito mútuo, e sobre o regime draconiano das forças de segurança privadas. A politização do pai é desencadeada por uma medida injusta tomada contra ele. Na viagem de volta com *El Golfista*, só a bagagem do grupo que se reúne na margem do rio é conferida, mas não a dos passageiros *brancos*. O pai se recusa a fazer o controle de bagagem e, por isso, é perseguido pelas forças de segurança. Depois disso, ele participará das reuniões do sindicato e se tornará um de seus porta-vozes mais respeitados.

Em 7 de fevereiro de 1960, quando o casal Harjes ainda não se encontrava em Sewell há muito tempo, na vida real o *El Golfista* descarrilou a quatro quilômetros do alojamento e 33 pessoas morreram. O motivo foi a sobrecarga do trem: havia muitos passageiros a bordo e foram acrescentados mais vagões para transportar o excesso de carga. O acidente, uma tragédia nacional, foi noticiado em todo o país. O funeral contou com a presença de mais de 30 mil pessoas, e a lista de oradores incluía figuras proeminentes como Salvador Allende, então senador da Frente de Acción Popular, e o líder católico-marxista da CUT (Central Unitária dos Trabalhadores), Clotario Blest. Não consegui encontrar o texto dos discursos de 1960, mas outra fala de Blest sobreviveu, proferida por ocasião de um acidente de trem semelhante em uma mina no sul do Chile. Também nesse caso, o trem descarrilou porque estava sobrecarregado e era proibido transportar pessoas e carga ao mesmo tempo. No funeral dos quarenta mortos em Concepción, Blest provocou a elite política e econômica local dizendo que os responsáveis pelo acidente estavam presentes no funeral. Ficou claro para todos que ele se referia aos patrões da empresa de mineração. O arcebispo de Concepción, então, enviou uma carta furiosa ao cardeal de Santiago do Chile exigindo a excomunhão do líder sindical. O cardeal Caro, ex-professor de Blest e também próximo ao catolicismo de esquerda, após reunião com Clotario Blest jogou o requerimento no cesto de lixo.

Em 1960, após o acidente de trem, o funeral em Rancagua reuniu representantes das forças políticas que ganhariam gradual importância nos anos seguintes e seriam eleitas para o governo do Chile no final dos anos 1960. Clotario Blest (1899-1990), em particular, deve ter impressionado a religiosa Monika na época. Em 1960, ele havia acabado de voltar de Cuba e já tinha uma vida inteira de política. Como a de tantos outros que conheci ao longo da minha pesquisa, sua vida se prestaria a uma adaptação cinematográfica de Hollywood. Durante sua vida foi preso 26 vezes por seu compromisso com a justiça social, mais vezes do que um famoso criminoso chileno internacionalmente chamado de "Pepe Louco", como ele mesmo comentou certa vez de forma irônica. Clotario Blest começou a estudar teologia, mas decidiu não seguir o sacerdócio, embora tenha permanecido um cristão ativo e professo durante toda a vida. A partir da década de 1920, atuou como editor e professor no movimento de trabalhadores cristãos chilenos, especialmente no trabalho com jovens. Nos anos 1930, liderou o Germen, uma organização de jovens trabalhadores cristãos que adotou como símbolo uma cruz entrelaçada com um martelo e uma foice. É semelhante ao símbolo que Evo Morales apresentou ao Papa Francisco em 2015, embora esse Cristo pregado na foice e no martelo tenha uma origem diferente: do padre jesuíta Luis Espinal, assassinado na Bolívia em 1980, além de também inspirado na Teologia da Libertação.

Clotario Blest realizou sua obra-prima de décadas de trabalho sindical em 1953, com a fundação da CUT. Ele forjou com sucesso uma aliança entre sindicatos anarquistas, comunistas e socialistas de uma ampla gama de associações profissionais, na qual a aliança eleitoral de Salvador Allende, a Unidad Popular, pôde se apoiar mais tarde. Em particular, a participação dos poderosos mineiros comunistas na aliança ainda hoje é reconhecida como um sucesso histórico. Durante vinte anos, a CUT trabalhou para unir grupos tão diversos quanto funcionários públicos, trabalhadores rurais empobrecidos — os mapuche —, o sindicato de artesãos de inclinação mais anarquista e os trabalhadores informais. A vitória da aliança eleitoral de Salvador Allende em 1970 também foi uma vitória para a CUT do Chile, que recebeu ministérios importantes na época. No entanto, não foi possível manter a coesão por muito tempo, de modo que, em 1973, os mineiros de Sewell recorreram aos meios de comunicação com exigências salariais contra o governo Allende. Isso foi seguido por cenas como as que ocorreram alguns anos antes na mina de El Salvador, quando o general Pinochet reprimiu, de forma sangrenta, a greve de 1966 — o mesmo Pinochet que derrubou Salvador Allende em 1973, acabando assim com o sonho de mil dias de democracia e justiça do Chile.

Mas não tão rapidamente: em 1960, quando Monika talvez tenha ouvido o discurso de Clotario Blest no funeral, ele tinha acabado de voltar de sua primeira viagem a Cuba. Fora convidado para ir lá como representante da CUT e voltou como amigo íntimo e aliado de Che Guevara. Uma foto o mostra à esquerda, ao lado de Che Guevara, no primeiro Congresso da Juventude Latino-Americana em Havana, realizado naquele ano.

Em 1962, Blest foi preso por participar de uma manifestação contra o bloqueio americano a Cuba. Na época já havia sido obrigado a deixar a liderança da CUT para outros, mas continuou a ser visto como a consciência incorruptível da nação. Quando Guevara foi assassinado na Bolívia em 1967, um poema do antifascista espanhol León Felipe sobre Jesus Cristo foi encontrado em sua mochila. Para Blest, que se move no ambiente da emergente Teologia da Libertação, Che Guevara também era, portanto, um "cristão impecável", de quem ele se sentia muito próximo. Em 1968, ele e um grupo de leigos, padres e freiras ocuparam a catedral de Santiago como um ato de solidariedade aos bispos latino-americanos reunidos em Medellín, que defendiam um cristianismo social revolucionário. Como nenhum outro, Clotario Blest defendia um catolicismo marxista dos pobres e um cristianismo revolucionário. Monika deve ter ficado fascinada com o homenzinho de olhos brilhantes e discurso animado — eu, no lugar dela, com certeza teria ficado.

No ambiente católico-marxista de Blest, Monika Ertl pode ter conhecido mulheres naquela época que a incentivaram a continuar se politizando. Alguns dos membros do movimento juvenil cristão chileno frequentavam círculos semelhantes ao dela, como Marta Harnecker, que vinha de uma família burguesa austro-chilena e era envolvida na Acción Católica. Ela também voltou entusiasmada de Cuba em 1960, e as duas podem ter se conhecido antes de Marta ir para Paris estudar com Jacques Rancière, Régis Debray e Étienne Balibar, sob a orientação de Louis Althusser. Quando Marta Harnecker retornou ao Chile em 1969 para apoiar o governo de Allende como teórica marxista, publicitária e educadora popular, Monika já se encontrava na clandestinidade. Durante o governo de Allende, os membros bolivianos do ELN encontraram abrigo no Chile. É razoável imaginar, portanto, que as duas mulheres tenham se encontrado em Santiago do Chile entre 1969 e 1973, e discutido como organizar a resistência da forma mais eficiente possível. Monika esteve finalmente na Bolívia, sendo responsável pela comunicação das redes urbanas e publicava a revista *El Inti*. Ela ainda distribuía outros materiais informativos, que possivelmente incluía edições da revista *Chile Hoy*, editada por Marta Harnecker, que discutia as estratégias dos movimentos guerrilheiros na América do Sul e publicava análises dos motivos pelos quais os mineiros de Sewell tomaram partido contra Allende. Monika certamente estava interessada nisso. Artigos de Marta Harnecker também foram publicados, tratando de formas de participação política nos locais de trabalho. *Chile Hoy* era uma revista que se preocupava em acompanhar o caminho socialista de Allende — nem o capitalismo norte-americano, nem o comunismo soviético — com solidariedade e crítica. Quando Marta fugiu para Cuba após o golpe de Pinochet em 1973, Monika já estava morta.

A estada de Monika Ertl em Sewell foi, sem dúvida, muito mais do que um exílio involuntário em um ninho andino, como suas irmãs retratam. No início da década de 1960, ela ficou em um lugar onde eram preparadas as revoltas revolucionárias posteriores no Chile. Sewell representava um sistema que estava no centro das críticas da esquerda e dos protestos sindicais: administrada por uma empresa norte-americana, Sewell não era apenas uma cidade-modelo caracterizada pelo amplo controle social de uma empresa estrangeira, mas também um lugar em que a radicalização da força de trabalho ocorria de maneira quase exemplar. Isso pode ser visto nos motivos das inúmeras greves: até 1961, elas se davam exclusivamente por aumentos salariais. Depois disso, houve greves em solidariedade a Cuba (1962), contra a demissão de funcionários do sindicato (1963), pela participação nos lucros (1964), pela nacionalização da mineração de cobre (1965) e em solidariedade às vítimas da greve nas minas de El Salvador (1966).

Apesar da pressão econômica dolorosa que as paralisações nas minas poderiam gerar, Sewell era um lugar simbólico. Salvador Allende sabia disso e fez com que os mineiros locais marchassem na primeira fila em Santiago após sua vitória eleitoral. E Fidel Castro também era ciente disso quando, em sua visita ao Chile em 1971, escolheu Sewell como local para um de seus discursos inflamados exaltando a classe trabalhadora como a humanidade do futuro. A decisão de escolher Sewell como pano de fundo foi puramente simbólica. Em 1971, a maioria dos mineiros remanescentes e suas famílias já se mudara havia muito tempo para Rancagua, porque, embora tivesse sido nacionalizada, a mina não era mais lucrativa o suficiente para ser explorada em larga escala.

Foi nesse clima político acalorado que Monika Ertl passou o início dos anos 1960. Embora na Bolívia os efeitos da revolução nacional de 1952 estivessem visivelmente diminuindo, ela se encontrava num local de construção e enriquecimento de esperanças revolucionárias. Dada a densidade das interações sociais em Sewell, nada disso deve ter passado despercebido por ela, e é possível imaginar sua oposição crescente ao marido, que se conformava ao sistema e trabalhava como engenheiro e gestor nas minas. Quais eram os assuntos de discussão no jantar? Hans Harjes se interessava minimamente pelas opiniões de sua bela esposa? Provavelmente não, se Jorge Ruiz o retrata fielmente; para ele, eram excentricidades ou, em retrospecto: os prenúncios de uma verdadeira loucura por parte de sua esposa.

Quanto mais leio sobre os anos 1960 em Sewell, mais intrigante se torna para mim o motivo pelo qual a visão de que Monika havia se radicalizado quase da noite para o dia persistiu em seu entorno. A politização das preocupações sociais e sua sucessiva tradução em demandas e programas concretos se deram no ambiente mais próximo de Monika. A crítica ao sistema no Chile no início da década de 1960 não era domínio de alguns intelectuais, mas um fenômeno social amplo. E a luta de Monika foi posteriormente direcionada aos responsáveis por sufocar com brutalidade essa virada socialista democrática. Pinochet podia contar com a CIA tanto quanto com o apoio do comércio de armas e da rede de consultoria militar em torno de Klaus Barbie-Altmann, Gerhard Mertins e Hans-Ulrich Rudel, amigos de seu pai. É difícil avaliar o quanto este último aspecto desempenhou um papel nas decisões de Monika. Seguramente houve cobertura da mídia na imprensa internacional sobre os negócios dos antigos nazistas com ditadores, mas nem sempre era possível classificá-los de forma segura sob o clima conspiratório da Guerra Fria. Monika não precisou vivenciar a implantação dos regimes de terror de Pinochet e Banzer, no Chile e na Bolívia, dentro da estrutura da Operação Condor, nem a participação lucrativa dos "velhos camaradas" nas atrocidades anticomunistas.

Revolução próxima e distante

— O contraste entre o entusiástico trabalho por uma mudança nas condições e a brutalidade do golpe de Pinochet, que impediu qualquer mudança, é incrivelmente deprimente quando visto de uma perspectiva histórica. Como você se sentiu na época?

— Estávamos furiosos. Com os Estados Unidos, que estavam por trás do golpe, com o imperialismo, com o militarismo. Mas também já estávamos acostumados com a lógica do terror, com o pensamento de bloco, o clima de suspeita, a mecânica das insinuações mútuas.

— Mas o Chile era a grande esperança, ainda maior do que a Cuba revolucionária, não era? Porque Allende chegou ao poder democraticamente.

— O Chile era mais compatível com o modo europeu, lento e democrático, mas a chama da revolução em Cuba talvez fosse ainda mais atraente.

— Em 1993 eu gostava muito do álbum *Exotica*, de Kip Hanrahan, que tinha uma música com o verso "How sweet was that red star" ["como era doce aquela estrela vermelha"], ou seja, minha entrada no projeto do comunismo transatlântico foi nostálgica e retrospectiva. Somente com Monika Ertl consegui captar algo da realidade dos processos revolucionários. No entanto, só posso imaginar, de forma limitada, como era viver em uma época em que se podia ter a impressão de onde a revolução realmente chegava, e em diferentes lugares ao mesmo tempo.

— O melhor de tudo foi o impulso de se mexer! De braços dados com estudantes internacionais, ir a protestos com pessoas da Nicarágua ou de Angola em Berlim, isso ampliou o horizonte e abriu o coração.

— Até os grupos K [comunistas] fecharem novamente?

— Foi aí que a amplitude do movimento se fechou, tudo, teoricamente, tinha de ser protegido, uma implosão. E depois houve a RAF;[19] na Alemanha, a revolução rapidamente se tornou paranoica.

— Na Áustria ela só foi realizada esteticamente. E, nas lojas do Terceiro Mundo, a solidariedade em forma de mercadoria.

— O filme *Longe do Vietnã*, que Godard fez junto com Marker, Resnais, Varda e alguns outros, também poderia ser chamado de *Longe da América do Sul*. Porque a América

---

19 Rote Armee Fraktion, ou Fração do Exército Vermelho, também conhecida como Grupo Baader-Meinhof, foi uma organização guerrilheira alemã de extrema esquerda, tendo atuado entre 1970 e 1988. [N.T.]

do Sul também era um lugar de anseios, e era ainda mais preocupante que a revolução não tenha logrado se firmar em lugar algum, exceto em Cuba. Godard teria dito que o filme revolucionário da Nouvelle Vague era visto como uma porta que se abria, mas depois percebeu que, mesmo assim, era o som de uma porta que se fechava para sempre. A Guerra Fria simplesmente paralisou e engoliu tudo do final da década de 1960 em diante.

— Os anos 1990, quando eu estava estudando, também foram marcados por uma sensação de imanência, de um mundo fechado e de uma paralisação frenética. Havia uma tristeza nisso, mas também uma possibilidade de diversão. Passeava-se serenamente pela História, captando momentos interessantes aqui e ali, construindo pequenos abrigos de pensamento crítico. Mas a urgência da década de 1960, essa sensação de ter uma missão histórica, que agora encontro no ambiente de Monika Ertl, eu nunca tive. O filme *Melancolia*, de Lars von Trier, embora eu não goste muito dele, é provavelmente o filme da minha geração.

Ler, escrever, atirar

A rede de contatos pessoais, o cenário político polarizado da Bolívia e do Chile, e a dinâmica fatal das ações armadas no cenário repressivo da "Guerra Fria" são uma coisa; outra é o substrato intelectual da militância de esquerda, um substrato que tornou as lutas locais conectáveis internacionalmente em primeiro lugar. Os insurgentes armados eram, muitas vezes, leitores apaixonados, e sua rede internacional também consistia em leitores: estudantes de universidades europeias, norte-americanas, africanas e asiáticas; o crescente grupo profissional de teóricos e teóricas; o cenário editorial, jornalistas e, não podemos esquecer, padres. Os insurgentes armados escreviam frequentemente para si mesmos, e Giangiacomo Feltrinelli, um provável coorganizador do atentado contra a vida de Roberto Quintanilla, publicou alguns deles: os escritos de Fidel Castro e Ernesto Che Guevara, bem como *Revolução na revolução?*, de Régis Debray.

Na edição alemã do *Diário Boliviano* de Che Guevara, publicado pela Trikont em 1968, há uma foto que parece encenar essa relação: nela, em meio à sua descrição meticulosa, como sempre, da progressão devastadora da luta guerrilheira, ele é visto lendo trepado em uma árvore. Concentrado, está sentado num galho largo, um livro no colo, olhando tanto para o exemplar quanto para a floresta. No próprio diário há outras referências ao estreito entrelaçamento da leitura e da luta, por exemplo, em 12 de abril de 1967, pouco depois de Debray, vulgo Danton, ter deixado o campo, mas antes de ser preso: "Agora o exército tinha onze mortos. Parece que outro foi encontrado ou que um sucumbiu aos ferimentos. Comecei um curso sobre o livro de Debray". Quando este último foi preso em Cuevo um pouco mais tarde, ele disse a qualquer jornalista que quisesse ouvir que se considerava um "revolucionário intelectual" e que não desistiria da luta só porque estava preso. Lee Hall entrevistou o "professor de filosofia de 26 anos" para a *Life*. Danton chegou a ser capa em 4 de setembro de 1967: "REGIS DEBRAY: Prophet of the Revolution. An Exclusive Prison-Cell Interview" [RÉGIS DEBRAY: Profeta da Revolução. Uma entrevista exclusiva na cela da prisão]. O "revolucionário intelectual" é mostrado em campo aberto, com paisagens tropicais e soldados armados ao fundo. Em primeiro plano vemos um jovem, queixo ligeiramente saliente, bigode grande, um olhar simultaneamente determinado e pensativo, passando ligeiramente pela câmera; braços cruzados em frente ao peito, uma camisa branca aberta saindo de um suéter com gola v. A Revolução era definitivamente *radically chic* em 1967.

O livro de Debray que Che Guevara usou para instruir os insurgentes foi *Revolução na revolução?*, de 1966, que desenvolve uma teoria de insurgência permanente baseada na experiência sul-americana dos anos 1960. Diferentemente do marxismo clássico, que se baseava na mobilização em massa da força de trabalho industrial urbana como o motor da revolução, Debray argumenta que era melhor formar pequenas células de resistência rural que já se teriam mostrado altamente eficazes (por exemplo, em Cuba, mas também no caso do sindicato dos mineiros na Bolívia em 1965). Esses pequenos grupos de luta rural poderiam então se aliar gradualmente a outros grupos locais. Em um de seus últimos textos, Che Guevara reinterpretou essa estratégia, chamada de "foquismo", em uma teoria da luta derradeira contra o imperialismo estadunidense. Teoricamente, as lutas locais deveriam se irradiar cada vez mais, primeiro no plano nacional, depois transnacionalmente, até que países e continentes inteiros se levantassem contra o imperialismo norte-americano e a luta de classes também irrompesse dentro dos Estados Unidos. A demanda por "dois, três, muitos Vietnás", que se tornou um slogan, é emoldurada pela retórica da salvação, pelo apocaliptismo e pela esperança de redenção:

> Quão claro e próximo o futuro se apresentaria para nós se dois, três, muitos Vietnás aparecessem na superfície da Terra, com seu derramamento de sangue e suas tragédias monstruosas, com seu heroísmo diário, com seus golpes incessantes contra o imperialismo, com a consequente compulsão deste último a dissipar suas forças sob o ataque do ódio crescente dos povos do mundo! [...] Cada um de nossos atos é um grito de guerra contra o imperialismo e um apelo à compreensão dos povos contra o grande inimigo da raça humana: os Estados Unidos da América do Norte. Onde quer que a morte nos encontre, que ela seja bem-vinda, apenas quando nosso grito de guerra tiver encontrado um ouvido receptivo, e outra mão se estender para pegar nossas armas, e outros homens começarem a entoar a música fúnebre com rajadas de metralhadora e novos gritos de guerra e de vitória.

Dificilmente poderia ser mais messiânico e consciente de salvação. Não apenas para os ouvidos de hoje o barulho das metralhadoras soa provavelmente deturpado, como música fúnebre; desde então o *páthos* da revolução já se desgastou.

O já mencionado *Friedensbulletin Nr. 4* [Boletim da Paz nº 4] do Comitê Europa-América Latina, dá uma boa ideia de quais textos circulavam entre os revolucionários e as redes de apoio. (Ex-)revolucionários, como Jürgen Schütt, escreveram para o boletim, assim como proeminentes autores de esquerda, como Jean-Paul Sartre ou Ivan Illich. A Bibliografia no Apêndice reúne o que se leu na época para estar devidamente informado. Da editora Suhrkamp: *Kolumbien: Christentum und politische Praxis, Camilo Torres* [Colômbia: Cristandade e prática política, Camilo Torres], de Elena Hochmann e Heinz Rudolf Sonntag; da editora Rowohlt, os escritos de Che Guevara, Mario Vargas Llosa, Fidel Castro e Régis Debray; da Fischer e Wagenbach, também Guevara, mas também *Kalter Krieg: Hintergründe der US-Außenpolitik von Jalta bis Vietmam* [Guerra Fria: Bastidores da política externa dos Estados Unidos de Yalta ao Vietnã], de David Horowitz; da editora Herder: *Revolution für den Frieden* [Revolução pela paz], de Helder Câmara; da editora Grünewald, novamente Camilo Torres: *Revolution als Aufgabe des Christen* [Revolução como tarefa do cristão].

O que os revolucionários liam além de justificativas teóricas para pegar em armas e instruções sobre como lutar? Infelizmente não temos uma lista de leitura de Monika Ertl. Aqueles que a conheceram concordam que ela era religiosa e, portanto, inspirada pela Teologia da Libertação. Lilo Bauer, com quem Monika fundou o lar de crianças Centro San Gabriel, fala sobre seus muitos interesses filosóficos e diz que José Ortega y Gasset e sua teoria da revolta das massas era seu autor favorito. Em 1955, a Feltrinelli publicou a versão italiana de um livro que, longe de ser uma teoria revolucionária, poderia ter formado um nexo do compromisso antifascista do trio Feltrinelli-Ertl-Debray. Se Feltrinelli o tivesse recomendado à sua companheira de luta, ela teria, de qualquer forma, aguçado sua visão do ambiente teuto--boliviano, mudado sua percepção do amigo da família Klaus Barbie-Altmann e, também, da atividade de seu pai como correspondente de guerra. Trata-se do livro *Geißel der Menschheit: Kurze Geschichte der Nazikriegsverbrechen* [Flagelo da humanidade: Breve história dos crimes de guerra nazistas], de Lord Edward Russell, de Liverpool. Russell atuou como procurador-geral do Exército Britânico do Reno e foi um dos principais consultores jurídicos durante os tribunais de crimes de guerra em Nuremberg. *The Scourge of the Swastika* [O flagelo da suástica], o título original em inglês, foi um dos primeiros livros a elaborarem a natureza institucional e sistemática dos crimes de guerra nazistas. Uma releitura do livro recentemente reeditado da década de 1950 é esclarecedora. Embora a ideologia, as estruturas e o pessoal do estado de injustiças tenham sido amplamente documentados e pesquisados nesse meio-tempo, é surpreendente que Russell destaque o envolvimento dos militares como um fator determinante para o funcionamento do nacional-socialismo. Pois foi somente na década de 1990 que o envolvimento sistemático da Wehrmacht foi amplamente discutido na Alemanha. Até a exposição sobre a Wehrmacht do Instituto de Pesquisa Social de Hamburgo (primeira edição 1995-1999, edição revisada 2001-2004), era perfeitamente possível negar o envolvimento dos soldados e oficiais da Wehrmacht nos crimes do nacional-socialismo com a ajuda da imagem de uma "Wehrmacht limpa" e o argumento da necessidade de comando. Também na Alemanha, até então, aceitava-se somente a responsabilidade da liderança nazista, dos homens da Gestapo, bem como da ss e de seus ajudantes pelos crimes do Holocausto, mas não se falava sobre a participação e a corresponsabilidade dos chamados "soldados comuns" e oficiais. Esqueceu-se rapidamente do fato de o veredito de Nuremberg já ter falado explicitamente da participação da Wehrmacht como uma "mancha na honrosa profissão das armas" e que, sem a liderança militar, a "agressividade de Hitler e seus comparsas nazistas teria permanecido acadêmica e sem consequências".

Enquanto estudava história na Universidade de Viena, fiz parte da equipe de mediação da primeira exposição da Wehrmacht, exibida na Áustria, nas antigas salas do Alpenmilchzentrale, no quarto distrito de Viena, por falta de um local mais representativo. A exposição foi antecipadamente alvo de um escândalo em um debate na mídia sobre as legendas corretas (ou supostamente incorretas) de algumas fotos e da disposição supostamente polêmica das fotografias. Foi meu primeiro encontro com o que chamamos de política histórica: recebemos ameaças de bomba e houve bate-boca com ex-membros da Wehrmacht na exposição.

Atualmente, nos estudos de história, a exposição da Wehrmacht é considerada uma cisão na política da memória. Portanto, fiquei surpresa ao ler tantas coisas em Russell sobre a participação dos militares "normais" na máquina de extermínio. Diferentemente da exposição da Wehrmacht, Russell se concentra sobretudo nas estruturas, nas instituições e nos comandantes, mas aborda repetidamente o alto grau de disposição de muitos soldados em participar. Por outro lado, assim como na exposição da Wehrmacht, Russell não fala de culpa coletiva por parte dos alemães. Em vez disso, no prefácio da edição da Alemanha Ocidental, é enfatizado que há muitos alemães que "não sabem como aqueles que eram opositores do nacional-socialismo sofreram. Há alemães que não têm a menor ideia dos terríveis crimes cometidos durante os anos de guerra na Europa ocupada pela ss, pelo sd e pela Gestapo [...]". Russell escreve explicitamente: "O fato de o povo alemão como um todo não ter cedido prontamente, nem aceitado de bom grado a doutrina nazista [...] não é contestado. Se tivesse sido o caso, não teria havido ss, sd [...] e Gestapo". Mas ainda assim, caberia mais responsabilidade aos alemães, em querer saber o que havia acontecido.

Houve oposição à publicação do livro de Russel — mas, ironicamente, menos na Alemanha Oriental e na Alemanha Ocidental do que na Inglaterra e nos Estados Unidos, onde, por exemplo, o jornalista Alistair Horn expressou sua preocupação de que a obra poderia promover o antigermanismo e, assim, prejudicar os esforços do bloco ocidental para fortalecer economicamente a Alemanha Ocidental e fazer dela um baluarte democrático liberal contra o comunismo. O próprio Russell, aliás, por ocasião da publicação do livro, pediu demissão de seu cargo de suboficial do estado-maior geral. A obra não correspondia à linha de política externa delineada pela Grã-Bretanha e pelos Estados Unidos.

A equação militarismo + capitalismo = fascismo nas teorias da esquerda teve, como o histórico da publicação do livro mostra, um adversário político igualmente problemático: a não discussão estratégica dos infratores e perpetradores, no contexto do estabelecimento do bloco anticomunista. Quando se fala sobre a esquerda militante das décadas de 1960 e 1970, geralmente se supõe um complexo de culpa deslocada: os filhos assumiram a culpa negada e reprimida pela geração de seus pais e a transformaram em uma vingança sangrenta. Tendo em vista o livro de Russell, cujo histórico de publicação aponta relutâncias dos governos ocidentais, me parece insuficiente apenas nomear claramente os perpetradores nazistas, considerando também o recrutamento de "especialistas" nacional-socialistas pelos serviços secretos e aparatos políticos na luta contra o comunismo na época.

Os alvos da luta armada não eram, pelo menos no caso do ELN e de Monika Ertl, construções teóricas, nem representantes abstratos do "capital" e do "imperialismo dos Estados Unidos", mas, sim, participantes concretamente identificáveis em regimes autoritários de direita que forneceram evidências da subsequente vida transatlântica após o nacional-socialismo. Klaus Barbie--Altmann, o criminoso de guerra condenado, do serviço secreto boliviano e o nacional-socialista confesso, Hans--Ulrich Rudel, que vivia em liberdade e fornecia armas aos ditadores — esses não eram dois parceiros de negócios acidentais; pelo contrário, representam a sobrevivência das redes da extrema direita após a Segunda Guerra Mundial como quase nenhuma outra.

E mesmo que essa não seja a história completa, é uma vertente que recebeu bem pouca atenção no retrato dos "revoltosos de 1968" e da militância de esquerda como um todo. Para ver essa continuidade, conhecer pessoalmente Klaus Barbie-Altmann não era suficiente. Foram necessários livros como os de Russell. E foram necessários leitores, alguns dos quais, mais tarde, pegaram em armas; muitos não o fizeram. Em ambos os grupos, o que pegou em armas e o que argumentou contra o uso de armas, havia outros escritores que, mais tarde, escreveram livros sobre suas decisões e experiências. Foram livros que conectaram leitores nacionais e transnacionais.

Derretimento das geleiras no Chacaltaya

Deparei com a primeira referência à saga da família Ertl como uma encruzilhada da história contemporânea transatlântica na Chiquitanía tropical, ou melhor: na internet, procurando informações sobre grupos indígenas na Chiquitanía enquanto participava de um festival barroco disfarçada de turista. A partir daí, a pesquisa, que seguiu as regras do trabalho científico, muitas vezes se desviou de forma idiossincrática, levando-me a locais bem menos exóticos. De volta à pequena cidade de Kufstein, onde cresci e que surpreendentemente acabou se tornando o refúgio de um representante da rede internacional de extrema direita em torno de Klaus Barbie-Altmann. Lidei com a complexa história da migração em La Paz, onde fiquei particularmente irritada com a coexistência de imigrantes judeus e seus perseguidores na comunidade teuto-boliviana. Seguindo os passos de Monika Ertl, mergulhei na história do assentamento de mineiros de Sewell, no norte do Chile, sem conseguir prever isso. Quando finalmente volto à cabana no Chacaltaya, a 5.262 metros acima do nível do mar, não é pela pretensão de ter uma visão geral do que aconteceu a partir dali. Os movimentos tectônicos do acidentado século xx não são percebidos por um olhar panorâmico. É preciso observar as mudanças e movimentações para poder compreendê-los em sua totalidade. Se Siegfried Kracauer descreve o historiador como um sismógrafo e a historiografia como uma forma de conhecimento particularmente sensível a choques, então a cabana no Chacaltaya não é o lugar errado para separar um pouco os registros individuais da história de Hans e Monika Ertl. Por um lado, porque bem ao lado da cabana, nas décadas de 1950 e 1960, havia o chamado Observatório de Física Cósmica, onde hoje são realizadas pesquisas climáticas. Por outro, porque quase todos aqueles que foram mencionados nas últimas páginas estiveram aqui, ou pelo menos poderiam ter estado. Entre 1953 e 1973, alguns deles certamente estiveram, na agora um pouco deformada pelo vento, mas então sofisticada cabana, que fica como um ninho de águia no cume de uma montanha. Hoje, a cabana no Chacaltaya é um prédio tombado, a geleira derreteu devido à mudança climática, e o teleférico mais alto do mundo está fora de operação há muito tempo. A cabana agora ostenta o elegante nome de Cabaña Museo Federico Nielsen Reyes. Foi inaugurada em 5 de novembro de 1942, mas o nome foi dado muito mais tarde para agradecer ao nobre doador da época. Já o conhecemos: tradutor de *Mein Kampf* para o espanhol, anticomunista fervoroso, conselheiro de legação na embaixada boliviana na Alemanha nas décadas de 1930 e 1940, também autor de escritos hagiográficos sobre Alexander von Humboldt, Otto Philipp Braun e Ernst Röhm. Há pouca dúvida do quanto o Club Andino Boliviano ser politicamente orientado em seu período de fundação, e um indicativo da falta de reavaliação histórica das relações da Bolívia com o nacional-socialismo é o fato de o nome Nielsen Reyes não ter incomodado as autoridades em um procedimento de 2014 para conceder à cabana a classificação A na proteção de monumentos.

A família Ertl visitava regularmente o Chacaltaya. Hans Ertl já havia estado lá como parte de sua primeira expedição à Bolívia em 1950. O clube que administra a cabana deu as boas-vindas à "sua" expedição com um grande desfile em 1950, e os Harjes, membros do clube desde o início, ofereceram à expedição seus aposentos na cidade. Gerd Harjes, um dos filhos da casa, escalou alguns dos picos mais altos (como o Huayna Potosí, com 6.088 metros de altitude) com Hans, e a "tia Tüt" Harjes forneceu guloseimas à expedição. Mais tarde, Monika se casaria com outro Harjes, o Hans. Ela e suas irmãs eram esquiadoras ambiciosas, e Heidi chegou a vencer uma corrida de esqui no Chacaltaya. A lápide do túmulo da família Ertl em La Paz também vem de lá. A imponente pedra que Hans Ertl trouxe para o vale era a mesa de lanches nos passeios em família. A família Barbie-Altmann certamente foi convidada em alguma ocasião à cabana arquitetonicamente impressionante do Club Andino Boliviano.

A estada de Ernesto Che Guevara em La Paz, no final de 1966, foi muito curta para uma viagem à geleira; ele partiu depois de apenas dois dias para treinar tropas no rio Ñancahuazú. Mas, durante sua segunda grande viagem à América do Sul, em 1953, após concluir seus estudos de medicina, também se hospedou na cabana no Chacaltaya.

Os diários de viagem dessa época apresentam um jovem oscilando entre mundos. Por um lado, ele aceita convites para os prazeres da classe alta de La Paz; por outro, o leitor observa sua politização: o incipiente partidarismo de todos aqueles que não têm acesso aos salões; a descrição das duras condições de trabalho nas minas de tungstênio, expressivos quadros linguísticos das marchas dos sindicatos de camponeses e mineiros no ano pós-revolução. Em 1951, a vitória eleitoral do esquerdista MNR foi impedida por um golpe de Estado militar, seguido de um levante revolucionário. Em 1953, o presidente do MNR, Víctor Paz, estava no cargo havia apenas alguns meses, e a reforma agrária e a nacionalização das minas tinham começado. Como no caso de Monika Ertl, ver as condições desumanas de trabalho na mineração boliviana é um fator importante para a politização do futuro revolucionário. Elas aparecem em seu diário, assim como nas fotos de Monika: os rostos dos mineiros, cobertos de pó de pedra e com aparência pétrea.

Como é possível imaginar uma foto da visita de Ernesto Guevara à cabana do Chacaltaya, acompanhado do fotógrafo Gustavo Torlincheri? Entre um desvio para o vilarejo de Palca, com suas formações rochosas bizarras, e uma visita ao reservatório de água de La Paz e ao Ministério da Agricultura, os dois estiveram na cabana. Será que o jovem médico gostou ou desprezou a atmosfera sofisticada da cabana do Chacaltaya — ou desprezou a si mesmo por tê-la apreciado? A última hipótese parece quase provável, pelo menos quando se lê o que relata sobre outros prazeres "burgueses" em La Paz.

Como eram as atividades de lazer da classe alta boliviana no badalado centro de esqui naquela época? Uma série de fotografias de Harrison Forman, de 1954, que pode ser acessada na biblioteca da Universidade de Wisconsin, mostra senhores e senhoras relaxados sentados em poltronas. Excepcionalmente bem-vestidos, desfrutam desse lugar especial, exposto em muitos aspectos. Brincam na neve, tentam esquiar e conversam durante uma refeição. É possível imaginar imediatamente a jovem Monika Ertl nessa companhia: como uma beleza adorada e uma esquiadora arrojada. E também Hans Ertl, sentado à cabeceira da mesa, falando sobre suas aventuras, flertando com as moças ou contando aos cavalheiros histórias picantes de sexo no Himalaia. Ou ainda: Hans Ertl cantando músicas, Burgl Möller cantarolando absorta, as filhas um tanto constrangidas com a doce harmonia dos dois. Naquela época, isto não teria sido impossível: o jovem médico Ernesto Guevara divertindo-se com tudo isso, tomando notas em seu diário em um canto.

A antiga joia, a cabana do Chacaltaya, que se destaca de forma tão impressionante contra a geleira branca em fotos históricas, hoje — depois que a geleira desapareceu — está em frente a um cenário de cascalho marrom-acinzentado durante a maior parte do ano. Samuel Mendoza, que assumiu o cargo de seu pai, atua como anfitrião da cabana e atende os poucos viajantes que rapidamente ficam sem ar lá em cima por causa da altitude. Ele caminha quatro horas todos os dias de La Paz até a cabana pela manhã e volta à noite. Pieter Van Eecke fez um documentário sobre *Samuel in the Clouds*. E Samuel ainda espera que a neve volte. Mas os pesquisadores do clima que falam no documentário não lhe dão esperança. Mesmo assim, ele leva sacerdotes, dançarinos e uma banda à montanha para o *abuelo*, para pedir por neve e visitantes. Pois Samuel ama essa montanha. Ele não quer aceitar o fato de ela ter mudado tanto. Mas, sem as geleiras, a montanha não pode sustentá-lo no futuro — inclusive toda La Paz, cuja água potável costumava vir em grande parte dali.

No filme, ouvimos várias vezes o estrondo de detonações ocorridas lá embaixo. Elas vêm das várias pequenas minas artesanais de estanho. Por um lado, as explosões são um lembrete da estreita ligação entre o andinismo e a mineração de estanho, na qual tantos jovens alemães aspirantes depositaram suas esperanças no início do século xx. Eles administravam as minas no local e escalavam os picos ao redor em seu tempo livre. Diferentemente da primeira metade do século xx, hoje a mineração não é mais lucrativa o suficiente para atrair grandes corporações e investimentos internacionais. Agora, a mineração de estanho é feita pelos povos indígenas que habitam as terras altas, usando o que têm: sua força física e tenacidade. Ernesto Che Guevara viu o auge da mineração quando viajou para lá e, mesmo assim, ficou impressionado com a resistência dos mineiros. Em seu diário de viagem, dedicou um tributo — quase cinematográfico — aos rostos dos mineiros: "Seus rostos imóveis, nos quais a montanha que expele o mineral deixou sua marca inabalável, enquanto o caminhão que os trouxe até aqui fica cada vez menor no amplo vale, tudo isso é um espetáculo fascinante".

No ônibus de San José a San Ignacio

— É possível estudar música em Linz? É muito caro?
— Na Universidade Privada Anton Bruckner. Receio que as taxas de matrícula para não austríacos sejam altas. Mas talvez você consiga uma bolsa de estudos.
— Estudar viola na Áustria seria a realização de um sonho!
— Mas você já é professor na orquestra juvenil, pelo que me contou. Você não viaja muito, mesmo para o exterior?
— A maioria dos concertos é na Bolívia. Recentemente, tocamos em La Paz e Potosí. Mas também em Salta, na Argentina. Não podemos nos dar ao luxo de ir à Europa.
— E para onde está indo agora?
— Para a casa dos meus pais, eles moram na aldeia e precisam do meu apoio para as tarefas administrativas. No Natal, meus irmãos e irmãs estarão todos lá também. Somos nove irmãos e irmãs.
— Vai ser uma grande festa.
— Basicamente, é bem tranquilo em nossa casa, não há muita coisa acontecendo na fazenda. Mas eu encontro meus amigos e irmãos, não os vejo com tanta frequência, pois moro em San José.
— Pode me escrever um e-mail? Posso descobrir como se inscrever na universidade de música em Linz.
— Claro, vejo você na Áustria! *Adiós, feliz navidad*!

Nunca recebi o e-mail.

Promessas de salvação

Estive novamente em Chiquitanía no Natal de 2019. Eu havia planejado encontrar Jürgen Riester em Santa Cruz. Afinal, foram suas imagens cinematográficas de Hans Ertl do arquivo da ABCOP que primeiro despertaram meu interesse pelos Ertl. Eu já conhecia seus estudos sobre grupos indígenas em Chiquitanía da década de 1970, porque ele também escrevera sobre o Loma Santa (A Montanha Sagrada), um movimento milenarista que tem varrido Chiquitos e Moxos em ondas desde o século XIX. Assim como Alfred Métraux e Hélène e Pierre Clastres antes dele, *don* Jorge, como é conhecido em Santa Cruz, se interessou por esses grupos que partem para uma terra sem males, neste caso uma montanha sagrada, em busca de um lugar livre dos estragos da tomada de posse, expulsão e da dominação dos *brancos*. A área ao redor de Santa Cruz parece conter promessas de salvação de várias formas.

Encontrei ecos de promessas de salvação, por exemplo, em San José de Chiquitos, uma das seis comunidades que foram declaradas Patrimônio Mundial da Unesco em 1990 em função de seu histórico jesuíta e seus legados arquitetônicos das estações missionárias jesuítas chamadas "Reduções". Esses assentamentos foram fundados a partir de 1750 para estabelecer e evangelizar a população altamente diversificada em termos linguísticos. A história geralmente contada em Chiquitanía é que, depois que os jesuítas foram expulsos em 1767, surgiu uma "cultura missionária" híbrida indígena-cristã que ainda caracteriza a região. No local, é visível que essa interpretação da história ainda perdura como um assunto sensível e controverso na política cultural boliviana, especialmente desde 2006, quando Evo Morales foi eleito presidente da Bolívia. Isso se deve ao fato de a cultura "sincrética" da missão entrar em conflito, ora explicitamente, ora implicitamente, com a estratégia nacional de reindigenização cultural. Contudo, a arquitetura missionária dos vilarejos, renovada com opulência, representa uma importante fonte de renda local, por atrair hóspedes *brancos* pagantes de todo o mundo, assim como o festival bienal de música barroca e renascentista. Portanto, era ambivalente a relação do governo Morales com as igrejas missionárias e o festival. Ele também teve sua foto tirada em frente às belas igrejas, mas, como dizem as pessoas dos vilarejos, durante o festival de repente não havia mais gasolina. É difícil quando os convidados pagantes têm de ser levados de carroça para cada apresentação pela Chiquitanía.

No entanto, durante minha visita a San José em dezembro de 2019, quase não havia hóspedes em Chiquitanía. Devido à agitação política após as eleições invalidadas no outono, o turismo quase parou. Eu tinha viajado para Chiquitos no Natal a fim de vivenciar as práticas musicais cotidianas pelas quais as "Reduções" são tão famosas nas festas de fim de ano. Em San José, como contribuição para a reativação da cultura missionária, foi fundada uma orquestra de jovens na década de 1990, que, desde então, se apresenta regularmente na Bolívia e na Europa. As missas a que fui eram todas muito concorridas, mas simples em termos de ritual e música. Nunca ouvi a orquestra de jovens tocar no Natal. O padre de San José, já idoso na época, era austríaco, pregava de uma forma difícil de entender e cantava "Noite feliz" em espanhol. Mais tarde conversei com um jovem violeiro da orquestra sobre seu trabalho e seus sonhos.

Outra promessa em um aviso na porta da prefeitura municipal de San José. Trata-se de um pedido de adesão a uma cooperativa agrícola da central sindical de trabalhadores agrícolas Los Tigres Chiquitanos. O nome da cooperativa é Tierras Prometidas I. O cartaz é um lembrete de como os sindicatos e as cooperativas se tornaram fortes na Bolívia nos últimos anos, mas também do fato de que, mesmo na Bolívia de Evo Morales e do MAS, as questões fundiárias continuam no centro de várias disputas políticas. Em Chiquitanía, esses conflitos giram em torno da instalação de um oleoduto, da construção da rodovia Transamericana, dos direitos de mineração de ouro ou do assentamento de recém-chegados do altiplano andino. Trata-se de projetos do governo, alguns dos quais contradizem flagrantemente os direitos de uso comunitário da terra consagrados na Constituição. Nas planícies, essa política econômica de Evo Morales levou a uma grande decepção de sua base política, os camponeses indígenas que o elegeram originalmente.

Na Bolívia, a "terra sem males" agora tem status. A Constituição de 2009 estabelece oito princípios indígenas que formam o marco ético de referência para o estado plurinacional da Bolívia:

1. O Estado adota e promove como princípios éticos e morais da sociedade pluralista: *ama qhilla, ama llulla, ama suwa* (não vagabundear, não mentir e não roubar), *suma qamaña/vivir bien* (vida melhor), *ñandereko* (a vida harmoniosa), *teko kavi* (a boa existência), *ivi maraei* (a terra sem males) e *qhapaj ñan* (o caminho ou vida nobre).

Três dos princípios, *ñandereko, teko kavi, ivi maraei*, são retirados do vocabulário guarani, os demais são quíchua ou aimará. Assim, a diversidade de grupos indígenas e famílias de idiomas na Bolívia deve ser honrada, mas, ao mesmo tempo, os conceitos são generalizados e nacionalizados por sua inclusão na Constituição como "tradições indígenas", desvinculando-os de seus contextos culturais específicos.

Ivi maraei, a terra sem males, é um dos princípios. Mas como uma palavra guarani do povo Apapocuva do Mato Grosso, Brasil, acaba na Constituição boliviana? Diego Villar e Isabelle Combès demonstraram como o significado do termo *ivi maraei* se multiplicou desde 1914. O primeiro texto a usar, traduzir e explicar a expressão (que se escreve *yvy maräey*) é *Die Sagen von der Erschaffung und Vernichtung der Welt* [As lendas da criação e da destruição do mundo], de 1914, do etnólogo alemão autodidata Curt Unkel, que mais tarde passou a se chamar Nimuendajú quando viveu entre os guarani. Ele foi mecânico de ótica de precisão na Zeiss antes de ir ao Brasil em 1905 para seguir sua paixão e pesquisar vários grupos guarani de lá, com os quais viveu. Seu nome guarani se traduz como "aquele que encontrou seu lugar", e ele é, portanto, um dos muitos alemães que pensavam ter encontrado a *sua* terra sem males na América do Sul. Nimuendajú Unkel relata, no prefácio de seu livro com mitos coligidos, sobre seu encontro com os últimos sobreviventes do grupo guarani que se estabelecera na América do Sul no final do século XIX a caminho da terra sem males:

> Os curandeiros, inspirados por visões e sonhos, apareciam como profetas do iminente fim do mundo, reuniam um número maior ou menor de seguidores ao seu redor e partiam com eles, acompanhados de danças medicinais e cantos mágicos, em busca da "*terra sem males*", que, segundo a tradição, alguns acreditavam estar no *centro da Terra*, mas a maioria acreditava estar no *leste, além do mar.*

Sua missão, dada pelo governo brasileiro, consistia em encorajar os remanescentes dos grupos que buscavam a salvação a se mudar para o Brasil, para a reserva guarani no rio Araribá, mas isso não deu certo.

Nimuendajú Unkel atua como um salvador em duplo sentido: do resgate etnográfico da continuidade de mitos "antes que seja tarde demais" e de proteger os últimos sobreviventes de um mal ainda maior. Para os sobreviventes, entretanto, a memória das promessas de salvação frustradas de seus ancestrais parece mais confiável como âncora simbólica do que as novas promessas de salvação mundana do governo.

Nos escritos de Nimuendajú Unkel, a narrativa da "terra sem males" ainda é atribuída a um grupo delimitado; no curso posterior de sua carreira em etnologia, a "terra sem males", com o acréscimo de evidências, espacial e temporalmente, dispersas de Alfred Métraux, se torna uma narrativa sobre os "messias indígenas" do chaco em geral. Os estudos de Pierre e Hélène Clastres da década de 1970, entre outros, reagiram a essa narrativa ampliada, que presumia que os índios que buscavam a salvação eram o modelo para uma política de nomadismo. O mito da "terra sem males" encontrou expressão adicional em uma infinidade de etnografias tolerantes e particulares das planícies bolivianas. Os etnólogos Jürgen Riester e Bernd Fischermann documentaram as narrativas e migrações de três ondas do movimento Loma Santa e identificaram tendências milenaristas entre grupos muito diferentes (em sua maioria não falantes de guarani) em Chiquitos e Moxos. Por um lado, portanto, a "terra sem males" é, sem dúvida, um "mito etnológico", como Villar e Combès o denominam; um tipo de construção de lenda interna que oscila entre a generalização e a localização cultural precisa. Por outro, a narrativa há muito transcendeu os limites das discussões internas: há inúmeros quadrinhos, romances e filmes sobre o tema e, desde 2009, uma referência na Constituição boliviana.

Jürgen Riester não foi apenas um etnólogo no leste da Bolívia. Nas décadas de 1980 e 1990, ele fez uma campanha bem-sucedida pelos direitos políticos dos grupos indígenas nas planícies bolivianas, tendo sido o principal responsável pelo surgimento da ABCOP, uma organização para a defesa dos direitos culturais e territoriais indígenas. O que há de especial na ABCOP é que ela facilitou e apoiou alianças interétnicas. O arquivo de filmes etnológicos e toda uma série de publicações editadas na Bolívia são testemunho de um acadêmico comprometido, que apoiou a agenda política emancipatória dos indígenas. Mas o que o levou a filmar o fantasmagórico retrato de seu compatriota Hans Ertl? Será que, no caso dele, foi também a mistura de fascínio e horror que caracteriza tantos outros testemunhos biográficos sobre Ertl? Não pude mais fazer essas perguntas porque Jürgen Riester tinha acabado de morrer quando tentei marcar um encontro com ele em Santa Cruz de la Sierra. Só encontrei obituários em jornais locais, que mencionavam seus grandes méritos em etnologia e seu permanente compromisso pelos direitos dos indígenas.

Importando o *apartheid*

O compromisso de Jürgen Riester com os direitos dos povos indígenas no leste da Bolívia também pode ser lido num texto do conhecido escritor de viagens britânico Norman Lewis. Em 1978, ele escreveu uma reportagem para a *Observer Magazine* com base em suas próprias observações e entrevistas com o título revelador: "Eastern Bolivia: The White Promised Land" [O leste da Bolívia: a terra prometida branca]. Nele, cita Jürgen Riester ao falar sobre o descaso e os maus-tratos dos ayoréode por parte dos missionários evangélicos. O panorama que ele traça também é revelador com relação à continuidade do importante papel dos alemães na Bolívia no final da ditadura de Banzer. O título se refere a um episódio altamente explosivo na política externa boliviana da época, tanto do ponto de vista midiático quanto político: em 1977, por meio do jornal *Presencia*, tornaram-se públicos documentos que provaram que a Bolívia havia manifestado interesse em receber um grande número de alemães da Namíbia, da Rodésia e da África do Sul. O governo alemão apoiou programas de reassentamento para alemães que, em particular na Namíbia e na Rodésia, viam sua existência ameaçada por governos que não mais garantiam seus privilégios como "*brancos*". O subsecretário de Estado para Assuntos de Migração, Guido Strauss, elaborou um documento detalhado, apresentado ao ministro responsável, descrevendo as cotas desejadas e as possíveis áreas de assentamento. Elas foram previstas, entre outros locais, no Beni e nas proximidades de Santa Cruz, zonas reconhecidamente habitadas por grupos indígenas. A proposta se transformou em um verdadeiro escândalo quando um artigo de Gherhard Pieterse foi publicado no *Sunday Times* da África do Sul em março de 1978. Pieterse documentou a visita de uma delegação do partido do apartheid, o HNP (Herstigte Nasionale Party), à Bolívia e ao Brasil para explorar as opções que estariam disponíveis aos emigrantes se os negros tomassem o poder num futuro próximo. As declarações da delegação eram repletas de racismo. Falam em superioridade intelectual e da pureza racial dos *brancos*, e que os descendentes dos incas seriam tão exploráveis para o trabalho físico quanto os negros na África do Sul. Mas também é observado com satisfação que a elite europeia havia estabelecido discretamente um sistema de *apartheid*, razão pela qual os *brancos* da África do Sul certamente se sentiriam muito bem em casa lá.

    Essa impressão é confirmada pelo relatório de Norman Lewis. Ele relata condições análogas à escravidão nas plantações, a servidão por dívida à qual os indígenas são submetidos e o "sistema criado" no qual meninas são vendidas como escravas domésticas. Mas Lewis também participa de uma noite não planejada de arrecadação de fundos para a escola alemã em Santa Cruz, que acontece no hotel onde está hospedado. Ele é informado, timidamente, que alguns dos convidados provavelmente são antigos nazistas ou atuais. E logo ele se encontra de fato em êxtase com a cerveja e entoando canções de Horst Wesel, que, para seu horror, são acompanhadas pelos judeus que haviam fugido da Alemanha para Santa Cruz.

    Duas instituições levantaram suas vozes contra os "planos de desenvolvimento" no início de 1978, no clima repressivo da ditadura de Banzer: a central sindical COB (Central Obrera Boliviana), que uniu forças com a Confederação Sindical Africana para se opor à imigração de "racistas e fascistas", e a Igreja católica em torno do cardeal Clemens Maurer, o bispo de Sucre, vindo da Baváva e um persistente defensor dos direitos indígenas. A Igreja católica publicou uma declaração alertando que as colônias planejadas também importariam os princípios do *apartheid*, além de criticar, de forma contundente, uma ideia de desenvolvimento que consiste na importação de expertise e tecnologias, pessoal *branco* e conhecimento *branco*. No final, não vieram os 30 mil planejados, mas só alguns. Não porque o governo Banzer tivesse mudado de ideia, mas porque foi removido do cargo em julho de 1978, primeiro no voto e depois por um golpe de Estado.

Antes do pós-guerra

Os anos chamados de pós-guerra na Europa foram frequentemente chamados de pré-guerra na Bolívia; muitas vezes, também um período de guerra. Os antigos nazistas que haviam fugido para a América do Sul logo se envolveram ativamente em golpes e guerras civis. A Guerra Fria na Europa era quente na Bolívia, como em muitos lugares menos privilegiados do mundo. As guerrilhas e os paramilitares (e, é claro, os militares) lutavam contra a competição sistêmica entre o comunismo e o capitalismo, com o apoio de redes internacionais de direita. Embora muito tenha sido escrito, na academia e na ficção, sobre a rede internacional da esquerda radical, não há tantas pesquisas confiáveis sobre as redes de direita, mas, sim, muita especulação. Isso se deve, em parte, ao fato de as redes de direita terem sido alimentadas pelos serviços secretos ocidentais na luta contra o comunismo, mas também porque elas próprias criaram alguns mitos, como o da sociedade secreta ODESSA. Os livros de Gerald Steinacher e Peter Hammerschmidt são importantes auxílios à navegação aqui, pois somos rapidamente arrastados para uma teia de suspeitas, conjecturas, documentação do serviço secreto e acusações mútuas quando tentamos obter uma imagem das atividades de Klaus Barbie-Altmann, por exemplo. Não é que se encontre silêncio, mas, sim, a tagarelice de declarações contraditórias. Ou, pior ainda, versões completamente incomensuráveis de uma mesma história. É claro que isso também tem a ver com o jogo de esconde-esconde que os ex-membros jogavam. Assim, no *Hôtel Terminus*, de Marcel Ophüls, um documentário de quatro horas sobre o julgamento de Barbie, ouvimos tanto ele quanto sua filha Ute Messner dizerem, inocentemente, que não sabem o que é de fato um nazista.

Histórias incomensuráveis também caracterizam a atual política boliviana, na qual, mais uma vez, a Segunda Guerra reacende. Trata-se de Branko Marinković, um empresário rico para valer, rico no ramo de óleo de cozinha, de Santa Cruz, que foi um dos mais duros oponentes do MAS e do então presidente, Evo Morales. Como cofundador do Comitê pró-Santa Cruz e de seu braço paramilitar, uma militante União da Juventude (UJC), ele organizou os referendos para a secessão da planície boliviana do planalto andino. Ele até tentou realizar a secessão por meio de um golpe, razão pela qual foi preso em 2010, fugindo primeiro para os Estados Unidos e depois para o Brasil. A loucura agora é que duas histórias de origem completamente contraditórias são contadas sobre Marinković: ele mesmo diz que seu pai era um partisan e que a família só fugiu da Croácia em 1956, quando a pobreza e o estilo de liderança cada vez mais antidemocrático de Tito se tornaram insuportáveis. A mídia (estatal) boliviana, por outro lado, divulgou que seu pai havia sido membro da Ustascha, que colaborara com Hitler, e que a família, assim como os Ertl e os Barbie, havia fugido para a Bolívia por meio da chamada "linha dos ratos" após a guerra. Aqui, a família Marinković conseguiu adquirir enormes propriedades em torno de Santa Cruz por meio de suas estreitas conexões com as ditaduras de direita, de modo que agora ela não apenas domina o setor de óleo de cozinha, como também possui participações em banco. O que surpreende nisso tudo é que, em primeiro lugar, ambas as versões são plausíveis, em segundo, aparentemente fica impossível esclarecer qual versão é verdadeira, e, em terceiro, cada uma das versões cria uma teia narrativa que conecta eventos atuais e programas políticos com a Europa do pós-guerra.

    A União da Juventude fundada por Marinković segue a tradição das associações paramilitares de direita. O Comitê Pró-Santa Cruz deve ser visto no contexto do Movimiento Nación Camba, um agrupamento que apoia as aspirações de autonomia do "crescente oriental", o leste economicamente forte da Bolívia, construindo sua própria identidade (eles se autodenominam "Cambas"). As planícies do leste também são entendidas pelo comitê como o território de uma raça de qualidade particularmente alta que se teria formado a partir da mistura dos vigorosos guarani com os conquistadores. A herança jesuíta e o catolicismo sincrético da região são outros ingredientes cozidos numa ideologia racista para se diferenciar dos povos indígenas andinos, a base eleitoral do MAS, e para pressionar pela secessão. Em folhetos distribuídos pela paramilitar União da Juventude durante a convenção constitucional em Sucre em 2006, lia-se: "Plano para derrotar os malditos índios".

Em 2020, depois que o líder do MAS e presidente Evo Morales foi para o exílio devido a alegações de fraude eleitoral, Marinković foi nomeado ministro interino das Finanças pelo presidente interino para o período de 28 de setembro a 6 de novembro de 2020. Ele usou sua breve estada no cargo para reprivatizar a empresa de energia Elfec, parcialmente nacionalizada. No entanto, em 18 de outubro de 2020, o MAS venceu as eleições e Luis Arce se tornou presidente. Em 11 de novembro de 2020, a Fundação Tierra apresentou uma petição ao Senado boliviano solicitando que investigasse se Marinković e sua família haviam adquirido ilegalmente 33 mil hectares de terra. Ainda permanece em aberto, como esse episódio se encaixa na história do envolvimento da oligarquia boliviana com o terror e o racismo de direita.

O Comité de Amas de Casa

Eu teria adorado escrever mais sobre o florescimento da ciência e da arte na curta fase do socialismo sob Allende, e também sobre a história do sindicato dos mineiros bolivianos, tão bem-organizado e destemido. Sou particularmente fascinada pelo Comité de Amas de Casa [Comitê das Donas de Casa], fundado em meados da década de 1960. As mulheres do comitê da região de mineração em torno de Potosí desenvolveram um feminismo defensável de baixo para cima, que se insurgiu contra o tratamento desigual e a falta de direitos. O comitê entendia o tratamento desigual como um conjunto de violências com os fatores de gênero, classe e origem indígena. Por exemplo, as mulheres fizeram campanha para que aquelas que trabalhavam nos lixões das minas não fossem tratadas como "desempregadas", mas que fossem pagas por seu trabalho. Elas protestaram contra a prisão de líderes sindicais e lutaram por melhores condições sociais para as famílias dos trabalhadores. Em 1967, uma delas, Domitila Barrios de Chungara, que já conhecemos em conexão com a biografia política de Monika Ertl, foi presa e torturada por sua condenação pública do massacre da Noite de São João e por seu apoio aos guerrilheiros de Che Guevara. Ela passou muitos anos em um campo de prisioneiros nos Yungas onde, com a ajuda de cartas enviadas por seu pai, começou a estudar Marx. Nos anos 1970, mulheres como Barrios conseguiram vincular as lutas locais dos trabalhadores das minas com o público mundial: primeiro com a ajuda de redes feministas na América do Sul e, mais tarde, vinculando questões de classe com questões de direitos humanos. Cinco participantes do movimento das esposas dos trabalhadores das minas, uma das quais era Barrios, iniciaram uma greve de fome no Natal de 1977 que contribuiu para a remoção de Hugo Banzer do poder em 1978. O que teria acontecido se, em 1967, o sindicato dos mineiros e o ELN houvessem logrado se aliar de forma mais eficiente, se Che Guevara, de acordo com sua própria teoria, tivesse conseguido fortalecer as forças emancipatórias locais por meio de um movimento internacional? Houve tentativas, mas elas foram brutalmente interrompidas pela força das armas na Noite de São João. Se a aliança tivesse se concretizado, a vida de Monika Ertl teria sido diferente. Porém, o mais importante em tais experimentos mentais é a tentativa de lembrar e reavaliar as utopias daquela época. Ainda hoje vale a pena relembrar as estratégias políticas de Domitila Barrios e seus companheiros de armas, porque eles puderam pavimentar um caminho bem-sucedido para sair da ditadura militar. A ampla aliança da sociedade civil formada em 1977 como resultado de sua greve de fome e que, desde então, estabeleceu um sistema democrático, social e com pouca violência na Bolívia, especialmente sua virada para formas desarmadas de luta política, está, em última análise, enraizada na violenta história que descrevi.

IMAGENS FINAIS

Fotografia *post-mortem*

A família e as pessoas próximas souberam da morte de Monika Ertl pelo rádio ou pelo jornal. No momento de sua morte, ela portava documentos que a identificavam como Nancy Fanny Miriam Molina, argentina. De acordo com o telegrama da Embaixada dos Estados Unidos na ocasião da operação policial, o nome da vítima era Monica Hertl. A foto impressa em página dupla da *Stern* de 24 de maio de 1973 mostra Monika Ertl deitada com a boca entreaberta. A foto foi supostamente tirada no necrotério, mas o artigo tem tantos erros que não confio nessa informação. A mulher morta está deitada sobre cobertores, com os olhos fechados, a boca entreaberta e vestígios de sangue na testa. Ela veste um suéter de gola alta e uma jaqueta de couro, e sua cabeça é segurada por um homem de aparência indígena que usa um gorro no estilo andino — com protetores de orelha e desenhos tricotados de touros e sóis inti. Ele olha para ela com seriedade, apoiando sua cabeça. Seu braço esquerdo está amarrado com uma corrente que leva a outro homem. Portanto, não só foram disparados tiros, como também foram feitos prisioneiros. O homem na outra ponta da corrente veste um terno, usa um corte de cabelo da moda, com costeletas e bigode. Ele se prepara para tocar o rosto de Monika. Ou está acariciando o cabelo dela? Também na foto: um terceiro homem, também de terno e com uma gravata estampada, um jornal debaixo do braço e óculos escuros. É assim que se imagina um agente do serviço secreto. É uma imagem sombria. Somente o gesto carinhoso do homem amarrado dá algum apoio e se refere a um ambiente social. Essa não pode ser a imagem final. Tenho de procurar outras: imagens de um passado inacabado e de um presente que não esqueceu os mortos.

E se Monika não tivesse sido morta em 1973, mas, sim, conseguido escapar? Talvez hoje ela fosse um pouco como María Eugenia Vásquez, cujas experiências como mulher nas guerrilhas do M-19 na Colômbia já foram descritas e que, desde que encerrou voluntariamente a luta armada, vem cuidando de ex-combatentes em um grupo, mulheres que ela ainda chama de insurgentes. Eugenia é uma pessoa atenta e calorosa. Tem empatia e humor, é ponderada e complexa em tudo o que diz. Lançou um livro autoetnográfico sobre seus anos na guerrilha, no qual escreve com igual franqueza e autocrítica sobre motivos, paixões e (auto)decepções, sobre sexualidade, amor, morte e luto. A leitura é particularmente impressionante quando o texto tenta mergulhar na embriaguez da violência e se esforça para tornar compreensível o irracional. As descrições de Eugenia abriram uma janela para minha compreensão da militância e da luta armada. Com ela também aprendi o quanto a capacidade de viver o luto é um pré-requisito para qualquer reavaliação histórica.

No fim, talvez Monika Ertl pudesse ter escrito tal obra. Meu livro teria tido um resultado muito diferente.

Talvez nem tivesse sido necessário escrevê-lo. Ela poderia ter dado seu próprio testemunho sobre o que a moveu e o que fez. Mas os mortos estão mortos, mesmo aqueles que não estão enterrados.

Um coro de Sewell

Hoje a Fundación Sewell disponibiliza muitas imagens na internet. A tarefa deles é tornar o patrimônio arquitetônico mundial de Sewell atraente como destino turístico. Além disso, um projeto de história oral vem sendo executado, em grande escala, via Facebook. A fundação usa as postagens para coletar o maior número possível de histórias e detalhes sobre a vida cotidiana em Sewell junto a testemunhas contemporâneas e, assim, fortalecer pessoas que moravam lá e seus familiares como comunidade. Folheio centenas de fotos tiradas entre as décadas de 1910 e 1970, publicadas aparentemente sem ordem. Sou atraída pelas imagens dos alojamentos coloridos e modernistas contra o sublime cenário andino, pelas fotos de crianças em frente ao belíssimo prédio da antiga Escuela Industrial, com sua fachada semicircular, que agora abriga o Museu da Mineração. Leio os comentários, muitas vezes lembranças de um lugar ou até mesmo de um evento: a inauguração de uma capela, a visita do padre Hurtado, o acidente de trem de *El Golfista*. Meus olhos se voltam para uma foto do coral de Sewell, de 1963. Os corais eram uma instituição cultural típica de áreas industriais. Cantar é uma atividade comunitária que pode potencialmente transcender a classe social. Nesse coral, pelo menos, não se veem apenas rostos *brancos*, e os membros do coral são bem-comportados, o que inclui o uso de gravata-borboleta branca pelos homens e colarinho branco pelas mulheres — estão vestidos uniformemente.

Meu olhar se fixa na mulher loira meio encoberta na segunda fileira. Será que é Monika? Os olhos se parecem e a família Ertl cantava com paixão, como nos conta Hans Ertl. E o homem no canto superior esquerdo não se parece muito com Hans Harjes? As orelhas salientes, a boca pequena, o queixo pontudo e o cabelo penteado para trás. Sim, pode ser ele. Por outro lado, havia muitas famílias *brancas* morando em Sewell, por que deveriam ser Hans e Monika? Talvez fosse apenas Hans cantando enquanto Monika estava em uma reunião do sindicato. O casamento deles nunca funcionou muito bem, então é fácil imaginar que Monika tenha seguido seu próprio caminho. Infelizmente, a foto não está identificada, nem os comentários fornecem nenhuma informação, por exemplo, sobre o repertório do coral durante sua apresentação no Primer Festival Industrial de Coros. Provavelmente não é música folclórica chilena, creio que ouço Bach.

 Durante toda a minha pesquisa, Monika Ertl só aparece como uma figura oculta, mesmo quando é visível como um todo. Enquanto seu pai espalha o panorama de sua vida aventureira, ocultando detalhes de forma eloquente, tudo o que consigo vislumbrar de Monika é por meio de feixes de luz, um soslaio aqui, um vislumbre de um detalhe acolá: as descrições de suas irmãs capturadas por Schreiber e Baudissin em suas reportagens, as histórias de seu pai, as descrições de seus ex-companheiros, de seu jovem amigo Régis Debray, do amigo de seu pai Jorge Ruiz, elogios em programas de TV cubanos, suas próprias declarações esporádicas. Tudo isso não forma uma imagem. O fato de Monika ter passado os anos cruciais de sua curta vida na clandestinidade não torna as coisas mais fáceis. É frustrante que, apesar da pesquisa intensiva, eu não consiga traçar um quadro mais completo dela, mesmo que, de uma perspectiva historiográfica e biográfica, a ambição por um retrato completo seja presunçosa. Todo retrato mostra e esconde, encena e atenua, interpreta e omite.

Meu desejo de ter uma visão mais completa de Monika Ertl e de seu ambiente tem razões políticas e talvez também biográficas. Trata-se de entender melhor a contribuição das mulheres no levante de 1968 e, também, de esclarecer o que se pode tirar daquela época para os dias de hoje. Quero aprender mais sobre as condições de possibilidade e impossibilidade de outro mundo além da exploração capitalista-extrativista de recursos e pessoas. É por isso que não me apeguei ao ascetismo exigido pela teoria da biografia, mas tentei seguir todos os rastros possíveis, mesmo tênues, mesmo improváveis. No entanto, não se tornou um retrato real, nem a epopeia de uma heroína. É como se eu tivesse iluminado um cômodo degradado e escuro em busca de um rosto e um corpo, mas só tivesse descoberto os traços de usos anteriores na parede, aplicações de tinta descascada, restos de papel de parede, manchas de água, gesso esfarelado. Tentei ler os rastros e fazer conexões, às vezes até pensei ter reconhecido um rosto. Nada mais, porém, ainda assim, muito.

Kufstein: até o portão do jardim

Minhas pesquisas e viagens pela América do Sul me levaram de volta ao lugar da minha infância. A filha de Klaus Barbie-Altmann, Ute, ainda vive lá. Fiz várias tentativas, sem muita convicção, de visitá-la em Kufstein. No final, parei em frente ao portão de seu jardim e não toquei a campainha. Por quê? Não sei ao certo. Sem dúvida, não foi por pena. Fico com raiva quando a ouço dizer no documentário *Hôtel Terminus* que ela não pode dizer nada sobre Barbie além de ele ter sido um bom pai. Já sabemos o suficiente sobre Ute Messner para poder afirmar que sua ingenuidade é fingida. Ela é ciente dos atos de seu pai desde 1954. E se Peter Hammerschmidt tiver razão, embora ela tenha ficado chocada no início por ter acreditado na explicação do pai de que todas as suas atividades em Lyon só haviam servido para combater os partisans, agora ela conhece os fatos. Ute Messner se sentou na sala do tribunal durante todo o julgamento em Lyon e ouviu todos os testemunhos. Hoje ela tem 79 anos e vive, segundo me disseram, muito isolada no Tirol, em Kufstein-Eichelwang.

Não preciso falar com ela porque o que sei a seu respeito é suficiente para mim: em 1969, Ute Messner veio para Kufstein por intermédio do velho-novo radical de direita Hans-Ulrich Rudel, casou-se com um professor de ensino médio chamado Heinrich Messner, trabalhou como bibliotecária e, às vezes, também como secretária de Rudel. Ela mantinha contato regular com sua família na Bolívia. Estava envolvida nas mesmas redes da nova direita em que Rudel e Barbie atuavam. Os pagamentos de apoio que o editor de direita radical Gerhard Frey coletou para o julgamento — um total de cerca de 55 mil marcos alemães — passaram por sua conta, e ela ainda fez os arranjos com o advogado de Barbie, Jacques Vergès. Em 1985, em agradecimento ao apoio dele, assumiu a custódia de Michael Kühnen, fundador da Frente de Ação dos Nacional-Socialistas (ANS) e neonazista militante, que cumpria pena por distribuir material de propaganda nazista. Para mim, isso diz tudo. Conhecer uma mulher idosa em carne e osso não acrescentaria nada a isso.

Pode ser que eu tenha acumulado demasiadas histórias com finais em aberto. Isso tem a ver com o fato de muito do que foi descrito se estender até o presente e continuar a se ramificar nele. As redes internacionais de direita mudam de forma, mas seguem ativas; assim como o debate sobre os processos revolucionários continua, porque o capitalismo extrativista que moldou a história da Bolívia ainda é muito vivo. Mesmo a sangrenta era das guerras de guerrilhas ainda não terminou, como mostram os atuais acontecimentos na Colômbia.

Mas, pelo menos, a história de Klaus Barbie-Altmann chegou ao fim. No início dos anos 1980, Hernán Siles nomeou como vice-ministro do Interior alguém que já conhecíamos: Gustavo Sánchez Salazar, que fora o responsável pela tentativa de sequestro e extradição de Barbie-Altmann em 1973. Em 4 de fevereiro de 1983, às 9h30, Salazar foi nomeado ministro e, às 22 horas, Klaus Barbie-Altmann já tinha sido deportado para a Guiana Francesa por meio da base militar de El Alto. Sánchez acompanhou pessoalmente o criminoso de guerra em seu carro até o aeroporto e o interrogou sobre seus atos. Este negou tudo. Da Guiana Francesa, o surpreso Barbie foi transferido para a França, onde outro membro da conspiração do sequestro de 1973 o aguardava: Régis Debray. Este, à época, assessorava François Mitterrand em política externa e recebeu a ligação telefônica de Sánchez no Ministério de Relações Exteriores informando sobre o sucesso da deportação. Barbie acabou sendo julgado na França em 1987 por suas ações durante a Segunda Guerra Mundial e condenado por crimes contra a humanidade.

Não uma árvore genealógica, um móbile

Na história familiar de Frank Witzel, *Inniger Schiffbruch* [Naufrágio íntimo] (2020), o autor reflete sobre a visualização de famílias em árvores genealógicas, sobre o fato de, no seu caso, não haver uma esposa oficialmente casada em um quadradinho ao lado de seu nome. Não lembro se isso é explicitado em seu texto, mas Witzel visualiza a família como um móbile e não como uma árvore: as gerações dependem umas das outras, não surgem organicamente umas das outras. Em uma imagem assim, Monika Ertl não apareceria, conforme retratada por seu pai, como um broto que já não brotará mais. A militância aceita conscientemente a quebra da genealogia. Porém, apenas biológica; a pessoa, por sua vez, se inscreve em outra história. Em um móbile, os elementos mais baixos são os mais móveis, aqueles que se deixam agitar mais fortemente pelo ar em movimento. Há um aumento dos graus de liberdade em um duplo sentido: os elos inferiores são menos limitados e menos restritos em termos de movimento do que aqueles conectados na parte superior, nas laterais e logo abaixo. Livres, porém, também no sentido de estarem expostos, de se tornarem marginais. Expor-se em uma ação militante é uma decisão semissoberana. A pessoa está sempre pendurada por um fio.

Silhuetas

Em *Nanga Parbat*, Hermann Buhl se deita na grama na cena final e sonha com sua escalada mais uma vez. Ertl projetou a cena da conquista do cume como uma sequência de transe. O ataque solo não poderia e não deveria ter sido filmado. Edmund Hillary havia escalado o monte Everest pela primeira vez alguns dias antes, e estava claro para os homens em Nanga Parbat que só um ataque solo ao cume poderia receber tanta atenção da mídia quanto a primeira escalada do monte Everest. Portanto, Buhl foi sozinho, e, no filme, Ertl evoca as horas de solidão com silhuetas distorcidas, respiração pesada fora da tela e montes de neve. Diz-se que o vanguardista do cinema francês Abel Gance o parabenizou por essa sequência. As silhuetas reaparecem na cena do sonho no desfecho do filme. Elas desaparecem em um redemoinho de neve, e a música prenuncia o desastre. O que resta no acorde final é a vista majestosa de Nanga Parbat. Elevando-se pura e fria, diferentemente das figuras borradas, a montanha tem contornos claros, um monumento da natureza, que contraria as incertezas da atividade humana.

Vorstoss nach Paititi (*Avanço para Paititi*), filmado alguns anos mais tarde, termina com um gesto semelhante de humildade diante do sublime: "O homem não tenta os deuses e nunca deseja ver o que eles escondem", escreve Hans Ertl em seu caderno de anotações antes de a expedição partir em sua viagem de volta após o incêndio devastador. Em seguida, as silhuetas novamente, agora cercadas por esqueletos de árvores fantasmagóricas.

Em *Hito-Hito*, de 1958, silhuetas se afastam na imagem final. Desta vez, são os sirionó frente a um cenário de selva fantasmagórica. A voz do narrador especula que sua prática religiosa os libertará, um dia, das restrições da civilização e que, então, eles retornarão à "verdadeira liberdade de seu lar na selva". O *páthos* no texto e na música parece ainda mais deslocado aqui do que nos outros dois filmes, já que há pouco fora relatado, de maneira objetiva, que os sirionó trabalham regularmente como trabalhadores sazonais na fazenda há três anos e passam o resto do ano de forma nômade na floresta. Assim, a fazenda se tornou uma parada regular em sua jornada migratória, nem mais nem menos. O mundo "original" que está desaparecendo; por outro lado, é produto da fantasia do cineasta, cheio de ansiedades. Os filmes de Hans Ertl do pós-guerra são assombrados.

O ar da altitude é vermelho

Le Fond de l'air est rouge (na verdade: *O ar da altitude é vermelho*; título da versão alemã: *Vermelho é o ar azul*, 1977) é o balanço de Chris Marker dos anos em torno de 1968. É um monumento cinematográfico de quatro horas, um poema visual, uma carta confessional, uma reportagem, um ensaio, composto de filmes de coletivos, de amigos e de material de filmagem próprio. O filme é uma retrospectiva dos movimentos de libertação global dos anos 1960 e 1970. O olhar da câmera salta de Paris para Cuba, Bolívia, Vietnã, Praga, Estados Unidos, México e Chile, ligando, assim, os locais. O filme consiste em duas partes: "Die fragilen Hände" [As mãos frágeis] e "Die abgeschnittenen Hände" [As mãos decepadas]. A primeira parte é sobre os movimentos revolucionários mundiais emergentes em meados/fins da década de 1960, sobre os motivos, as formas de organização e ação, sobre as pessoas, seus sentimentos e argumentos. Já a segunda trata dos contra-

-ataques, da repressão e da violência armada, e, também, da violência proveniente dos próprios movimentos revolucionários. As mãos eram de interesse revolucionário no século xx, mas também de interesse antropológico. Como uma característica humana supostamente única, como um símbolo da substituição do trabalho manual autodeterminado pelo trabalho industrial determinado pelo capital, como mãos de parteira na revolução, como ferramentas sensíveis para trazer um novo mundo ao mundo.

As "mãos decepadas" também são as de Ernesto Che Guevara, aquele par de mãos ensanguentadas que estimulou o ELN e Monika Ertl a matar Roberto Quintanilla. Até hoje, o corte das mãos dos insurgentes pelo serviço secreto boliviano é considerado, pelos ex-guerrilheiros, o sacrilégio por excelência. Quando Chato Peredo, o líder do ELN na época, fala sobre as repressões do banzerismo, é o corte das mãos dos insurgentes que ele denuncia como o ataque final à dignidade da revolução. Monika Ertl não aparece no filme de Chris Marker, mas *Le Fond de l'air est rouge* é um filme para ela e para aqueles que tentaram a derrubada e fracassaram. É um filme que desperta ingenuidade, julgamentos errôneos e equívocos, e ainda assim registra o momento histórico do que poderia ter se tornado.

AGRADECIMENTOS

Agradeço a todos e todas que conheci durante meu percurso de pesquisa. As conversas com eles e elas — muitas vezes distorcidas — entraram diretamente para este livro. Agradeço às pessoas na Bolívia com quem tive minhas primeiras conversas: Christian Roth em Santa Cruz e *doña* Nadcha (Ignacia Bulacia de Broxterman) em Concepción pela realização de viagens. A Helmut Lethen, que me animou a escrever um livro a partir do achado ocasional no arquivo de vídeos e que fez comentários à primeira versão. A Thomas Macho, que fez o contato com a editora Matthes & Seitz Berlin. À minha família em Kufstein, que se expôs às minhas perguntas e que me ajudou em tudo que diz respeito à história local. Ao "Colóquio da quarta-feira" de Linz e às colegas da Universidade de Artes de Linz pela estimulante discussão dos primeiros rascunhos e pelos contatos. Ao Cinema "Werkstattkino" de Munique (Wolfgang Bihlmeier) pelo empréstimo e ao Museu do Cinema de Viena (Raoul Schmidt) pela possibilidade de acessar uma cópia frágil de *Vorstoss nach Paititi*. A Elke Gryglewski pela possibilidade de pesquisar no arquivo pessoal do seu pai, Gerhard Dümchen, e pelas conversas interessantes. A Hans-Jürgen Puhle pela descrição da atmosfera política em La Paz em primeira mão, e por uma história que acabou entrando para o livro. À editora Matthes & Seitz Berlin pela aposta e pelo trabalho de edição. E ao meu parceiro Markus Arnold pela leitura e pelas excelentes sugestões de melhoria. *I owe you*!

AS PERSONAGENS MAIS IMPORTANTES

HUGO BANZER (1926-2002), militar boliviano com raízes alemãs, governou a Bolívia como ditador entre 1971 e 1978, e como presidente eleito entre 1997 e 2001.

KLAUS BARBIE, na Bolívia desde 1951 como Klaus Altmann (1913--1991), chefe da Gestapo de Lyon de 1942 a 1944, criminoso de guerra condenado diversas vezes, ativo na década de 1960 para o Serviço Secreto Alemão (BND), por muitos anos conselheiro das forças de segurança da Bolívia e homem de negócios com conexões internacionais.

LIESELOTTE (LILO) BAUER DE BARRAGÁN, teuto-boliviana, colega de escola de Monika Ertl, médica e cofundadora do Centro San Gabriel, que continuou a coordenar depois de Monika entrar na clandestinidade.

RÉGIS DEBRAY (1940-), filósofo francês, jornalista, conselheiro de François Mitterrand, na década de 1960 ativo em diferentes movimentos de insurreição sul-americanos, interlocutor de Ernesto Che Guevara, Fidel Castro e Salvador Allende. Sobre Monika Ertl, escreveu o romance *La Neige brûlle* (1977, em alemão *Ein Leben für ein Leben* [Uma vida por uma vida]).

UTE MESSNER (1941-), filha de Klaus Barbie, bibliotecária aposentada, residente em Kufstein, Tirol.

HANS ERTL (1908-2000), um dos "vagabundos da montanha" que ficaram conhecidos nos anos 1930 por subidas perigosas de picos alpinos, cinegrafista de Leni Riefenstahl, correspondente de guerra, diretor e autor. Emigra à Bolívia com sua família em 1953 e, depois da morte da esposa, Aurelia, se torna administrador da fazenda *La Dolorida* em Chiquitos. Filhas: Heidi, Beatrix e:

MONIKA ERTL (1937-1973), que passou a juventude em La Paz/ Bolívia, tendo sido assistente de câmera e participante de expedições em projetos de seu pai. Com seu marido, Hans Harjes, viveu no começo da década de 1960 no assentamento de mineiros chilenos Sewell, depois se engajou em projetos humanitários em La Paz juntamente a Lieselotte Bauer de Barragán, integrante do ELN (Ejército de Liberación Nacional), guerrilha boliviana cofundada por Ernesto Che Guevara.

GIANGIACOMO FELTRINELLI (1926-1972), editor italiano de família rica, comunista e ativista militante de esquerda. Apoiou logisticamente o ELN e Monika Ertl e morreu num atentado a bomba próximo de Milão.

ERNESTO CHE GUEVARA (1928-1967), teórico marxista argentino, político e comandante do exército rebelde da Revolução Cubana. Líder e apoiador da guerrilha boliviana.

HANS HARJES, teuto-boliviano, engenheiro de minas de La Paz, marido de Monika Ertl no início da década de 1960.

REINHARD HARJES, teuto-boliviano, médico, cunhado de Monika Ertl e elemento de conexão entre a esquerda boliviana e o movimento estudantil alemão em Freiburg.

BEATE KLARSFELD, nascida em 1939 em Berlim como Beate Auguste Künzel, jornalista e, juntamente com seu marido, Serge Klarsfeld, engajada na perseguição de criminosos de guerra nazistas. Em 1972 viaja a La Paz com Ita-Rosa Halaunbrenner, cujos filhos foram assassinados em decorrência da atividade de Klaus Barbie na Gestapo, para revelar o paradeiro deste e exigir sua extradição.

SERGE KLARSFELD (1935–), jurista e, juntamente com a esposa, Beate Klarsfeld, engajado na perseguição de criminosos de guerra. Em 1972 planejou, junto com Régis Debray, sequestrar Klaus Barbie de La Paz, mas falhou.

FEDERICO NIELSEN REYES (1904–1987), jurista boliviano, diplomata e jornalista. Foi um nacional-socialista convicto e antissemita; a cabana do Chacaltaya, perto de La Paz, leva hoje o seu nome.

ROBERTO QUINTANILLA, como coronel da polícia no Ministério do Interior boliviano, deu a ordem de amputar as mãos de Ernesto Che Guevara após a morte deste. Mais tarde cônsul-geral boliviano em Hamburgo, onde foi assassinado em 1971, presumivelmente por Monika Ertl.

INTI PEREDO (1937–1969), político boliviano e membro do Partido Comunista da Bolívia, mais tarde integrando-se à guerrilha de Ñancahuazú, liderada por Ernesto Che Guevara, do ELN, da qual Monika Ertl também fazia parte. Roberto Quintanilla foi responsável pela sua tortura e assassinato. Seus irmãos (Chato, Coco e Antonio) também pertenciam ao ELN.

JÜRGEN (JORGE) RIESTER (1941-2019), etnólogo alemão, especialista nos grupos indígenas de Chiquitanía e cofundador de organizações como APCOB (Apoyo para el Campesino-Indígena del Oriente Boliviano) e CIDOB (Confederación de Pueblos Indígenas del Oriente Boliviano), que apoiam a aplicação de demandas pelos direitos indígenas e a sua autodeterminação cultural.

HANS-ULRICH RUDEL (1916-1982), piloto de combate e oficial da Wehrmacht na Segunda Guerra, soldado com a mais alta condecoração, auxiliou na fuga de nazistas (como também de Josef Mengele), negociante de armas e candidato ao Parlamento pelo Partido do Reich alemão, de extrema direita, em 1953.

BIBLIOGRAFIA

A literatura utilizada é apresentada capítulo por capítulo, na ordem em que as referências aparecem no texto.[20]

Sempre que possível, foram utilizadas traduções em alemão para textos em idiomas estrangeiros. Quando a literatura técnica inglesa ou espanhola é citada, as traduções são da autora.

Fast-forward

A melhor visão geral sobre os acontecimentos em torno do assassinato de Roberto Quintanilla encontra-se no livro de Jürgen Schreiber:

SCHREIBER, Jürgen. *Sie starb wie Che Guevara*. Düsseldorf: Artemis & Winkler, 2009.

---

20 Alguns sites abaixo indicados se encontravam indisponíveis quando de nossa verificação, outros demandavam assinatura específica para seu acesso. [N.E.]

Uma história sobre o vento

KRACAUER, Siegfried. *Geschichte: Vor den letzten Dingen*. Frankfurt am Main: Suhrkamp, 1971 (especialmente cap. 8, *Der Vorraum & Statt eines Epilogs*)

Concepción, Chiquitanía, Bolívia (2018)

Canal do YouTube da Organisation APCOB (Apoyo para el Campesino-Indígena del Oriente Boliviano). Disponível em: https://www.youtube.com/user/APCOB/videos. Acesso em: 1º de agosto de 2021.

ERTL, Hans. *Arriba Abajo: Vistas de Bolivia/Mal oben mal unten: Bilder aus Bolivien/Now Up Now Down: Photographs of Bolivia*. Munique: F. Bruckmann, 1958.

O "estrangeiro"

ROSS, Colin. *Südamerika: Die aufsteigende Welt*. Leipzig: F. A. Brockhaus, 1922.

ERTL, Hans. *Meine wilden dreißiger Jahre: Bergsteiger, Filmpionier, Weltenbummler*. Munique: Herbig, 1982. p. 258, 304.

Bodes, caranguejos-de-fogo, pólipos

ERTL, Hans. *Meine wilden dreißiger Jahre: Bergsteiger, Filmpionier, Weltenbummler*. Munique: Herbig, 1982. p. 266ss.

Imagem de família

Gesucht: Monika Ertl. Direção: Christian Baudissin. Produção: Jörg Bundschuh. Roteiro: Christian Baudissin. Música: Grupo Aymara, Miklós Rózsa. Alemanha: Kick Film e Zweites Deutsches Fernsehen (ZDF), 1988. (89 min.).

La Dolorida, em filme

Mitten im Herz Südamerikas: That's all. Hans Ertl, Jürgen Riester, 1988, 2004. Disponível em: https://www.youtube.com/watch?v=6LTNULjUb6g&t=11s. Acesso em: 1º de agosto de 2021.

HAMMERSCHMIDT, Peter. *Deckname Adler: Klaus Barbie und die westlichen Geheimdienste*. Frankfurt am Main, S. Fischer, 2014 (em especial p. 336ss.).

Avanço a Paititi [DOCUMENTÁRIO DE HANS ERTL, 1956]

COMBÈS, Isabelle; TYULENEVA, Vera (eds.). *Paititi: Ensayos y documentos*. Cochabamba: Instituto Latinoamericano de

Misionologia U. C. B., 2011 (em especial a contribuição de Laura Laurencich Minelli, "Paytiti a través de dos documentos jesuíticos secretos del siglo XVII", p. 116–157).

Stimmersee (2019)

SACHSLEHNER, Johannes. *Hitlers Mann im Vatikan: Bischof Alois Hudal. Ein dunkles Kapitel in der Geschichte der Kirche.* Viena: Molden, 2019.

WIENER WIESENTHAL INSTITUT FÜR HOLOCAUST-STUDIEN. VWI-SWA, I.1, Rudel, Hans-Ulrich Dossier, especialmente documentos nº 728 & 7328.

HAMMERSCHMIDT, Peter. *Deckname Adler: Klaus Barbie und die westlichen Geheimdienste.* Frankfurt am Main: S. Fischer, 2014.

STEINACHER, Gerald. *Nazis auf der Flucht: Wie Kriegsverbrecher über Italien nach Übersee entkamen.* Frankfurt am Main: Fischer Taschenbuch, 2010.

La Estrella

HAMMERSCHMIDT, Peter. (2014), p. 256 f.

Citação de Barbie em: SÁNCHEZ SALAZAR, Gustavo A.; REIMANN, Elisabeth. *Barbie in Bolivien.* Berlim: Verlag der Nation, 1989. p. 157.

Hito-Hito [DOCUMENTÁRIO DE HANS ERTL, 1958]

WEGNER, Richard Nikolaus. *Zum Sonnentor durch altes Indianerland: Erlebnisse und Aufnahmen einer Forschungsreise in Nordargentinien, Bolivien, Peru und Yucatan.* Darmstadt: L. C. Wittich, 1936.
CLASTRES, Pierre. Staatsfeinde: Studien zur politischen Anthropologie. Trad. Eva Moldenhauer. Göttingen: Konstanz University Press, 2019 [1976].
CLASTRES, Hélène. *Land ohne Übel: Der Prophetismus der Tupi-Guaraní.* Trad. Paul Maercker. Viena/Berlim: Turia und Kant Verlag, 2021 [1975].

Retratos de uma revolucionária

Documentário *GESUCHT: Monika Ertl*. Direção: Christian Baudissin. Produção: Jörg Bundschuh. Roteiro: Christian Baudissin. Música: Grupo Aymara, Miklós Rózsa. Alemanha: Kick Film e Zweites Deutsches Fernsehen (ZDF), 1988. (89 min.).
Documentário *Régis Debray, Lebensweg eines französischen Intellektuellen*. Michèle Ray & Costa-Gavras, 2015. Disponível em: https://www.youtube.com/watch?v=pKtwbJswOM&t=2715s. Acesso em: 3 de agosto 2021.
DEBRAY, Régis. *Ein Leben für ein Leben*. Trad. Renate Nickel. Düsseldorf: Gebühr bei Claassen, 1979 [1977].
HASBÚN, Rodrigo. *Die Affekte*. Trad. Christian Hansen. Frankfurt am Main: Suhrkamp, 2017.

BUCH, Hans Christoph. "Mein Name sei Monika". In: _____. *Robinsons Rückkehr: Die sieben Leben des H. C. Buch*. Frankfurt am Main: Frankfurter Verlagsanstalt, 2020.

VÁSQUEZ PERDOMO, María Eugenia. *My Life as a Colombian Revolutionary: Reflections of a Former Guerrillera*. Trad. Lorena Terando. Filadélfia: Temple University Press, 2005.

GUEVARA, Ernesto Che. *Bolivianisches Tagebuch: Vorwort von Fidel Castro*. Anexo: guerra de partisans – um método etc. Trad. de Aschenbrenner e outros. Munique: Trikont Verlag München, 1968.

RODRÍGUEZ OSTRIA, Gustavo. *Teoponte: Sin tiempo para las palabras, la otra guerrilla guevarista en Bolivia*. Cochabamba: Kipus, 2006.

KOMITEE EUROPA-LATEINAMERIKA. "Arbeitsgruppen aus den Christlichen Friedensgruppen in Westberlin". *Friedensbulletin*, n. 4, Stuttgart, 1970.

SIMON, Jana. "Globale Familien. Heimweh für immer". *Die Zeit*, 22 ago. 2008. Disponível em: https://www.zeit.de/2007/47/Familie-Schuett. Acesso em: 3 ago. 2021.

STRÖBELE-GREGOR, Juliana. *Transnationale Spurensuche in den Anden: Von geflüchteten Juden, "Altdeutschen" und Nazis in Bolivien*. Berlim: Metropol-Verlag, 2018.

Uma biografia política

STRÖBELE-GREGOR, Juliana. *Transnationale Spurensuche in den Anden: Von geflüchteten Juden, "Altdeutschen" und Nazis in Bolivien*. Berlim: Metropol-Verlag, 2018.

Informações sobre o Centro San Gabriel e citação de Lieselotte Bauer de Barragán: arquivo pessoal do padre Gerhard Dümchen, Berlim.

RUIZ, Jorge. Entrevista. In: SÁNCHEZ-H., José. *The Art and Politics of Bolivian Cinema*. Lanham: Scarecrow Press, 1999.

RODRÍGUEZ OSTRIA, Gustavo. *Teoponte: Sin tiempo para las palabras, la otra guerrilla guevarista en Bolivia*. Cochabamba: Kipus, 2006.

Feltrinelli, ou: O armamento

SCHREIBER, Jürgen. *Sie starb wie Che Guevara*. Düsseldorf: Artemis & Winkler, 2009 (em especial p. 239ss).

STAGE, Jan. *Niemandsländer: Reportagen aus vier Erdteilen*. Berlim: Eichborn/Limitierte Erstausg, 2002.

Santa Ana de Chiquitos/San Miguel (2018)

WAISMAN, Leonardo. "La música colonial en la Iberoamérica neo--colonial". *Acta Musicologica*, v. 76, n. 1, p. 117–127, 2004.

A Bolívia saúda o mundo

MURILLO DEL CASTILLO, Carmen; KOYA CUENCA, Lourdes; RODRÍGUEZ SÁNCHEZ, Miriam (eds.). *Libres! Testimonio de mujeres víctimas de las dictaduras*. La Paz: Plural Editores, 2010.

Embate com consequências de longo prazo

GESUCHT: *Monika Ertl*. Direção: Christian Baudissin. Produção: Jörg Bundschuh. Roteiro: Christian Baudissin. Música: Grupo Aymara, Miklós Rózsa. Alemanha: Kick Film e Zweites Deutsches Fernsehen (ZDF), 1988. (89 min.).

SCHREIBER, Jürgen. *Sie starb wie Che Guevara*. Düsseldorf: Artemis & Winkler, 2009.

MELGAR ANTELO, Félix; FAMILY BOLIVIA. "Report n. 159/20, Petition 699-10: Report on Admissibility". Inter-American Comission on Human Rights (IACHR), 17 jun. 2020. Disponível em: http://www.oas.org/en/iachr/decisions/2020/boad699-10en.pdf. Acesso em: 3 de agosto de 2021.

Os Ertl e a "colônia alemã" na Bolívia

SACHSLEHNER, Johannes. *Hitlers Mann im Vatikan: Bischof Alois Hudal. Ein dunkles Kapitel in der Geschichte der Kirche*. Viena: Molden, 2019.

STEINACHER, Gerald. *Nazis auf der Flucht: Wie Kriegsverbrecher über Italien nach Übersee entkamen*. Frankfurt am Main: Fischer Taschenbuch, 2010.

HAMMERSCHMIDT, Peter. *Deckname Adler: Klaus Barbie und die westlichen Geheimdienste*. Frankfurt am Main: S. Fischer, 2014.

Os missionários

BAU, Milli. *Heilige Berge: Grüne Hölle. Eine Frau reist in Bolivien.* Fotos Hans Ertl. Munique: Ehrenwirth Verlag, 1954 (citações: p. 187ss, 191).

O marechal de Simón Bolívar: Otto Philipp Braun

KIERA, Robin. *Otto Philipp Braun (1798-1869): Eine transatlantische Biographie.* Viena/Colônia/Weimar: Böhlau Köln, 2014.

KIERA, Robin. Der große Sohn der Stadt Kassel? Der Großmarschall Otto Philipp Braun als Symbol lokaler Geschichtspolitik. Kassel: Verein für Hessische Geschichte und Landeskunde, 2009 (citação: p. 71).

_____. "Affären. Otto Philipp Braun. TEURE Erde". *Der Spiegel*, 14 jul. 1969, p. 48.

Mineiros

MEHRGARDT, Christa. Wer kennt schon Araca? Familienleben in den bolivianischen Anden 1914–1926. Norderstedt: Books on Demand, 2015 (citações: p. 131, 139, 191).

More military men

HANCOCK, Eleanor. "Ernst Röhm versus General Hans Kundt in Bolivia, 1929-30? The Curious Incident". *Journal of Contemporary History*, v. 47, n. 4, p. 691-708, 2012.

NIELSEN-REYES, Federico. *Boliviens Aufbauwille*. Berlim, 1937 (citação: p. 32).

O secretário da missão diplomática

CASQUETE, Jesús. "La primera edición española de Mein Kampf". *Revista de Estudios Políticos*, v. 184, p. 197-223, 2019.

LORINI, Irma. *Nazis en Bolivia: Sus militantes y simpatizantes, 1929-1945*. La Paz: Plural Editores, 2016.

Bolívia e o nacional-socialismo: um labirinto

LORINI, Irma. *Nazis en Bolivia: Sus militantes y simpatizantes, 1929-1945*. La Paz: Plural Editores, 2016 (em especial p. 135ss).

MÜHLEN, Patrick von zur. *Fluchtziel Lateinamerika. Die deutsche Emigration 1933-1945: Politische Aktivitäten und soziokulturelle Integration*. Bonn: Verlag Neue Gesellschaft, 1988.

BIEBER, León. *Jüdisches Leben in Bolivien: Die Einwanderungswelle 1938-1940*. Berlim: Metropol-Verlag, 2012.

SPITZER, Leo. *Hotel Bolivia: Auf den Spuren der Erinnerung an eine Zuflucht vor dem Nationalsozialismus*. Trad. Ursula C. Sturm. Viena: Picus-Verlag, 2003.

STRÖBELE-GREGOR, Juliana. *Transnationale Spurensuche in den Anden. Von geflüchteten Juden, "Altdeutschen" und Nazis in Bolivien*. Berlim: Metropol-Verlag, 2018 (citações: p. 80, 82).

A experiência judaica no exílio

BIEBER, León. *Jüdisches Leben in Bolivien: Die Einwanderungswelle 1938-1940*. Berlim: Metropol-Verlag, 2012 (em especial p. 66ss, 118).

SPITZER, Leo. *Hotel Bolivia: Auf den Spuren der Erinnerung an eine Zuflucht vor dem Nationalsozialismus*. Trad. Ursula C. Sturm. Viena: Picus-Verlag, 2003 (em especial p. 168-189).

STRÖBELE-GREGOR, *Transnationale Spurensuche in den Anden. Von geflüchteten Juden, "Altdeutschen" und Nazis in Bolivien*. Berlim: Metropol-Velarg, 2018 (citação: p. 86ss).

Nos Yungas

BIEBER, León. *Jüdisches Leben in Bolivien: Die Einwanderungswelle 1938-1940*. Berlim: Metropol-Verlag, 2012.

HAMMERSCHMIDT, Peter. *Deckname Adler: Klaus Barbie und die westlichen Geheimdienste.* Frankfurt am Main: S. Fischer, 2014 (citações: p. 184ss, 186).

STRÖBELE-GREGOR, Juliana. *Transnationale Spurensuche in den Anden. Von geflüchteten Juden, "Altdeutschen" und Nazis in Bolivien.* Berlim: Metropol-Verlag, 2018 (citação: p. 159).

Klaus Barbie/Don Klaus Altmann

HAMMERSCHMIDT, Peter. *Deckname Adler: Klaus Barbie und die westlichen Geheimdienste.* Frankfurt am Main: S. Fischer, 2014 (citações: p. 184ss, 186).
Documentário *Hôtel Terminus: Zeit und Leben des Klaus Barbie.* Direção: Marcel Ophüls. Produção: Marcel Ophüls. Roteiro: Marcel Ophüls. Elenco: Johannes Schneider-Merck, Raymond Lévy, Marcel Cruat e outros. Estados Unidos/França/Alemanha, The Memory Pictures Company, 1988. (267 min.).

Sequestrando Klaus Barbie

WIKIPEDIA (em alemão). "Monika Ertl". Disponível em: https://de.wikipedia.org/wiki/Monika_Ertl. Acesso em: 26 de agosto de 2021.
Documentário *Régis Debray, Lebensweg eines französischen Intellektuellen.* Michèle Ray & Costa-Gavras, 2015. Dispo-

nível em: https://www.youtube.com/watch?v=pKtwbJs-wOM&t=2715s. Acesso em: 3 de agosto de 2021.

KLARSFELD, Beate. Correspondência pessoal.

SÁNCHEZ SALAZAR, Gustavo A.; REIMANN, Elisabeth. *Barbie in Bolivien*. Berlim: Verlag der Nation, 1989.

KLARSFELD, Beate; KLARSFELD, Serge. *Erinnerungen*. Prefácio de Arno Klarsfeld, trad. Anna Schade, Andrea Stephani e Helmut Reuter. Munique/Berlim: Piper, 2015.

O vizinho, "meu general"

SCHREIBER, Jürgen. *Sie starb wie Che Guevara*. Düsseldorf: Artemis & Winkler, 2009.

ERTL, Hans. *Meine wilden dreißiger Jahre: Bergsteiger, Filmpionier, Weltenbummler*. Munique: Herbig, 1982 (citação: p. 8).

ERTL, Hans. *Als Kriegsberichter 1939–1945*. Innsbruck: Steiger, 1985 (citações: p. 270, 271).

HAMMERSCHMIDT, Peter. *Deckname Adler: Klaus Barbie und die westlichen Geheimdienste*. Frankfurt am Main: S. Fischer, 2014 (citações: p. 318, nota 758, p. 480).

SIVAK, Martín. *El dictador elegido: Biografía no autorizada de Hugo Banzer Suárez*. La Paz: Plural Editores, 2001 (citações: p. 117, tradução nossa).

A Arriflex

SÁNCHEZ-H., José. *The Art and Politics of Bolivian Cinema*. Lanham: Scarecrow, 1999 (em especial a entrevista com Jorge Ruiz).

BAU, Milli. *Heilige Berge: Grüne Hölle. Eine Frau reist in Bolivien*. Fotos Hans Ertl. Munique: Ehrenwirth Verlag, 1954 (em especial p. 194ss).

O Alasca nos Yungas

MAIDA, Ingrid. "Hollywood honra a Jorge Ruiz". *El Juguete Rabioso*, 2001. Disponível em: http://www.bolivian.com/j-ruiz/hollywood-jruiz.html. Acesso em: 4 de agosto de 2021 (tradução nossa).

Kufstein connection: as redes de Hans-Ulrich Rudel

BOLSI, Enrique. "El misterio de la piqueta de Hans-Ulrich Rudel", Centro Cultural Argentino de Montaña, [s.d.]. Disponível em: http://www.culturademontania.org.ar/Historia/hans_ulrich_rudel.html. Acesso em: 4 de agosto de 2021.

RUDEL, Hans-Ulrich. *Von den Stukas zu den Anden: Am höchsten Vulkan der Erde*. Dresden: Winkelried, 2008 [1983] (citações: p. 74, 56).

RUDEL, Hans-Ulrich. *Pilote de Stukas: Trotzdem*. Gmunden: Chantenay, 1951.

HAGEN, Nikolaus; HEIDEGGER, Maria. *Gesellschaft, Politik und die Grenzen der Erinnerung: Kufstein 1950-2000*. Innsbruck: Schöningh, 2020 (citações: p. 51ss).

STEINACHER, Gerald. "Adolf Eichmann: Ein Optant aus Tramin". In: PALLAVER, Günther; STEURER, Leopold (eds.). *Deutsche! Hitler verkauft euch! Das Erbe von Option und Weltkrieg in Südtirol*. Bozen: Raetia, 2010. p. 305-35 (citação: p. 318).

Montanhas sagradas: Inferno verde — Milli Bau e Hans Ertl

BAU, Mili. *Heilige Berge: Grüne Hölle. Eine Frau reist in Bolivien*. Fotos Hans Ertl. Munique: Ehrenwirth Verlag, 1954 (citação: p. 183).

QUISPE, Jorge. "El fotógrafo de Hitler que murió en Bolivia y no quería que le dijeran nazi", *BBC News*, 10 de abril de 2015. Disponível em: https://www.bbc.com/mundo/noticias/2015/04/150323_bolivia_hans_ertl_fotografo_hitler_lv. Acesso em: 4 de agosto de 2021.

As pessoas da mídia e a etnologia

BAU, Milli. *Heilige Berge: Grüne Hölle. Eine Frau reist in Bolivien*. Fotos Hans Ertl. Munique: Ehrenwirth Verlag, 1954 (citação: p. 183).

Nota do *Frankfurter Allgemeinen Zeitung*, [s.d.], Frobenius-Institut Frankfurt, Nachlass Hissink, Signatur KHH 120.

Carta de Karin Hissink a Adolf Ellegard Jensen, 3 de outubro de 1952, Frobenius-Institut Frankfurt, Espólio de Hissink, Assinatura KHH 156.

Correspondência com Hans Ertl e o Bavaria-Film, Frobenius-Institut Frankfurt, Espólio de Hissink/Arquivo de administração, diversas assinaturas.

Paixão pelo frio

LETHEN, Helmut. *Verhaltenslehren der Kälte: Lebensversuche zwischen den Kriegen*. Frankfurt am Main: Suhrkamp, 1994.

ERTL, Hans. *Meine wilden dreißiger Jahre: Bergsteiger, Filmpionier, Weltenbummler*. Munique: Herbig, 1982 (citações: p. 7, 9, 147, 73, 228ss).

SCHAUMANN, Caroline. "Memories of Cold in the Heat of the Tropics: Hans Ertl's "Meine wilden dreißiger Jahre". *Colloquia Germanica*, v. 43, n. 1-2, p. 97-112, 2010.

De trapaceiro *cool* a eremita

EL ULTIMO nazi: Hans Ertl. Folge der Serie Misterios y Enigmas. Bolívia, 1995. Disponível em: https://www.youtube.com/watch?v=EdbK2tBuezU. Acesso em: 5 de agosto de 2021.

GESUCHT: Monika Ertl. Direção: Christian Baudissin. Produção: Jörg Bundschuh. Roteiro: Christian Baudissin. Música: Grupo Aymara, Miklós Rózsa. Alemanha: Kick Film e Zweites Deutsches Fernsehen (ZDF), 1988. (89 min.).

Inversão dos polos

ERTL, Hans. *Arriba Abajo: Vistas de Bolivia/Mal oben mal unten: Bilder aus Bolivien/Now Up Now Down: Photographs of Bolivia.* Munique: Bruckmann, 1958 (citações: sem nº de página; p. 44).

ERTL, Hans. *Paititi: Ein Spähtrupp in die Vergangenheit der Inkas im Rahmen der Anden-Amazonas-Expedition 1954/55.* Munique: Nymphenburger Verlaghandlung, 1956 (citações: p. 170).

GLADITZ, Nina. *Leni Riefenstahl: Karriere einer Täterin.* Zurique: Orell Füssli Verlag, 2020.

GESUCHT: Monika Ertl. Direção: Christian Baudissin. Produção: Jörg Bundschuh. Roteiro: Christian Baudissin. Música: Grupo Aymara, Miklós Rózsa. Alemanha: Kick Film e Zweites Deutsches Fernsehen (ZDF), 1988. (89 min.).

DEBRAY, Régis. *Ein Leben für ein Leben.* Trad. Renate Nickel. Düsseldorf: Gebühr bei Claassen, 1979 [1977] (citações: p. 56, 57, 59, 232, 233).

Do alpinismo ao andinismo político

ERTL, Hans. *Arriba Abajo: Vistas de Bolivia/Mal oben mal unten: Bilder aus Bolivien/Now Up Now Down: Photographs of Bolivia.* Munique: Bruckmann, 1958 (imagem Alfons Hundhammer: p. 43).

BAU, Milli. *Heilige Berge: Grüne Hölle. Eine Frau reist in Bolivien.* Fotos Hans Ertl. Munique: Ehrenwirth Verlag, 1954.

Mitten im Herz Südamerikas: That's all. Hans Ertl, Jürgen Riester, 1988, 2004. Disponível em: https://www.youtube.com/watch?v=6LTNULjUb6g&t=11s. Acesso em: 1º de agosto de 2021.

DE LA MOTTE, Edward Septimus George. "Illimani and the Nazis". *Alpine Journal*, v. 52, n. 142, p. 250–253, 1940.

Os anos de Monika no Chile: a mina de El Teniente

ERTL, Hans. *Paititi: Ein Spähtrupp in die Vergangenheit der Inkas im Rahmen der Anden-Amazonas-Expedition 1954/55.* Munique: Nymphenburger Verlaghandlung, 1956 (citações: p. 31–33).

GOBIERNO DE CHILE. "Sewell: Nomination of the Sewell Mining Town for Its Inscription on the World Heritage List of the Unesco", Chile, dez. 2004.

SAGMEISTER, Hanna. *Eine sozialhistorische Analyse von Anden- -Expeditionen mit österreichischer Beteiligung zwischen 1928 und 1978.* Viena, 2017. Tese – Universität Wien.

CASTRO, Baltazar. *Vater, mein Kamerad.* Berlin: Verlag Volk und Welt, 1965.

SALINAS C., Maximiliano. *Clotario Blest: Testigo de la justicia de Cristo para los pobres.* Santiago: Editorial Salesiana, 1991 (citações: p. 9, 10, 26).

JAFFE, Tracey Lynn. *In the Footsteps of Cristo Obrero: Chile's Young Catholic Workers Movement in the Neighborhood, Factory and Family, 1946–1973.* Pittsburgh, 2009. Dissertação (Mestrado em Ciência Política) – University of Pittsburgh.

POHL, Ursula. *Theologie der Befreiung in Chile: Entwicklung der Bewegung nach dem II. Vatikanischen Konzil (1962-1965) und deren Rolle in der Zeit der Militärdiktatur sowie Aktivitäten mit dem Ziel der Rückkehr demokratischer Verhältnisse.* Aachen: Verlag-Mainz, 2017 (em especial p. 103ss).

Todas as edições de *Chile Hoy* estão disponíveis em: http://www.socialismo-chileno.org/PS/ChileHoy/chile_hoy/chile_hoy.html. Acesso em: 5 de agosto de 2021.

PIZARRO, Crisostomo. *Towards a General Interpretation of the Evolution of Strike Action and Types of Unionism in Chile (1890-1970).* Glasgow, 1988. Tese (Doutorado em História) – University of Glasgow (estatísticas sobre as greves: p. 373).

Ler, escrever, atirar

GUEVARA, Ernesto Che. *Bolivianisches Tagebuch*. Prefácio de Fidel Castro. Apêndice: "Partisanenkrieg – eine Methode u. a.". Trad. A. Aschenbrenner. Munique: Trikont Dianus, 1968 (citações: p. 99, apêndice: "Botschaft an die Völker der Welt", p. 21ss).

HALL, Lee. "Régis Debray: Prophet of the Revolution. An Exclusive Prison-Cell Interview". *Life*, Atlantic edition, 4 set. 1967.

DEBRAY, Régis. *Revolution in der Revolution? Bewaffneter Kampf und politischer Kampf in Lateinamerika.* Munique: Trikont, 1967.

KOMITEE EUROPA-LATEINAMERIKA. "Arbeitsgruppen aus den Christlichen Friedensgruppen in Westberlin", *Friedensbulletin*, n. 4, Stuttgart, 1970.

STRÖBELE-GREGOR, Juliana. *Transnationale Spurensuche in den Anden: Von geflüchteten Juden, "Altdeutschen" und Nazis in Bolivien*. Berlim: Metropol-Verlag, 2018. p. 192.

RUSSEL, Edward. *Geißel der Menschheit: Kurze Geschichte der Nazikriegsverbrechen*. Frankfurt am Main: Westend, 2020 (citações: p. 20, 15, 18).

Derretimento das geleiras no Chacaltaya

ERTL, Hans. *Arriba Abajo: Vistas de Bolivia/Mal oben mal unten: Bilder aus Bolivien/Now Up Now Down: Photographs of Bolivia*. Munique: Bruckmann, 1958.

BAU, Milli. *Heilige Berge: Grüne Hölle. Eine Frau reist in Bolivien*. Fotos Hans Ertl. Munique: Ehrenwirth Verlag, 1954.

GUEVARA, Ernesto Che. *Das magische Gefühl, unverwundbar zu sein: Das Tagebuch der Lateinamerika-Reise 1953-1956*. Trad. Hans-Joachim Hartstein. Colônia: KiWi-Taschenbuch, 2003 (citação: p. 21).

SAMUEL in the Clouds. Direção: Pieter Van Eecke. Produção: Hanne Phlypo e Antoine Vermeesch. Bélgica/Países Baixos/Bolívia: Clin d'oeil Films/BALDR Film/A Private View, 2016. (70 min.).

Promessas de salvação

A esse respeito, e para explicações mais detalhadas, ver o artigo de Karin Harrasser "Import/Export: Gebrochene Heilsversprechen zwischen Südamerika und Europa" (*Zeitschrift für Kulturwissenschaften*, n. 1 ["Heil versprechen"], p. 53-70, 2020).

VILLAR, Diego; COMBÈS, Isabelle. "La Tierra sin mal: Leyenda de la creación y destrucción de un mito". *Tellus*, v. 13, n. 24, p. 201-225, 2013.

UNKEL, Curt Nimuendajú. "Die Sagen von der Erschaffung und Vernichtung der Welt als Grundlagen der Religion der Apapocúva-Guaraní". *Zeitschrift für Ethnologie*, v. 46, p. 284-403, 1914 (citação: p. 187).

RIESTER, Jürgen; FISCHERMANN, Bernd. *En busca de la Loma Santa*. La Paz: Editorial Los Amigos del Libro, 1976.

MÉTRAUX, Alfred. *Kult und Magie der Indianer Südamerikas: Magier und Missionare am Amazonas*. Gifkendorf: Merlin Verlag, 2001.

Importando o *apartheid*

LEWIS, Norman. *Eastern Bolivia: The White Promised Land*. Copenhague: IWGIA, 1978.

Antes do pós-guerra

HAMMERSCHMIDT, Peter. *Deckname Adler: Klaus Barbie und die westlichen Geheimdienste*. Frankfurt am Main: S. Fischer, 2014.

STEINACHER, Gerald. *Nazis auf der Flucht: Wie Kriegsverbrecher über Italien nach Übersee entkamen*. Frankfurt am Main: Fischer Taschenbuch, 2010.

Documentário *Hôtel Terminus: Zeit und Leben des Klaus Barbie*. Direção: Marcel Ophüls. Produção: Marcel Ophüls. Roteiro: Marcel Ophüls. Elenco: Johannes Schneider-Merck, Raymond Lévy, Marcel Cruat e outros. Estados Unidos/França/Alemanha, The Memory Pictures Company, 1988. (267 min.).

RAJKOVIĆ, Ana. "Opposing the Policy of the Twenty-First Century Socialism in Bolivia: The Political Activities of Branko Marinković". *Südosteuropäische Hefte*, v. 4, n. 2, p. 37–47, 2015.

O Comité de Amas de Casa

VIEZZER, Moema. *Wenn man mir erlaubt zu sprechen: Zeugnis von Domitila, einer Frau aus den Minen Boliviens*. Bornheim-Merten: Verlag Lamuv, 1979.

Um coro de Sewell

Página do Facebook. Disponível em: https://www.facebook.com/fundacion.sewell. Acesso em: 6 de agosto de 2021.

Kufstein: até o portão do jardim

Documentário *Hôtel Terminus: Zeit und Leben des Klaus Barbie*. Direção: Marcel Ophüls. Produção: Marcel Ophüls. Roteiro: Marcel Ophüls. Elenco: Johannes Schneider-Merck, Raymond Lévy, Marcel Cruat e outros. Estados Unidos/ França/Alemanha, The Memory Pictures Company, 1988. (267 min.).

HAMMERSCHMIDT, Peter. Deckname Adler: Klaus Barbie und die westlichen Geheimdienste, Frankfurt am Main: S. Fischer, 2014. p. 185ss).

Detalhes sobre a prisão de Klaus Barbie: SÁNCHEZ SALAZAR, Gustavo A.; REIMANN, Elisabeth. *Barbie in Bolivien*. Berlim: Verlag der Nation, 1989.

Não uma árvore genealógica, um móbile

WITZEL, Frank. *Inniger Schiffbruch*. Berlim: Matthes & Seitz Verlag, 2020.

FONTE Guyot
PAPEL Pólen Natural 70 g/m²
IMPRESSÃO Gráfica Loyola

São Paulo, abril de 2024